湯煙で白む視界の向こうに、
巨大な何かがゆったり座っている。
真っ白で、内側から柔らかい光が滲み出ているようなソレは、
背中の翼と尻尾を揺らしてにまりと巨大な口をつり上げた。
リン
聖女召喚に巻き込まれた日本人。
【暴食の卓】の料理人兼ポーター。

腹ペコパー
勢いが止ま
火山で食材を
セノン
回復担当のエルフの神官。
外見とは裏腹に、両手に骨付き肉を持って
豪快に喰らう肉食
ヴィル
リンに助けられた鬼竜（ドラグール）の冒険者。
【暴食の卓】のリーダーであり
気の利くおにいさんだが、非常に燃費が悪い

ィーの
ない！
刊まくる!!
!?
エド
攻撃担当の魔導錬金術師。アリアの旦那。
アリアがリンにくっつくたびに嫉妬している
アリア
食べるのが大好きな蜘蛛人の冒険者でエドの妻。
リンの作る料理にメロメロ

「ようやく目覚めたか。
わらわの世話係として寄越されたにしては
ずいぶんトロ臭い娘じゃの」
隠れスキルでキャンピングカーを召喚しました
捨てられ聖女の
異世界ごはん旅3

捨てられ聖女の異世界ごはん旅

隠れスキルでキャンピングカーを召喚しました

3

著 米織
ill. 仁藤あかね

suterare seijo no isekai gohantabi

口絵・本文イラスト
仁藤あかね

装丁
木村デザイン・ラボ

CONTENTS

プロローグ

私たち〝暴食の卓〟が拠点としている港街、エルラージュ。

その街のほど近くに突然発生したダンジョンを攻略した――アレを攻略と言っていいのかどうか甚だ疑問ではあるけれども――我々は、ギルドマスターのトーリさんとコボルト受付嬢のシーラさんを巻き込んで、盛大に打ち上げを行わせて頂きましたよ！

巨大なストームイールからドロップしたウナギ肉を白焼きと蒲焼きで食べたり、オークのスペアリブを焼いたり、地元産のジビエソーセージに舌鼓を打ったり……。

そんな感じで行われたギルドの中庭でのＢＢＱは盛況のうちに終了し、トーリさんとシーラさんはまた業務に戻っていった。

まだ空腹を訴える腹ペコメンバーを野営車両（モーターハウス）に収容し、これからは二次会の始まり始まり、って感じ。

テーブルの上いっぱいに広げられているのは、ストームイールを使った料理の数々。かなり大きな魚肉が手に入ったおかげで、ＢＢＱの時に結構食べたと思ったのにまだまだたっぷりと使えるのがありがたい！

出した料理も、美味しい美味しいっていう感嘆の声と共にみんなのお腹に収まってくし……作った側からすると、これくらい嬉（うれ）しいものはないなぁ。

そんな中、ストームイールの蒲焼(かばやき)を芯材(しんざい)にした卵焼き……いわゆる〝う巻き〟に齧(かじ)り付いていたヴィルさんが口を開く。

「エルラージュだけでもこんな妙なことが起きている以上、恐らく他の場所でも同様のことが起きているはずだ」

内容は、ここ最近立て続けに起こっている謎の現象……〝聖女召喚〟がきっかけとなって引き起こされているのではないかと予測が立てられている魔物騒ぎについてだ。

初心者向けの採取場所に、レベル帯に見合わない高レベルの……それも、何故か弱体化した魔物が出たり、街の近くに突如として謎のダンジョンが出現したり、海の女神の使者を名乗る小喧(こやかま)しいシャチが水揚げされたり……あ、いや。最後の一つは関係ないか！

……兎(と)にも角(かく)にも、〝偶然〟っていう一言では片付けられないような出来事が起きてるんだよねぇ。

思わず手を止めた私の向かいでは、薄切りにして塩揉(しおも)みしたキュウリとストームイールとを甘酢で和えた〝うざく〟を、小気味いい音を立てて咀嚼(そしゃく)していたセノンさんが、そっとおかわりを盛っている。気に入って頂けたようで何よりですよ！

名前の通りざくざくパリパリした歯応えのキュウリとふっくらしたストームイールの食感の違いが食べてて楽しいし、甘酢のおかげでさっぱり食べられちゃうのがうざくのいいところだと思うんだ。

名残惜し気にそれを飲み込んだセノンさんも、ヴィルさんの言葉に何か思うところがあったんだろうなぁ。何か納得したような顔で、それはもう端整なお顔をゆったりと縦に振っている。

「そうなれば、各ギルドの情報は王都に集約されるでしょうから、王都に赴いて纏(まと)めて調べてしまおう、という目論見ですね」

「…………俺個人としてはあまり気は進まんが、長い目で見た時にそれが一番手っ取り早いからな」

「だから明日はその準備に当てる、ってわけね！　てか、ヴィル！　イールロール食べすぎだって!!」

ため息と共にう巻きに手を伸ばしたヴィルさんに、非難の声を上げたのはエドさんだった。

……そういえば、う巻きじゃなくてイールロールで定着しちゃったんだよね。まぁ、呼び方はこの際なんだっていいんだけども……。

まだストームイールの白焼きも蒲焼も残ってるので、言ってもらえればいくらでも作りますよ！

私がストームイールの混ぜご飯を取り分けていた時、ふと隣に座っているアリアさんと目が合った。じっとこちらを見てくる視線にピンとくるものを感じて混ぜご飯を掬ったサーバースプーンを差し出せば、氷色の瞳がにこりと笑み崩れる。

「ありがと、リン！　リンなら、気付いてくれるって、信じてた！」

「そりゃあ、あれだけじーっと混ぜご飯見つめられたらわかりますって！」

アリアさんが差し出してくれたお皿に混ぜご飯を盛って手渡せば、さらに笑みを深めた美人さんにぎゅむっと抱きつかれた。

……本当に、なんというか、この……けしからんお胸の感触がですね……！　旦那さんの……エドさんの射殺さんばかりの視線も、ビシバシ感じるわけなんですけども！

なお、私とアリアさんの身体の間で、ごまみそがサンドイッチの具材のように挟み込まれている。

だって、ちょうどそこに座ってるんだもん！　本人……や、本猫は機嫌が良さそうにゴロゴロ喉を鳴らしてるけど……ごまみそ、元はと言えばダンジョンボスなんだよなぁ……。

ボスの風格も野生の本能も、欠片も見当たらないんですけど⁉　いったいどこに置いてきたんだろうなぁ。

ようやく身体を離してくれたアリアさんに山椒をお勧めしつつ、混ぜご飯を頬張った。

ほろほろと舌の上で崩れていくストームイールの蒲焼と、蒲焼から滲み出た脂とを、タレを程よく吸ったご飯がどっしり受け止めてくれる。タレの甘辛さと、ストームイール自体の旨味と、ご飯の甘さとのハーモニーが本能をガツンと揺さぶって、スプーンを止められない美味しさですよ！

小さく切った身をあらかじめ混ぜてあるせいか、蒲焼丼とはまた違った食感なんだよ！　混ぜご飯の方が、よりご飯との一体感が味わえる、というか。お行儀は悪いけど、お茶碗持って掻っ込みたくなっちゃうな。

お醤油ベースの甘辛味とご飯の組み合わせって、とてつもない依存性があるよねぇ。

しみじみと混ぜご飯を味わっていると、再びアリアさんと目が合った。

「リンは、なにか用意するもの、ある？」

「うーん……そうですねぇ……今日で卵をけっこう使っちゃったので、それは買い足しておこうと思います。あとは、味変用の香辛料とかを見繕ったり……でしょうか」

そこまで大きな買い物をするわけではないんだけど、折角の準備日なので色々と市場を見て回ろうと思っていることをアリアさんに伝えれば、うんうんと頷きながら話を聞いてくれた。

うざくや混ぜご飯を食べつつ、私の話を聞き終えたアリアさんがその氷色の瞳を瞬かせる。

「……それじゃ、売ってるものの値段、とか、注目してみるといい、かも」

「売価に、ですか？　それはまたどうして……？」

山椒が気に入ったのか混ぜご飯にかけているアリアさんに、その真意を尋ねようと口を開きかけ……ぐにゃりと世界が歪んだ。

喧々囂々と巻き争奪戦を繰り広げる男性陣の声が遠くに聞こえている。

目の前にいるアリアさんの声も、割れたような音声で大きくなったり小さくなったりして聞き取れない。それと一緒に、何かモフモフしたもので顔を撫でられているような感触さえあって……。

なにが……いったいなにが起きてるの!?

私が混乱している最中も、世界のあちこちが伸び縮みをし始めて………………………。

ふと目が覚めた。

目だけを動かして辺りを見回せば、そこはもうすっかり身に馴染んだ寝室だ。

夜の気配と朝の気配とが入り混じる曙の空が見えるバンクベッドに、私は寝そべっている。顔のすぐそばにぬくもりを感じて顔を上げれば、お腹丸出しで眠るごまみその尻尾が、私の頬っぺたをこしょこしょと擽ってくる。

……………あ、もしかして、夢……??

顔を撫でてきたモフモフしたものは、ごまみその尻尾か！

……あー……確かに二次会でいろんな話をしながら、〝明日は王都に行くために、いろいろ準備するぞー！〟って、みんなで盛り上がったのは覚えてるんだけど……疲れが限界に達したのか、食べ終わったか食べ終わんないかのうちに寝落ちしちゃったっぽいなぁ。

きっと、誰かがここまで運んでくれたんだろう。お手を煩わせちゃって申し訳ないですな……。車の装備とは思えないほど寝心地がいいベッドの上に上体を起こし、ほんのちょっぴりしょんぼりした気持ちを振り切るように、ぐーっと大きく背伸びをする。

眠い目をこすって階下に降りてみれば、みんなもまだ夢の世界にいるみたいだ。それも仕方ないか。ダンジョン攻略、けっこうハードだったもんねぇ。

街の近くに突如出現したダンジョンの調査に行ってみたはいいけど、しょっぱなから迷子のごまみそを拾ったり、ギミックを解いたり、お肉を焼いたり、めちゃくちゃでかいストームイールとかいうウナギと戦ってみたり……その上、ペット枠と思ってたごまみそが実はダンジョンボスで、でも「ごまみそになったから」とかいうなんとも軽い理由でダンジョンボスの座を退任してみたり……こうして思い起こしてみると、本当に色々あったな、うん。

ついでに、今回の騒動の渦中にいたごまみそが、ヘソ天でぷーすか爆睡してるのはどうなんだろうと思っちゃうけどね。仮にもボスだったんじゃないのか、お前……。

ぴくぴくと口許を動かすごまみそのほっぺたをつついてみるけど、ごろごろと喉を鳴らされる始末だ。

とにもかくにも……運良く早起きできたみたいだし、メニューのネタを探しに朝市にでも行ってこようかな。

途中で寝落ちしちゃったし、なんか変な夢を見た気はするけど、今日が王都行きの準備日であることには違いないし。明日には、みんなで王都に向けて出発しちゃうもんな。

……そう思って、冷蔵庫に「朝市を見てきます」と書いたメモを貼り付けて、まだ眠っているみんなを起こさないよう気をつけながら野営車両(モーターハウス)のドアをそっと潜り抜けた。

東の空の端はほんのりと明るくなっているとはいえ、まだ世界は薄暗がりに包まれている。朝のひんやりした空気を肺いっぱい吸い込んで、私は朝市目指して朝露に濡(ぬ)れる地面を踏みしめた。

第一章

朝特有の気だるさと爽(さわ)やかさの入り混じった空気に、私の荒い息が混じる。

「こっち、こっちです、リンさん‼」

「え、ちょ……まっ……待って！　は、速い‼」

気がつけば、猫耳の少年に手を引かれ、急(せ)かされながら路地裏を走るハメになっていた。

あれー？　おかしいなぁ……なんでこんなことになったんだっけ？

確か、朝ご飯の前に朝市を見て回ろうと街中に出たところで、どこか元気がなさそうなこの少年……猫の獣人のレントくんを見かけたのが始まりだったか……。

あの火熊(ファイアベアー)事件で顔と名前を覚えてたから、つい気になって声をかけちゃったんだよね。幸い、レントくんも辛うじて私を覚えててくれたみたいで――そういえば、こんな荷物運び(ポーター)の人もいたっけ……程度の認識だったけど――、少年のお悩み相談に乗っているうちにあれよあれよと話が進んで、今に至るわけか。

「もー！　リンさん、ポーターのわりに足遅くないですか？」

「ス、スキル依存型、の、ポーターなんですぅっ……！」

息も絶え絶えという私に気づいたのか、ようやくレントくんが足を緩めてくれた。

ぜぇぜぇと荒い息を吐く私を見てレントくんが肩を竦(すく)めるけど、若人とアラサーの体力差を舐(な)め

たらあかんのよ、うん。これでも私、頑張った方だからね‼

やっとのことで息をする私の手を引いたレントくんが向かっているのは、彼らが住んでいる場所……街外れの教会だ。こっちの世界にも宗教はあるらしく、いろんな神様をそれぞれに祀ってるんだって。ちなみに、レントくんが住んでる教会で祀っているのは、海の女神様なんだってさ。個人的に、海の女神様っていうと白と黒の沖に棲まうものが思い出されるけど、それはこの際頭の片隅に追いやっておこうと思う。

そういえば、火熊事件で助けたライアーさん、レントくんたちの養い親兼、冒険の先生みたいだったけど、元は神官闘士って言ってたっけ。

だから今でも神官さんとして教会に勤めてるのか……。

「……えーと、それで、神殿のバザーで出す軽食のアイディアがほしいんだっけ？」

「うん。この時期は、神殿の庭に植えてあるムーチの実がたくさんなるから、それを粉にして団子にするんだけど、あんま美味しくないんだ……」

道すがら確認のために話を聞いてみれば、レントくんは真剣な顔で頷いた。

レントくんの話を聞く限り、軽食の材料であるムーチの実は、「命の実」とも呼ばれているここら辺ではメジャーな木の実なんだそうな。

なんでも、高名な神官が巡礼の旅をしている途中食料が切れて死にそうになった際に突然生えてきて、その実で空腹を満たすことができたお陰で旅を続けられた……という逸話があるらしい。その上、零れんばかりに実をつけるし、実の殻を剥かなければ長期の保存も可能ということもあって、教会を始めちょっとした庭があるご家庭なんかでもよく植えられる樹木らしかった。

ただ、その実で作る団子に関しては、水を向けるまでもなく不満が出るわ出るわ。曰く、もちもちしてて飲み込みにくい。あんまり味がない。表面がベトベトしてる、真っ白で食欲をそそらない、見た目が味気ない、すぐ固くなるｅｔｃ……。栄養価があるから季節になるとそればっかり食べさせられる……っていう不満もあるんだろうな。

そしてなにより、信者さんに「またこれか……」っていう顔をされるのが嫌なんだって。信者さんががっかりした顔を見た下の子たちが、しょんぼりするのを見るのが嫌なんだって。

レントくん、優しい良い子じゃん！

「そりゃ、この時期はどこの家でもムーチの実の粉で作る団子がおやつだけどさ……少しでも美味しい、って言ってほしいじゃん」

「あー……旬のものはねぇ……よく採れるから、食卓に上がる機会も多くなるしねぇ」

「おれらは団子にする方法しか知らないから、リンさんが他の食べ方知ってたら教えてほしいなぁって」

経験あるなぁ……家庭菜園でトマトが採れすぎたせいで、三食どころかおやつにまで侵食してくるとか、リンゴ貰いすぎたせいでおやつがリンゴ三昧とか……。贅沢な悩みだとはわかってるけど、ちょっとね……切なくなるよね。

……だからといって、私のごはん知識がどこまで役に立つのかと言われると……自信はないけど、期待されてるっぽいから頑張んないと！

似たような食べ物が記憶にあるかどうか、レントくんに聞いたムーチの実の団子についての情報を思い返していくうちに、とある食べ物の名前がふと脳内に浮かび上がってきた。

白くて、もちもちで、表面はちょっと粘りけがあって……って、私が大好きな白玉団子じゃん？　餡子ちゃんと大親友の白玉ちゃんじゃないか⁉

「話を聞く限りムーチ団子って、白玉に似てる感じがするね」

「シラタマ……？」

今となってはちょっとした懐かしさすら感じる日本の食べ物を挙げてみたけど……キョトンとした顔で首を傾げるレントくんを見る限り、こっちの世界にはない食材みたいだねぇ。残念無念。

「えーっとね……真っ白でプニプニしてて仄甘い感じのお団子なんだけど」

ついでに、その白玉ちゃんに関しての説明もしてみたけど、大きな三角耳をぺたりと伏せたレントくんの眉間に、より深いシワが刻まれるだけの結果になってしまいましたとさ。とっぴんぱらりのぷぅ。

「…………それって、シラタマとかじゃなくてムーチの実の団子じゃん？」

「うん……まぁ、そうなるよね、うん」

思いっきり「わけがわからないよ」と顔に書いてあるレントくんが訝しげにこちらを見てくることに、思わず天を仰ぐ。

あー！　基本的に私が異世界から来たっていう情報が、限られた人にしか明かせない特殊秘匿ハンドアウト扱いなのがもどかしい！　私はただ、「私が住んでたところにも、似たような食べ物があったんだよー」と、若人ときゃっきゃうふふしたいだけなのに‼

……というより、そのムーチ団子とやらなんだけど、白玉団子に似てるっぽいから、シロップに沈めたり餡子なりジャムなりをかけて食べれば良いのでは？

もしくは、串に刺してタレつけて焼く、とか。なんなら、中にジャムとか詰めて茹でてもいいんじゃないかなー、と思うんだけども……その辺の調理法も試した上での相談なんだろうか⁇

「……あー、まぁ、詳しいことは教会に着いて現物を見てからの方がいいか！」

「なんかよくわかんないけど、もうすぐ着くよ！」

先が白い尾をしならせるレントくんが指差す先には、レンガ造りのこぢんまりとした建物が見えている。私の胸ほどの高さの塀に囲まれた敷地には、何本もの木が植えてあるのがわかる。きっとあれがムーチの木なんだろう。目を凝らせば、薄茶の実らしきものが鈴なりになっているのが見えた。

建物の玄関ポーチとおぼしきところには、獅子の耳と尻尾がある獣人の女の子——確かリオンちゃんっていったはず——が箒を手にして掃除をしているところだった。

「あ、レント！　アンタ掃除サボって何してたの？　……てか、そっちの人は？　見たことのない人だけど、教会にお祈りに来た人……？」

さすがは肉食の獣人さんだけあって、視力がかなり良いみたいだ。

目敏くこちらを見つけたリオンちゃんが、レントくんに青筋を立てつつさりげなくこちらに視線を投げてきた。たぶん、本人はにっこりと笑顔を向けてるつもりなんだろうけど、なんというか、その……バリバリ警戒されてるのがわかりますな……瞳孔はかっ開きっぱなしだし、耳は寝かせられてるし、尻尾は揺れてるし……知らないお客が来たときの猫みたいになってますなぁ。

妙な動きをすれば飛びかかる、と言わんばかりに私の一挙一動を見つめるリオンちゃんにレントくんが飛び付いて、そのままがっしりと肩を組んだ。

「まーそうカリカリすんなって！　リンさんは、バザーの軽食のアイディア考えてくれる人！　あの暴食の卓のご飯番なんだって！！！」

　ニカッと笑ったレントくんがこっちを指差せば、リオンちゃんの金色の目がクワッと見開かれる。

「はぁぁ!?　確かに暴食の卓の人にはお世話になったけど、こんなお姉さんいたっけ……？」

　あー、まぁ、ねぇ。リオンちゃんたちを救出しにいった時は私は姿を隠してたし、見覚えがないのは当然だよね。見覚えがないのに「暴食の卓の関係者です！」って言われても、にわかには信じがたいよね。

「えーとね、私、ポーターなもんで……あの火熊(ファイアベアー)騒ぎの時は姿が見えなかったのかも。信じられないなら、私のギルドカード見る？」

　未だに喉(のど)の奥でグルグルと唸(うな)り声のような音を鳴らすリオンちゃんの前に、胸元にしまっておいたギルドカードを掌に載せて差し出してみる。それでも今一つ警戒心が解けないのか、私の顔とカードの間を何度かリオンちゃんの視線が行き来して……覚悟を決めたように大きく息を吐いた後、リオンちゃんの手がギルドカードに伸ばされた。

　カードを取る間も、リオンちゃんの目はカードではなく私の挙動に注がれている。そろそろと伸ばされたリオンちゃんの手が、私のカードを引ったくるようにかっさらっていくのと同時に、華麗なバックステップを決められ、あっという間に距離を取られた。

　おぉ！　たった一歩で二メートルは飛びすさられたんですけど！　獣人さんって、やっぱり身体能力が凄(すご)いんだな！

　感心するあまり食い入るように見つめてしまった私に胡散臭(うさんくさ)そうな視線を投げて寄越(よこ)したリオン

ちゃんが、私のギルドカードの記載面を確認して…………。

「いやぁぁぁぁぁぁ！！！！！　ほ、本当に暴食の卓の人だったぁぁぁぁぁ！！！」

一気に顔を青ざめさせたリオンちゃんの口から絹を引き裂いたような悲鳴があがり、東雲(しののめ)が晴れる明けの空の下に響き渡った。

うむ。さすがの肺活量である。

「あ、あの……本当にごめんなさい！　命を助けてもらったパーティの関係者を威嚇するなんて！」

「や、知らない人を警戒するっていうのは当たり前のことだし、むしろこっちこそ朝っぱらから突然押し掛けちゃって……配慮が足らず申し訳なかったです」

震える手でギルドカードを返してくれたリオンちゃんが頭を下げる前で、私もペコリと頭を下げる。冷静に考えれば、レントくんの話を聞いてすぐ行動するんじゃなくて、「本日の〇〇時頃に伺います」ってアポを取り付ければよかったんだよね……手痛いミスでしたわぁ……。

それでも、私が怒っていないということをようやく信じてくれたリオンちゃんが顔を上げてくれて、ちょっとぎこちないけど握手をしてくれた。

「え、と……獅子の獣人のリオンです。前衛を担当しています」

「暴食の卓のリンといいます。ポーター兼ごはん番です。よろしくお願いします」

まだ若干のぎこちなさは残るものの改めて自己紹介を交わし、お互いに顔を見合わせる。なんだか少し気恥ずかしくて、にへっと気の抜けたような笑みが漏れてしまった。
それにしても、こうして間近でリオンちゃんを見たけど、溌剌とした可愛らしさで満ち溢れておりますな！　健康そうな小麦色の肌はツヤツヤだし、ふんわりとカールしたお日様色の明るい髪が歩くたびにふわふわと揺れて……。もちろん、ぴこぴこ動く耳と尻尾の愛らしさは言わずもがなだし！　こりゃあ将来、美人さんになりますぞ！

決してヨコシマな気持ちはなかったものの、ぽけーっと見つめていたことに気付かれたんだろう。リオンちゃんが怪訝そうな顔で小首を傾げた。

「あの、そういえばリンさん、バザーのお菓子のことで来てくれたんですよね？」

「うん。なんだか困ってるみたいだったから……っていっても、素人に毛が生えた程度だから、どこまでお役に立てるかわかんないけどね」

「えぇぇぇぇ……無償でレシピを教えるなんて、リンさんお人好しすぎる！　レシピなんて良いお金になるのに！」

私の答えを聞くや否や、柳眉をひそめたリオンちゃんが咆哮をあげつつ教えてくれた。

こっちの世界の料理のレシピは、親から子へ、師匠から弟子へ……っていう感じでレシピが引き継がれていくんだそうな。なもんで、家族でも師弟関係でもない他人のレシピを教えてもらう機会なんてほとんどなくて、実食して根性で再現するくらいなんだって。

だからこそ、店のカンバンになってる美味しい料理や新しい料理のレシピなんていうものがあるなら、どうしても手に入れたいと思う人もいるわけで……それが商売になりうる、という感じっぽいな。

……あれ？　ってことは、私の元いた世界のレシピとか、売れるんじゃね？　調味料はどうにもならないとして、洋風アレンジとかすればイケるのでは……？

うん。どうしてもお金に困ったら、レシピ考案して売っぱらおう。その結果、美味しいものがあちこちで食べられるようになるなら御の字だし、うん。

その場合、いったい誰に相談すれば売買契約を結べるのか、と、頭の片隅で考えていると、裏手の勝手口のようなところから教会の中に入っていったレントくんが、開いたドアからひょっこりと顔を覗かせた。

「リオーン、リンさーん！　こっちこっち！　はーやーくー！」

「ちょっとレント！　アンタ、お礼もなしにレシピ考えてもらおうとか思ってたわけ⁉」

「え、ぐぇっ……だ、だってリンさん、お礼とか要らないって言ったし……っ……」

にこにこ顔で手を振るレントくんを、ずかずかと早足で歩を進めたリオンちゃんが言葉的にも物理的にも締め上げている。こりゃあのんきにレシピ売買方法とかを考えてる場合じゃなかったぜ！

慌てて速度を上げて二人に近づくと、まずはヒートアップしているリオンちゃんを宥め、べそべそしてしまったレントくんを慰めたらお仕事完了、である。

……いやぁ、なんだか懐かしいなぁ、この感じ！　兄弟喧嘩を宥めた時の感じに似てるわぁ。あの時は弟と妹が泣きわめいちゃって、泣き止ますのが大変だったっけ……涙が止まるまで必死で撫でてたなぁ……。

もうすっかり頭の片隅に追いやられていた記憶を思い出し、まだ納得いっていないのかフーフーと荒い息をつくリオンちゃんと、耳も尻尾もぺしょぺしょと垂れ下がってしまったレントくんの頭を、つい撫でていた。

ふわふわの髪とサラサラの髪の手触りの違いが伝わってきて、非常に気持ちよかったことをここに記しておこう。併せて、当の二人からは、「もう子供じゃないんで！」と真っ赤な顔で抗議されてしまったこともご報告いたします。

……うん。これに関しては私が悪かったです、はい！

それはそうとして、どうにかこうにか口喧嘩が止まったので、結果はオーライでしょうかね！

……ただまぁ、口喧嘩の原因は、私が報酬を蔑ろにしてしまったことっぽいので、それも解消しておかないと……喧嘩の火種はないに越したことはないからね。

「あの……ものすごく今さらなんだけど、もしお礼を……っていうなら、ギルドにいる暴食の卓の人に、私が教会にいるって言付けてもらってもいいかな？」

若干の燻りが残る二人と視線を合わせ、お願い事を提示してみる。思い返せば「朝市に行ってきます」としか伝言してこなかったなー、と思ってさ。昨日のＢＢＱが終わった後、「明日は少し羽を伸ばせばいい」とは言われてるから少しくらい寄り道をしても怒られはしないだろうけど、現在地を伝えておくのって大事なことだろうし。

……でも、どうやらこの提案は二人にしてみれば「お礼」にもならなかったらしい。

私の言葉を聞くや否や、赤みの残る頬もそのままに、レントくんとリオンちゃんが詰め寄ってくる。

「もー！　暴食の卓の人に伝言しに行くとか、リンさんへのお礼じゃなくてただのご褒美じゃん！」

「火熊騒ぎの時のお礼言いたくても見つかんないし、先生には〝お邪魔になると悪いから〟って言われて会いにも行けないし！」

「でも、今、リンさんに頼まれたってことは、合法的に会いにも行けるしお話もできるってことでしょ!?」

ぐいぐいと距離を詰めてくる二人の目は、そりゃあもうキラキラと輝いている。……てか、「合法的に会いに行ける」って、もんのすごいパワーワードなんですけど～？

うちのパーティはアイドルか何かだったっけ？　握手会とかした方がいい？

……いや、この二人に出会った経緯を考えればアイドル扱いでも無理はないのかな？

命の危機に助けに来てくれたヒーローみたいなもんだったんだろうし。……そう考えると、この子たちがうちのパーティに突撃して行かないよう、事前に釘を刺していたライアーさんの判断は英断と言っても過言ではないな。

思わず遠い目になった私の目の前では、獅子と猫による喧々囂々たるどちらが行くかの権利争奪戦が繰り広げられている。白熱した戦いは「リンさんを誘ったのはレントだから、最後まで責任持ちなさいよ！」の一言で、リオンちゃんが伝言役をもぎ取っていった。

「それじゃ、アンタはしっかりリンさんを手伝って、軽食のレシピ考えるのよ！」

満面の笑みで手を振りながら、獅子の獣人の子が脱兎のごとく駆け出していく。反対に、シワシワ顔で肩を落とすのは猫の獣人の子だ。

「えと……ご、ごめんね！　なるべく美味しそうなレシピ考えるから、元気出して？」

「いえ。リンさんとの作業が嫌とか、そういうことではない、です……美味しいバザー用の軽食作りましょう……！」

丸まった背中にそっと掌を添えて声をかければ、しおしおと萎びつつもレントくんがガッツポーズを作ってくれた。

推しに会える機会を逃したというのに、泣きわめくでもなく当たり散らすでもなく、こうしてちゃんと気を使ってくれるなんて……レントくん、めっちゃ良い子なのでは？

よゐこのために、美味しい軽食を作らねば……！

……と、拳を握ったところで、ふと気が付いた。レシピ研究をするのはいいけれど、総責任者の人に許可をもらってないじゃん、と！

今更ながら「台所借りるならご挨拶しておきたいんだけど」と申し出た私の前で、目元を擦るレントくんがヒラヒラと手を振った。

「ああ、先生なら、今の時間は朝の儀式中。もうしばらくかかるから、始めてていいと思うよ！」

「え、いいの、そんな軽い感じで⁉」

驚く私に、「いいんです」と笑いかけてくれたレントくんが、有無を言わさず先導してくれる。

本当に大丈夫なのかという気持ちと、何か重要な作業の途中だったら邪魔するのはダメだなという気持ちとがせめぎ合う中、着いた先は教会の台所だ。

薪式のかまどがいくつか並んでおり、かなり昔から神官さんや信者さんたちの食を支えてきました、という雰囲気がありありと伝わってくる。

水場らしきところには蛇口がなく、代わりと言わんばかりに大きなカメと柄杓が置いてある。野菜などは外の水場で洗い、調理用の水としてカメに溜めた水を使うんだろうな。時代劇でそんな感じのことしてるの見たことある！

なんというか……野営車両（モーターハウス）の台所に慣れてしまった身としては、古式ゆかしきを通り越して前時代的っていう言葉が思い浮かぶなぁ、この台所。ちょっとしたレトロな映画に出てきそうだよね。

何をどう使えば……と周囲を見渡す私の前に、大きな袋を持ったレントくんが台所の奥から戻ってきた。

「これが、ムーチの実の粉。いつもは、これに水を入れて捏（こ）ねたヤツを団子にして、茹（ゆ）でるんだ」

「ふむ……ちょっと触ってみても？」

「いいよー」

植物の繊維を編んだような袋の口を開けたレントくんが、中身をこちらに見せてくれる。ゴツゴツした塊だらけの、真っ白な粉だ。

触ってみると、思った通り塊部分はそれなりに強固で、指先で力を込めてようやく少し割れる程度の固さだ。砂利のような感触も、私の予想通り。

……ムーチの実の粉、マジで白玉粉みたいなんですけど！

えぇぇぇ……白玉粉ってお米の粉だと思ってたんだけど、こっちの世界では似たような粉が木の実からできるのか！

ところ変われば……とは聞くけど、こうして目の当たりにすると面白いなぁ！

「……あのね、レントくん。まずは、その作り方で作ったお団子食べてみたいなぁ。私、ムーチの実の味、知らないからさ」

「いいよ！　それじゃ、おれがいつものやり方で作るからリンさんは見ててよ。なにか改善点があるかもしれないし！」

にかっと笑って私のお願いを受けてくれたレントくんが、まずは炎の魔法らしきものでかまどに火をつけた。……そっか。魔法があれば火を熾すのも簡単だろうし、コンロとかがなくてもやっていけるわけか。

火勢が安定したかまどに水を張った鍋をかけ、ボウルを掴んだレントくんの手が迷うことなく粉袋に伸びる。あとはもう、レントくんの流れるような作業を眺めているだけだった。

ボウルに粉を掬って、柄杓で水を入れて、捏ねて、丸めて、沸いたお湯に投入して……。

鮮やかな手つきに感心しているうちに、お湯に浮かんだ団子が網杓子で掬い上げられ、小皿に盛られて私の目の前に差し出されていた。

「はい、これがムーチの実の団子！」

「ありがとう、レントくん！　すごく手慣れてたねぇ」

「もう何回も作ってるからなぁ。あ、すぐ硬くなるから、早く食べた方がいいよ」

「ありがとう。さっそくいただきます！」

見るからにつやつやしたお団子を、指で摘まんで口に入れる。ツルンともヌルンとも言えない表面に歯を立てれば、そのまま歯の間でむっちもっちと弾けて滑る。何度か挑戦してようやく噛み切れても弾力は健在で、ようやく飲み込んだ頃にはすっかり顎が疲れ果てていた。

味としては木の実っぽい香ばしさはあるんだけど、白玉のような仄甘い感じが少ないかな。ところどころに粉の塊が残ってるせいか、後味に若干の渋さというか、エグみも残る感じがするし……見た目は白玉に似てるけど、味は……あんまり似てない、なぁ。

「ちなみに、これバザーではいつもどうやって売ってるの？」

「ざっくり蜂蜜絡めて、ゼーラムの葉っぱに包んで配ってるんだ。持ち帰り用の容器代もバカにならないし」

「ああ、あの幅広の葉っぱかぁ……それじゃあ、シロップ系は難しいね」

ゼーラムの葉っぱ……私が暴食の卓ではじめて本格的なご飯作りをした時に、おにぎりや卵焼きを包んだあの幅広の葉っぱが、ここでも使われているらしい。わりとどこにでも生えてるもんな、あの葉っぱ。

でも、基本的にゼーラムの葉っぱで包んで渡してるってことは、シロップに浸したものを出す、ってわけにはいかなそうだ。

それにしても、あの弾力のすごいムーチ団子に蜂蜜の組み合わせはどうなんだろうか。噛んでるうちに味がなくなりそうな気がするんだけども……。

「……このムーチの団子は、茹でるだけ？　揚げるとか、フライパンで焼くとかの方法は？」

「揚げるのは油をいっぱい使うし、小さい子たちもいて危ないから禁止されてて。焼くのは焦がしちゃうことも多いし、つきっきりじゃないといけないから、あんまり……」

「ふむふむ……使える材料は、ムーチの粉と、蜂蜜くらい？」

「そんなに大量でなければ、油とか他の材料も使っていいことになってるよ。赤字にはしたくないからさ……」

せっかく作ってもらったお団子を残すのも憚られ、疲れたこめかみに鞭打って一心不乱にお団子を消費しながら尋ねる私に、レントくんは嫌な顔一つせずに答えてくれた。

揚げず、直火で焼かず、ちっちゃい子でも作れて、葉っぱに包める軽食……ねぇ……。

ぱっと思い付いたのは、ドライフルーツとか砕いたナッツを混ぜた蜂蜜餡を、ムーチ団子で包んで茹でる……ってヤツなんだけど、これはこれで弾力に負けそうなんだよねぇ。

あ。でもでも、団子の生地そのものに味をつけちゃえば、噛んでるうちに味がなくなる問題は解決するかな。だとすると、一回で大量に作れて、生地に味がついてる系の、白玉粉レシピ……かぁ。

首を捻った私の頭の中に、突如リンゴーンと鐘が鳴り響く。

今いる場所が教会だけあって、天啓でも降りてきたんだろうか。

空一面を覆っていた暗雲がパァッと晴れ渡り、その割れ目から地上に向かって燦々と降り注ぐ光の周囲を、柔らかな笑みを浮かべた天使が飛び交うような幻覚の中、レントくんが挙げる条件に沿う軽食の名が口を衝いた。

「なんちゃってポン・デ・ケージョ！」

「え？　ぽん……なんて？」

「むっちむちのもっちもちのパンみたいなやつ！　小麦粉は使ってもいいの？　チーズとかは？」

聞いたことのない言葉だったのか、レントくんが不思議そうな顔で瞬きを繰り返す。

発酵が要らないから小腹が空いた時によく作ってたんだけど、白玉粉にそっくりなムーチの粉でも作れると思うんだよね！

小麦粉の有無を聞いたのは、ムーチの粉は白玉粉より弾力があるから他の粉を混ぜた方が合うような気がして、さ。あとは、エグみの対策としてチーズを混ぜると美味しいかなー、って。

思い付いた勢いのまま、ついレントくんに詰め寄っちゃったけど……思わず仰け反ったレントくんが指折り答えてくれる。

「えっと……小麦粉はあるよ。チーズも、うっかり干からびさせちゃったのでよければ食料庫にあったと思う」

「よっし！　そんなチーズがいいんだよー！　少し貰ってもいいかな？　チーズ味のポンデケにしよう！」

拳を握る私を見て、レントくんが他の材料を取りに行ってくれた。その間に、私は頭の中でざっくりとレシピを組み立てていく。

いつもは白玉粉オンリーで作ってたけど、今回は小麦粉を混ぜるから……十対二くらいで様子を見ようかな……。この対比をベースに一回作ってみて、小麦粉を増減させればいいいと思うし。

記憶を頼りにレシピを組み立てる私の前に、大きなチーズを持ったレントくんが戻ってきた。一抱えほどもある、大きなハードチーズだ。

乾燥していると言ってただけあって、黄色を通り越してオレンジがかっている。でも、そんな色味も、薄いミモレットみたいな感じと思えば美味しそうだなぁ。

干からびてるって言ってたけど、十二分に使えるチーズですよ、これは！

「リンさん！　チーズ、持ってきました！」

「ありがとー！　それじゃ、早速作っていこうか！」

持ってきてもらった材料を調理台に並べ、水場できれいに手を洗ったら、調理の開始である！

レントくんは、食料庫から持ってきてもらったチーズを擂り下ろす係で、私はボウルに入れたムーチ粉の塊を麺棒でごりごりと潰す係だ。

白玉粉で作るポンデケの時も、ダマにならないようしっかり潰す必要があるっていうのに、ムーチ粉は白玉粉よりも硬い塊があるしね。事前に潰しておかないと、混ぜた時に絶対ダマになっちゃうパターンだと思うんだ。

私とレントくんの手が動くたび、周囲にミルクっぽい香りと発酵食品独特のツンとするような匂いと、ムーチの実の仄(ほの)かな香りが広がった。

「まず、下準備としてチーズは擂り下ろして、ムーチの粉は細かく潰しておいた方がいいと思う」

「え……そのまま使っちゃダメだった？」

「うーん……さっき食べさせてもらったムーチ団子にもところどころ粉の塊が残ってたし、この工程は必須(ひっす)だと思うなぁ」

手順を説明しながら一緒に作業をしていると、削り器でチーズを擂り下ろすレントくんの目が丸くなる。レシピは基本門外不出っていう感じだと、こういうほんの小さな一手間的なものも伝わりにくいんだろうなぁ。塊があらかた潰れて生地になじんだボウルの中身を、〝こんな感じで〟というのを視覚でも覚えてもらうべくレントくんに見てもらう。百聞は一見に如(し)かずってよく言うじゃん？

ふむふむと頷(うなず)きながらボウルの中を見るレントくんの目は、真剣そのものだ。覚えたら、レントくんが他の子に教えてあげてね、と私が伝えたせいもあるだろう。

状態を確認し終わったら、ボウルに小麦粉とチーズを擂り下ろしたヤツを加えて、出してもらったお塩と植物油を入れて……。こうして上から眺めてみると、粉の白さと、チーズのオレンジ色と、金色の油とがボウルの中できれいに映えてるねぇ。

「私の知ってるレシピなら牛乳を入れるんだけど、今回はお水にしておこうか。予算の都合があるんでしょう？」

「牛乳なら、酪農やってる信者さんが届けてくれる分があるので、使っても大丈夫です！」

「え、ほんと？　じゃあ、ありがたく使わせてもらおう！」

にっこり笑って牛乳の入った陶器の瓶を出してくれたレントくんの手からそれを受け取って、ヘラで混ぜながら少しずつ少しずつ牛乳を注いでいく。

ムーチ粉、最初はボソボソとしてるけど、ある一定の量を超えるととたんに滑らかになるところも、白玉粉そっくりだな……。

ヘラの先でぽってりとまとまってきた生地の状態も確認してもらったら、ほぼ完成だ。

「あとは、生地を丸めてオーブンなりフライパンで焼くだけ！　簡単でしょ？」

「え……もう終わりなんですか？　なんか、もっと、こう……難しいもんだと……」

最後に大きく一混ぜして終了宣言を出せば、レントくんが零れんばかりに目を見開いた。

「終わり終わり！　これなら、混ぜて捏ねて丸めるのをちっちゃい子にやってもらって、大きい子たちで焼けるじゃん？」

だって、小さい子たちも参加するっぽいし、難易度は低い方がいいじゃんか。小難しいの作って失敗するのも、材料がもったいないなかろうしねー。

なんちゃってポンデケは発酵がいらないから短時間でできるし、焼く時しか火を使わないからお手軽だし、基本混ぜるだけで工程も少ないし……これで美味しくできてたら、バザーにぴったりだと思うんだけどな。

「そういえば、オーブン予熱してもらうの忘れてたや！」

「かまどがオーブンも兼ねてるんで、大丈夫です！　天板持ってきますね！」

「おお……省スペースだなぁ。天板はどこにあるかわかんないし、お願いしてもいい？　その間、生地を丸めておくからさ」

あとは丸めて焼くだけという段になって、肝心要の予熱を忘れるというポカをやらかしたと焦る私を横目に、レントくんがさっき団子をゆでた鍋がかかっているかまどの下にある薪入れの扉を開ける。火掻き棒で火床をいじっていたかと思えば、薪がよけられ天板を置くスペースが完成していた。

なるほど。確かにこうすれば、オーブン調理も煮炊きもできるってわけか。

オーブン用の準備を終えたレントくんが天板を取りに行ったのを見て、私も行動を開始した。柔らかく手にしなだれてくる生地を一口大に千切っては丸め、千切っては丸めていく。

時を同じくしてレントくんが持ってきてくれた天板に油を塗ってもらい、そこに生地を並べていけば、準備は完了。すかさずオーブンに突っ込んで、あとは焼けるのを待つだけだ。その間に使った道具を洗っておこう。

……っていっても、せいぜい混ぜるのに使ったボウルとヘラ、ムーチの粉を砕いた麺棒とチーズ擂り下ろし器くらいなんだよね、洗い物。手順も使う道具も少なくて済むって、なかなか優秀なレシピではなかろうか。

火加減を見終わったのか、鋳物でできてるっぽい分厚い扉を閉めたレントくんが、好奇心に満ちたキラキラとした瞳で私を振り返る。

「おれ、茹でる以外の方法でムーチの実を食べたことないんで、ちょっと楽しみです！」

「外がカリカリ中はむちむち……って感じの仕上がりになると思う」

「どんな味だろう？　匂いがもう美味しそうです！」

　にこにこと笑うレントくんの顔は、年相応の幼さが残る可愛らしいものだった。身長は私より大きいっていうのにね！

　この世の無情を噛み締めている間にも、オーブンの方から胃の腑を刺激する匂いが漂ってきた。

　レントくんに頼んで蓋を開けてもらえば、天板の上に並んだ生地は、なんとも香ばしそうに色付いている。生地の底がじぶじぶと塗った油を沸かせる音と一緒に、加熱されたデンプン独特の重めの甘い香りと、チーズが焼ける香ばしい風味とが相まって襲いかかってきた。

　分厚い鍋掴みを借りて天板を調理台に置けば、周囲の空気がジリジリと焼けそうなほどの余熱が伝わってくる。負けじとフライ返しを焼きポンデケの下に差し込んでみると、引っ掛かることも抵抗もなくスルリと入っていった。

　うむうむ。生地が焦げて天板にこびりついてる……ってことはなさそうだな。

　そのまま手近にあったお皿に、木製の簡素なトング的な道具で焼き上がったポンデケをぽんぽんと移していく。さっくりきつね色に焼けたポンデケはトングで触っただけでもカリカリで、なんとも食欲をそそるけど、さすがにまだ熱すぎるな。焼けた生地の熱が伝わって、お皿自体も熱を持つくらいなんだもん。もう少し冷めてからじゃないと、持っただけで火傷しそう！

「うわっ……めちゃくちゃ美味しそうです！」

「火加減が心配だったけど、上手く焼けて良かったぁ！　少し冷めたら食べてみようか」

「えー？　こういうのは、出来立てがイチバン美味しいと思います！」

匂いに誘われたか、見た目で食欲がわいたか……レントくんが瞳を輝かせてごくりと喉を鳴らす。

あー……食べたい気持ちは非常によくわかるけど、真っ白な湯気が上がる生地を素手で触るのは、まだ無理だと思うんだ。

持っているのも辛いくらいに熱くなってきたお皿を調理台の端に置こうと手を伸ばそうとしたところで、レントくんの腕が横からぬっと伸びてきた。制止する間もなく、熱い熱いと笑いながら細い指が焼きポンデケを持っていく。

もうもうとした湯気を上げる一欠けにふーふーと息を吹きかけて、レントくんはそれを口に放り込んだ。

「あっつい！」

「そりゃそうだ！」

次の瞬間に上がった悲鳴は、予想通りの言葉で……脳内に至極当然という四字熟語を駆け巡らせながら、出しっぱなしだった牛乳が入った瓶をレントくんに渡してやる。

緊急事態になりふりを構っていられなかったんだろう。ビンに直接口をつけてラッパ飲みしたレントくんが、ふーと大きく息を吐いた。もともと半分以下しか入っていなかったけど、どうやら全部飲みきってしまったようだ。

「やば……これ、熱いけど美味しい！　本当にムーチの粉で作った軽食なんですか？」

空になった牛乳瓶を抱えるレントくんに、作るの見てたじゃんと突っ込みたいのをぐっと堪える。だって、畏敬の念の籠もった視線を投げてこられると、どうも……居たたまれないようなむず痒いような気分になっちゃってな……。要するに、恥ずかしかったんだよぅ！

でも、猫の獣人さんが……しかも、年下の子が熱さを恐れずに試食に挑んだというのに、年上の私が怖じ気づいてるなんてカッコ悪いところは見せらんないよね！

私も食べよう！　熱いだろうけど、出来立てを食べよう！

そう思ってお皿の上のポンデケに手を伸ばしたはいいんだけど……や、これ、思った以上に熱いんですけど⁉

「熱っっ！　あっつっっ‼　いや、ちょっと、えぇぇぇ⁉」

お手玉でもするように右手左手と持つ手を替えつつ、どうにかこうにか持てる温度まで冷ましていく。さすがにこれを一口で食べる勇気はなくて、熱に灼（や）けそうになる指先を叱咤（しった）して、カリッと焼けた表面を割り開いていく。

ところどころにチーズが溶けた跡が散見する表面が割れるのに従って、混ざったチーズのせいかでんぷん質が多いムーチ粉のせいか……熱で蕩（とろ）ける求肥（ぎゅうひ）のようにむちっと伸びる中身が顔を出した。断面からは生地の中に閉じ込められていた湯気が出て指にまとわりついて火傷しそうになるけど、それ以上にチーズの匂いとムーチの実の香ばしさがいっそう強く薫る。

あー……これは絶対美味しいヤツだ。食べる前からもう美味しいヤツだぁぁ。

もうもうと湯気の立つポンデケの半分にもう一度息を吹きかけて、覚悟を決めて口に放り込んだ。

まず感じたのは、ガリガリに近い感触に焼き上がった底の部分の歯触りの良さと、香ばしさ。たっぷりと入れた擂り下ろしチーズがいい働きをしてくれたみたいだ。チーズをそのまま焼いた、チーズ煎餅（せんべい）に近い美味しさがある。

続いて、底ほどではないけれど、カリッと焼けた表面と、もっちりとした中身とが口の中で混ざっていく。事前にムーチ粉を砕いておいたおかげか、ダマもできていない。ムーチ団子の時に感じた歯を弾き返すような弾力も、小麦粉を混ぜたお陰か無事になりを潜めていた。

これは……結構上手くいったのでは……⁉

「……思った以上にムーチの実の木の実っぽさと、チーズの風味が合うなぁ」

飲み込んだ後に鼻に抜けていく木の実っぽい香ばしさと甘い乳臭さを感じつつポツリと溢せば、いつのまにか二個目のポンデケを咥えていたレントくんが無言のまま首を縦に振って肯定してくれた。

いや、試作品だからつまみ食いしちゃダメ、とは言わないし、つまみ食いを怒ったりもしないけど、他のみんなにも試食してもらう分を残しておいた方がいいと思うんだ。

だって、ほら……台所の入り口のところ。起きてきたっぽい他の子たちがこっち見てるじゃん？

そして、好奇心に満ちた瞳でこちらを見つめる小さい子らに気付いた次の瞬間、私は周囲をどっと駆け込んできた子どもたちに囲まれていた。

「ねー、レンにぃなにたべてるの？」

「れんにいばっかりズルい！　ぼくもたべたい！」

「おねーちゃん、だーれー？」

ケモ耳が生えていたり、ちょっと変わった目の色だったり、下半身がケモ足だったり……様々な姿をした子どもらは、レントくんを中心に……いや、初対面の私にも果敢に飛び付いてくる。

ちょ……きみたちパワフルが過ぎやしないかい？　めっちゃグイグイくるじゃん！

私とは比べ物にならないちょーだい攻撃を受けているレントくんはどうなっているのかと視線を

向けたけど、さすがに慣れてるねぇ！　だいぶ冷めてきたポンデケを子どもたちに手渡しては自分から離れるよう誘導してるじゃなか！

うむ。立派にお兄ちゃんしてますなぁ。

私にひっついていた子どもらも、食べ物が貰えると知ると一目散にレントくんに向かっていき、無事ポンデケを手に入れていた。

レントくんからポンデケを貰った子どもたちが、土間のところで輪になってそれにかぶりついている。どの子も幼い顔をにぱっと輝かせ、美味しいねぇと笑ってくれていた。

そんな微笑ましい光景をニマニマと眺めていた私は、もともと薄い警戒心というものを忘却の彼方へと飛ばしていたようだ。

だから、気付かなかったんだろう。

子どもたちがいる土間の反対側……さっきまで小さい子たちがいた教会に通じる台所の入り口に、大きな影が差していたことに……。

「私からもぜひ話を聞きたいですね、レント。朝からいったい何をしているのですか？」

「ヒョッッッ‼」

柔らかなバリトンと、焦ったようなレントくんの高い声が私の耳を穿つ。

咄嗟にそちらに視線を向ければ、がっしりした体つきの男性……この教会の神官で子どもたちの養い親でもあるライアーさんが微笑んでいた。一見にこやかに見えるものの、絶対に言い逃れは許さない、とその目の奥に書いてあるのが見えそうなほどだ。

ライアーさんの姿を認めて以来、ぺったりと耳を伏せて尻尾を垂れたレントくんの口からは、あーだのうーだの、言葉にならない声が漏れるばっかりで、この事態を解決できそうな雰囲気ではないなぁ。

……となると、ここは年上の私がきちんと説明をする必要があるでしょうな！

「初めまして！　暴食の卓でポーターをしているリンと言います！　本日は早朝からアポイントもなくお邪魔してしまい申し訳ありませんでした！」

さっきしまったギルドカードを再び胸元から取り出すと、胸の高さに構えて頭を下げつつ差し出した。「名刺交換じゃあるまいし……」という内なる声が聞こえた気もするけど、まぁ、それは無視していこうかな！

ギルドカードを突き出されたライアーさんも驚いたような顔をしたけど、すぐににこやかな笑みを浮かべてギルドカードを手に取ってくれた。カードに書かれた私の情報と、私の顔との間をライアーさんの視線が何度か行き来して……何かに納得したような表情でこちらを見るライアーさんが目を合わせてきた。

凪（な）いだ湖面のような静かな瞳には、優しげな色が灯（とも）っている。

「……ああ、なるほど………あの時の『安全な方法』というのは、貴女の能力（スキル）によるものだったのですね」

「あぇ!?　え、あ、ハイ……詳細は話せませんが、私のアレでナニしました、ハイ……」

「お陰様で、私も、あの子たちも、無事にこうして過ごすことができています。本当にありがとうございました」

やんわりとした笑みを浮かべたまま頭を下げたライアーさんが、ギルドカードを返してくれた。

おっふ！　なんだろうかこの〝わかってます〟感！
歴戦の勇士……って感じなんですけど！
ただまぁ、ありがたいことに、かなり友好的な印象を持ってくれてるみたい……っていうのが救いかな。

　この分だと、おとがめは軽くて済むんじゃなかろうか？　ベースにあるのがヴィルさんたちの奮闘……って考えると、仲間の褌(ふんどし)で相撲取っちゃったような気がして罪悪感が突き刺さるけどさ……。

　汚れちまった悲しみに思いを馳(は)せていると、目の前のライアーさんが不思議そうに頭を捻(ひね)る。

「ところで、暴食の宅の方がこの教会に……しかも、厨房(ちゅうぼう)に何かご用事が……？」

「ああ、その件につきましては、話せば長く……もならないんですが……」

　意を決した私が釈明すべく恐る恐る手を挙げかけると、これまた教会の方からぱたぱたと軽い足音と女の子の声が聞こえてくる。

「先生！　先生！　大変、大変！」

　リオンちゃんより少し高く、甘い声で台所まで駆けてきたのは、あの火熊(ファイアベアー)事件で保護したハーフエルフの女の子、アイーダちゃんだった。

　飛びつかん勢いで駆け込んできたアイーダちゃんを制したライアーさんが、少し背の低い彼女に視線を合わせるように軽く膝(ひざ)を折って首を傾げる。

「どうしました、アイーダ。そんなに慌てて」

「あのね、あのね、リオンが、暴食の卓の人連れてきたの！　ポーターの人が、この教会にいるから、って！」

「なん、ですって……⁉」

だが、そんな大人の余裕も、アイーダちゃんの口から飛び出した爆弾発言で瞬く間に崩れ去ってしまう。

きっと、大人の事情だのなんだのとかを考えちゃったんだろうなぁ……ほんの一瞬とはいえ、表情という表情が抜け落ちてしまったかのような虚無顔を晒したライアーさんと、アイーダちゃんが見つめ合うことしばし……。目頭を押さえて俯いてしまったライアーさんがため息をつくのに合わせて、止まっていた時間が動き出す。

「…………アイーダ。暴食の卓の方に、応接間でお待ちいただけるよう伝えてもらえますか？」

「はぁい、先生」

ゆっくりと顔を上げたライアーさんの言葉に頷いたアイーダちゃんが、来た時と同じようにぱたぱたと廊下を走っていった。腰に手を当ててそれを見送ったライアーさんの視線が、再び私に向けられた。

眉根を寄せるライアーさんの顔には、心の底から困っていることがありありとわかる苦笑いが浮かべられている。

「……リンさんも、詳しいお話はそこで伺っても……？」

「ア、ハイ。お願いします」

自分より年上の人に、そんな顔でそう言われてしまった私に、素直に頷く以外の選択肢はなかったよね、うん……。

ライアーさんの後を追って入った応接室では、リオンちゃんについてきたらしいヴィルさんがごまみそを抱いて待っていた。

私に気付いたごまみそが、ヴィルさんの腕を抜け出して飛びついてくる。ごろごろと喉を鳴らすごまみそを撫でながらヴィルさんを盗み見るけど……怒ってるような感じではなさそうで、ちょっと安心した、かな。

目配せしてくれたヴィルさんの方へ歩み寄るのに合わせ、レントくんを引っ張っていたライアーさんが対面に位置して……。

「この度はうちの者が大変失礼いたしました……！」

レント君の頭を片手でぐいっと押さえながら、勢い良く頭を下げさせた。ぴしっと背筋を伸ばして腰を折るその恰好は、まさに礼のお手本と言ってもいいくらいだ。

その鬼気の迫りっぷりときたら、あのヴィルさんでさえ一瞬身体を硬くした……と言って伝わるだろうか。

ヴィルさんが怯むレベルの怒気というか気迫というかを至近距離で喰らったらどうなるかなんて、レントくんを見ていればお察しだ。さっきまでの元気の良さはどこか遠くへ消え去って、ペッタリと耳を伏せ尻尾を巻いて身を縮こまらせている。

「あ、いや……道すがら話を聞いたんだが、教会のバザー用に出す軽食の相談だったとか……。知らない仲でもないし、少しでも力になれたのならそれで良い……というのが、こちらの意見なんだが……」

さすがにヴィルさんも以前助けた子が詰められているのが気になるのか、すぐに体勢を立て直すとすかさずフォローを入れている。確かにあのしょげ返り具合を見たら、助け舟出したくもなるよねぇ。

私の上司……というわけではないけれど、所属パーティのリーダーが不問とした以上、ライアーさんも落としどころと思ってくれたらしい。レント君の頭から手を離し、どこか安堵（あんど）したような色を滲（にじ）ませた目で私たちを見る。

それと同時に、ヴィルさんの話から私がどうしてこの教会の厨房にいたのかも察してくれたんだろう。ハシバミ色の瞳（ひとみ）が僅（わず）かに緩められた。

「軽食の件……ああ、だからリンさんが厨房にいらしたんですね」

「なんだ。もう作る段階まで話が進んでたのか。それで、上手くできたのか？」

「我ながら、美味しく作れたと自負してますよ！」

興味深そうな視線を投げかけてくるヴィルさんとライアーさんの前でぐっと拳（こぶし）を握りつつ、押さえられたところが痛いのか涙目で自分の頭を撫でるレントくんに目配せしてみた。

さすがは冒険者。たったそれだけで気付いてくれたレントくんが、ライアーさんの隣でぐっと胸を張った。経緯を知っているリオンちゃんの瞳がキラリと輝くのと同時に、小さい子たちが美味しそうに試作品を食べていたところを目撃したアイーダちゃんも期待に瞳を輝かせる。

うむ。やはり食べ物のことに関しては、みんな食いつきがいいなぁ。

そんな子どもらの様子を見たライアーさんは、無言で順繰りにレントくんたちを眺めたあと……

大きなため息をついた。

「レント。教えて頂いた作り方は覚えていますか？」

「はい、大丈夫です！　でも、確認と共有のために、みんなで作ってきます！」

ぱぁっと顔を輝かせたレントくんが、同じように期待に満ちた顔を向けるリオンちゃんたちと一緒に台所へ向けて駆けだしていく。

後に残るのは、理性という名の枷に囚われた、哀れな大人たちだけだ。

「改めまして、子どもらに知恵とひらめきを授けてくださったこと、誠に感謝いたします」

視線で子どもたちを見送っていたライアーさんが私の方に向き直り、ぺこりと頭を下げてくる。

おっと！　自分よりかなり年上の人にそういうことをされると、ちょっと気恥ずかしいしお尻のおさまりが悪いので、あまり気にしないでいただければ……！

「ああ、いえ。こちらが先に声をかけたので……。レントくん、いい子ですね。教会のバザーを、もっと盛り上げたいって言ってましたよ」

そんな己の下心を隠すべく、教会に来る道すがらレントくんと話していた内容をライアーさんに開示してみた。

レントくんがムーチの実のお菓子を改良したかったのって、信者さんとちっちゃい子たちをがっかりさせたくない……って言ってたけど、それってあれじゃん？

もっと美味しいお菓子作って、みんなに食べてもらって、「うちの教会スゲーんだぜ！」って言いたかった、ってことでもあるんじゃなかろうかなぁ、とね。

個人的な所見を混ぜた見解を述べてみれば、ほんの一瞬ライアーさんが驚いたように目を見開いて、すぐにふわりと柔らかな顔で微笑んだ。

「そう、でしたか……レントが、そんなことを……」

「そんな話を聞いたもので、少しでも力になれたらなぁ……と思っただけなので、あまり気にしないでいただ……」

「いえ、それはいけません！」

気にしないでいただけますと幸いです、と定型文で締めようと思った私の言葉は、掌と共に出されたライアーさんの言葉に遮られる。

私の膝で香箱を組んでいたごまみその尻尾が、びゃっと膨らんでピンと立ち上がってしまう程度には強めの声だ。ぐわっと開いたごまみその金色の目と真っ黒な瞳孔が、何事かとライアーさんをじっと見つめている。

そんな私とごまみそに気が付いたのか、すぐに眉を下げて柔和そうな表情に戻ったライアーさんが恥ずかしげに頬を掻く。

「ああ、申し訳ありません。この教会で祀っている海の神・リューシア様の教えに、『無償の愛には愛を以て応えよ』というものがありまして……このまま何もせずにお帰しするなど、リューシア教会の名折れです！」

「え、いや……私、信者さんでもなんでもないですし、レントくんに伝えたのも簡単なレシピですし、本当に大丈夫で……」

「そもそも、以前に命を助けて頂いたのに何のお礼もできないままだったのです。ですから、これは私どもの誠意として受け取って頂きたく……」

おっと！　火熊事件のことを持ち出されると、私には何も言えねーや！　それに関しては、パーティリーダーであるヴィルさんのお心次第かなー……。

そう思ってちらりとヴィルさんを見上げれば、ヴィルさんもまた心底困った、というように眉尻を下げてこちらを眺めていた。

……あー……この顔は、アレだ。俺としてはお礼なんかはいらないけど、他の連中は欲しいのだろうか……って思ってる顔だ。

とりあえず、みんなもいらないって言うと思います……という思いを込めて小さく頷いてみれば、ヴィルさんの顔がパァッと明るくなった。どうやら、私の意図は伝わってくれたみたいだ。

軽く咳払いをしたヴィルさんが、改めてライアーさんへと向き直る。

……いや、こうして見ると、それなりにガタイの良い成人男性二人が向き合ってると、けっこう迫力あるな、うん……。

「あー……火熊討伐に関しては、そちらのパーティを助けた手当としてギルドから正当な報酬を貰っているし、緊急時にお互いを助け合うのは当然のことだろう？　だから、謝礼等に関しては気にしないでほしいんだが……」

「む……確かにそう言われてしまうと……」

しんと静まり返った部屋の中、私の膝に乗ったごまみそが大口を開けて欠伸をする。すっかり膠着しちゃったなぁ……。

これはもう、「お礼」的なものを貰っちゃった方が話が早いのではなかろうか？

でも、私の方は本当に大したことしてないし、火熊討伐は救助した際の手当としてギルドから報酬として貰ってるし……。

うーん……なんかないかなぁ……。

「あ。それなら、ムーチの実の粉、少し譲っていただけませんか？」

「ムーチの実の粉、ですか？　ムーチでしたら、教会で栽培していますからいくらでもお渡しできますが……」

レントくんから、この時期はムーチの実の粉がかなり安くなるって聞いたし、教会でも作ってるっていうし、少し分けてもらっても致命的なダメージにはならんと思ったのだよ！

「あの粉を使うと、発酵待ちせずに軽食パンを焼けるんです。なので、冒険のお供にはぴったりだなー、って思って……少し分けてもらえたら、嬉しいです！」

なんでそんなものを……、という顔で首を傾げるライアーさんに用途を説明すれば、合点がいったのかすぐさま納得してもらえた。

軽食と聞いて、ヴィルさんも期待したような目で私を見てるし、なかなか良い案なのでは？

「そんなものでよろしいのですか？　確かにムーチの粉なら、自家製粉分も含め備蓄は山ほどありますが……」

「それがいいんです！　試食した時に美味しかったですし、こちらの教会で作ってる粉は、とっても良い粉だと思うので！　それと、ムーチの粉を取り扱ってるお店でオススメがあればそれを教えてほしいです」

欲しい理由はわかったけれど、そんなものでいいのだろうかという逡巡を顔の端々ににじませたライアーさんが尋ねてくるのに、満面の笑みを浮かべて頷くことで、しっかりと肯定してみせる。

下手なお店で美味しくない粉を買うより、美味しい粉を作ってるところから分けてもらえれば万々歳じゃないか！　ついでに、美味しい粉を売ってるお店の情報とかも教えてもらえれば追加購入も可能になるし。そうすれば、暴食の卓(ウチ)は継続してポンデケを食べられるからね。

ついでに、ポンデケだけでなくて他のオヤツも作れそうなポテンシャルを秘めてるからね、ムーチ粉！

〝バザーで出す軽食〟っていう縛りがなかったら、色々と作れそうなレシピがあるんだよなぁ。

まだ少し迷っているようなライアーさんをよそに、心の中で自画自賛していると再びパタパタという足音と弾んだ複数の声が近付いてくる。

いつの間にか、結構時間がたっていたらしい。

たぶん、出来上がったポンデケを持ってきてくれたんじゃなかろうか？

果たして、私の予想通り、ややもしないうちに応接室の扉がノックのあとにすぐさま大きく開けられる。

「先生！　教わった軽食パン、できました！」

「あのね、先生！　すっごく簡単なの！　これなら、チビちゃんたちも一緒に作れるよ！」

「簡単で美味しいって凄(すご)くないですか、先生！」

きつね色に焼けた一口サイズのポンデケが満載された皿を抱えたレントくんを先頭に、声を弾ませたアイーダちゃんとリオンちゃんも続けて飛び込んでくる。

興奮冷めやらぬ様子の子どもたちの勢いは、色々と言いたいことがあったっぽいライアーさんが言葉を出せずにたじろぐ程だし、うとうと微睡(まどろ)んでいたごまみそが瞬時に覚醒(かくせい)してその場で跳ね起

きる程度にはもの凄いパワーを秘めていた。

さっきかいだ香ばしい匂いが、応接室に充満する。さっきよりチーズの匂いが強い気がするから、もしかしたらチーズの量を増やしたのかも。

ポンデケのいいところは、チーズの量を増やしても美味しいところだと思うんだ、うん。

それと、アレンジがしやすいのも、いいところの一つだと思う。

「ちなみに、チーズ控えて、その代わりに蜂蜜入れて、砕いたナッツを入れても、甘じょっぱい方向に美味しく仕上がるよ」

「え？　この期に及んでまた新しいレシピ⁉」

「リンさんは、なんでそうポンポン無料で教えちゃうの⁉」

ポンデケの匂いに誘われたのか、さっき試食したばっかりだっていうのにぐぅと小さく鳴ったお腹を押さえつつ、ふと思いついたアレンジを口にしてみた結果がこのありさまだよ！

大皿を持ったレントくんとリオンちゃんから、盛大なブーイングを貰ってしまいましたよ！　さんざん対価だのなんだの言われてたのに、私がちっとも学習してないように見えたんだろう。

いや、でも、今のはつい口から零れただけだし！　レシピはレシピでも、基本レシピじゃなくてアレンジレシピだし！　ノーカン、ノーカン！

なお、事前のやり取りを知らないのであろうアイーダちゃんには、〝よく知ってますね～！〟っていう顔で眺められていたが、それが救いと言えば救い、かな。

焼き立てのポンデケを配ってくれたレントくんからは〝もっとしっかりして〟みたいな目を向けられながらも、差し出されたポンデケはしっかりいただきましたよ！

運んでくる間に少し冷めたんだろう。手で持っても多少は耐えられる温度になったポンデケを、お手玉でもするように両手で交互に持ち替えつつ、責任者であろうライアーさんが食べるまで待ってみる。

「なるほど……こういった形でムーチの粉を焼いたものは初めて見た気がしますね」

「粉状のモノですし、わりとメジャーな感じの利用法かな、と思ったんですが……」

配られたポンデケを手にしたライアーさんが、矯めつ眇めつしてポンデケを観察している。そんなに珍しい食べ方、なんだろうか……？　レシピが広がってないだけで、食べ方自体はメジャーなものだと思ったんだけどなぁ。

たぶん、そんな考えが顔に出てたんだろう。ポンデケ片手にライアーさんがこっちの世界……というか、この街でのムーチの粉事情を改めて教えてくれた。

「ムーチの粉は、小麦の粉などに比べると味や食感が独特でしょう？　なので、店の料理などではなかなか使われなくて……」

……あー……。それを聞くと、確かに、ね。ムーチの粉、美味しいっちゃ美味しいけど、そのまま小麦粉の代わりに使える……って感じでもない程度にはクセが強い食材だもんな。

今、私たちがいるこの街・エルラージュは交易の街だし、小麦粉もそんなに高くなかったことを考えると、ムーチの粉はメジャーじゃない扱いなのか……。

「その分安く手に入るから、『貧者の腹膨らまし』って言われてるんだ。おれたちみたいに食べ盛りが多いと、ありがたいっちゃありがたいけど……味と食感が苦手なやつも多くてさぁ！」

ライアーさんに続くように、怒涛の如くレントくんが追加説明をしてくれたおかげで、私も私でムーチ粉の扱いをある程度推測ができてしまった。要するに、あんまりプラスなイメージがない、流通こそしてるけどメジャーにはなれない食材……ってことかぁ。

だからこそ、ムーチの粉を使ったレシピはあんまり開発されてなくて——ムーチの粉のレシピを開発するより、他のメジャーな食材のレシピを開発した方がお客を呼べるから——、昔ながらの食べ方が広がってる……って感じなのかな。

「でも、リンさんのレシピがあれば、ムーチの粉も美味しく食べられそう！」

「それはよかった！　安くて手に入りやすい食材を、美味しく食べられるなら家計にも優しいからね！」

おずおずとこちらに視線を向けてくれたアイーダちゃんが、ほわほわと湯気の上がるポンデケを手にニコニコと笑ってくれた。

あー。この笑顔を見られただけでも、レシピ教えたかいがありましたわぁ！

「てか、先生！　温かいうちに食べてよ！　みんな待ってるよ！」

「そうそう。冷めても美味しかったけど、出来たては別格だから！」

「おっと。失念していました。そうですね、冷めないうちに頂きますね」

いつまでたっても試食が始まらないことに業を煮やしたレントくんとリオンちゃんが、皿を片手にライアーさんに詰め寄っている。

その勢いに促されたのか、ライアーさんがポンデケを口に運んだ。大きな口がもむもむと動いていたかと思うと、優し気なタレ目がカッと見開かれる。

「……これは……確かに……！　新食感、というか、新感覚の軽食ですね！」

「ねー？　美味しいでしょ！　これ、バザーに出したらウケると思うんだよねー！」

「レントと一緒に作ってみたけど、すっごく簡単だったの！　みんなでやれば量産も目じゃないと思うの！」

感嘆の声と共に残りのポンデケを一口で平らげたライアーさんのもとに、レントくんたちが詰め寄っていく。軽食作成実行員会――私がいま名付けました――の勢い、すげーなぁ。これが若さ、ってヤツかねぇ……。

思わず遠い目になりかけたところで、子どもたちの相手をしていたライアーさんが目線で「どうぞ」と伝えてくれた。三方向を子どもらに囲まれてマシンガントークを繰り広げられてる中じゃあ、声は出せないよね。

目礼に目礼を返し、私もヴィルさんも、程よく冷めたポンデケに齧(かじ)りつかせていただくことにした。

まだ温かなポンデケは、齧りつくと底の部分がカリカリしていてとても歯触りがいい。さっきは出来たてを食べたせいで熱さをメインに感じたけど、こうして冷めてくるとチーズの味がしっかりわかる。

……うん。チーズの量を増やしただけじゃなくて、細かく刻んだチーズも入れてるんだ！　少し大きめの刻みチーズが口の中でトロッと蕩(とろ)けると、ムーチの粉の木の実っぽい風味と相まってより香ばしく感じられる。

「うん、美味しい！」

これなら、蜂蜜とか入れないでナッツ加えただけでも美味しそうだ！

私の隣を見れば、ヴィルさんも目を輝かせて残りのポンデケを口に放り込むところだった。ツマミになるんじゃ……という呟きが聞こえたけど、全面的に同意したい。もう少し小さく作って、よりカリッと焼けば、お酒の良いお供になるな、コレ……！

「俺は初めて食べたんだが、面白い食感だな！　表面がカリカリしているのに、中がモチモチしていて……ついついもう一個食べたくなる感じだ」

「刻んだチーズが入ってると、一層香ばしくて美味しいよ！」

「え、そうなの⁉　削り器が足りなかったから刻んでみただけなんだけど、今度からは刻んだのも意図して入れてくね！」

さっそく感想を伝えれば、レントくんの表情がパァッと輝いた。自分が作ってくれたものに感想を貰えるのって……しかもそれがポジティブな感想だと、めちゃくちゃ嬉しいよね！　わかるー！

そして、そうやって快感を知って感想が欲しくて料理を作るようになり、そのうち自分好みの味の料理が作れるっていいな、となり、料理自体が好きになっていくんだ……！　何しろ私がそうだったからね！

食べたい味のご飯が作れるって、さーいこー！

ポンデケレシピのあれこれや、作る時の豆知識なんかでレントくんと私が盛り上がってると、ごちんと脛に頭がぶつかった。

犯人を捜すまでもない。ごろごろぐるぐると喉を鳴らすごまみその羽が、私の足をバサバサ擽っていく。

『なーあ、なーあ、朕の！　朕のは⁉』

「え……ごまみそコレ食べられるの？　お肉じゃなくて炭水化物だよ？」

『朕なー、すごいからなー、なんでもたべる！』

「理由になってない！　……でもまぁ、ごまみそは普通の猫じゃなくて魔物(モンスター)だもんね」

それはもうキラキラした瞳(ひとみ)で残りのポンデケに視線を向けるごまみそに、小さく千切ったそれを差し出してみる。もちろん、ふーふー息を吹きかけて程よく冷ましたものを、だ。猫舌って言うくらいだし、火傷(やけど)させたら可哀想だからね。

差し出した途端ににゃぐにゃぐ言いながら、ごまみそがポンデケを食べ始める。やだ……翼山猫まっしぐらじゃないです？　食いつきすごくよくないです??

『んま！　これ、んま‼　ちーずと、きのみのあじする！　んまい‼』

「おーおー。めっちゃ食いつくじゃん！　よかったね、レントくん。めっちゃ美味しいって！」

瞬く間にポンデケを食べ終えたごまみそが、満足げに口元を舐(な)めると毛づくろいをし始めた。この教会は知らない場所だろうに、めっちゃリラックスしてるな、お前……。

存外にしっかり味わっているらしいごまみその感想をレントくんに伝えれば、驚いたようにその目が丸くなる。

「え……リンさん、魔物の言葉、わかるんですか？」

「あぁー……諸般の事情があって、餌付けしちゃったんだよね……」

……そういえば、従魔と言えども、はっきりとその言葉がわかる調教師(テイマー)は少ないっぽいこと、すっかり忘れてた！

ごろごろと喉を鳴らしてすり寄ってくるごまみそを抱きあげれば、さっきまでの「こんなお人好(ひとよ)

しで大丈夫なのかこの人」という雰囲気が、尊敬……とまではいかないけど、「凄いところもあるんだなこの人」くらいにランクアップしたのがわかった。

ふふん！　やる時はやる大人なのですよ、私は！　やればできるタカナシ(YDT)ですよ！

何だかんだと言いながら、試食会は和気藹々(わきあいあい)とした雰囲気で進んでいく。皿の上にあったポンデケがすっかりなくなった頃、難しそうな表情を浮かべたライアーさんが顎(あご)を摩(さす)りながら私を見る。

「……やはり、このような素晴らしいレシピを教えて頂いたのに、お礼がムーチの粉というのはいささか不釣り合いな気がしますな」

「え⁉　リンさんまだそんなこと言ってたの⁉　もう少し、こう、なんか…………あるよ！　あ、何故か誰も触ろうとしない、年季の入った謎の革張りの経典とか、いる⁉」

「うちの教会、金目のものはそんなにないけど、歴史だけは長いから！　誰から伝わったのかわかんない、アンティークっぽい装飾品とかあるし！」

「そうそう！　寄贈された出所不明の宝石とか貴金属とかもあったと思います！」

「…………お前たち……」

わっと騒ぎ始めたレントくんたちを見たライアーさんが、苦い顔で眉間(みけん)を押さえた。

まぁ、そりゃそうなるわ……。

教え子たちが教会の備品……しかも、思いっきりワケアリっぽいのを人に押し付けようっていう話だから、教会の責任者であり孤児院の院長としては気が気じゃなかろうよ。

目元を覆って俯(うつむ)いたまま、それはもうふか～～～～～いため息をついたライアーさんがようやく顔を上げた。

にこり、と……いっそ恐ろしいほどのイイ顔で、こちらへ顔を向ける。

「大変不躾で申し訳ないのですが、少々席を外させていただきます」

「ア、ハイ……」

「ん、ああ……俺たちは構わないが……」

にこやかに微笑んだまま、子どもたちの背中を押してライアーさんが部屋を後にしていく。

私の腕の中でごまみそが毛づくろいをするざしざしという音だけが、一気に静かになった応接室に響いた。

一気に人がいなくなったもんなぁ……そりゃあ静かにもなるよねぇ……。

小さく聞こえてきた「痛っっ！」だの「あいてっ！」だのという悲鳴は、この際気にしないことにした。きっと、ライアーさんの教育的指導がキマってるんだろうし。

私の胸にぺたりとひっつくと、そのまま肩に顎を乗せて寝る体勢を整えたごまみその頭を撫でたヴィルさんが、その手を伸ばして私の頭ももしゃもしゃと撫でてくる。ちょっと擽ったいその感触に、ふは、と小さく笑い声が漏れた。

「……それにしても、リンの頭にはどれだけ料理のレシピが入ってるんだろうな？」

「うーん……分量はわからないけど作り方は知ってる程度のものも含めると、かなりの数になるかと思います」

「料理のレシピが人助けになるとは俺も予想外だったが……まずは力になれてよかったな」

「そう、ですね……。……うん！　力になれて、よかったです！」

頭を撫でる手を止めたヴィルさんが、ニィッと笑ってそう声をかけてくれた。

……そっか。私、間違ったことをしたわけではなかったんだな……。

なんだか急にほっとしたような感じがして、私も自然に笑みを浮かべることができた。

ヴィルさんも、暴食の卓（ウチ）のみんなも、今日の私の行動に「そんな余計なことして」なんて言わないとは思ってるけど、改めて言葉にしてもらえて余計に安心できた、というか……。

「離席してしまいまして申し訳ありません。少々礼拝堂に用事がありまして……」

「あ、いえ。大丈夫です」

軽いノックの音と共に戻ってきたのは、ライアーさん一人だった。その手の中には小さな木の箱が収まっている。よく見せてもらおうと思って身を乗り出せば、眠りを邪魔されてむずがったごまみそが私の腕から床にぴょいと飛び降りて不満そうな顔を向けてきた。

改めてライアーさんの両手にすっぽりと包み込まれたソレをよく見てみれば、小箱というにはずいぶん立派な装飾が施されている。木目も鮮やかな赤茶色の木枠と、細かな意匠が施された空色をベースとした壁面。鈍い金色の留め具で留められたその箱は、宝箱、と言われても納得の美しさだ。手入れも、よくされているんだろう。錆（さび）一つない金具が、ぐっと押し上げられる。

中に入っていたのは、海の色を映したような青く透明な輝石が編み込まれた組紐（くみひも）のブレスレットだった。

箱を応接デスクに置いたライアーさんが、優し気な手つきでそれをそっと取り上げる。窓から入り込む朝日を反射して、輝石がキラリと輝いた。

「これは、リューシア様の本神殿に勤めていた時に頂いたアミュレットです。リューシア様の加護があると言われています」

「アミュレット……お守り、みたいなものでしょうか？」

「そのようなものです。もう残り一つなのですが、もしよければこちらもお持ちください」

懐かしいものを見る目でブレスレットを一瞥したライアーさんが、すっとそれをこちらに差し出してきた。

……へ？　いや、え……？　待って、ソレ、本神殿で貰ったとか、かなり貴重なものなのでは……!?

「い、いや！　そんな貴重そうなもの受け取れませんって！　どうぞ大事にしまっててください！」

「大丈夫ですよ。十年に一度の大祭で、神官をはじめ信者の皆様に頒布されるアミュレットですから。そんなに貴重なものではないのです」

「え、で、でも……」

思わず腰が引けた私を見て、からからと笑うライアーさんの手が引っ込むことはなかった。

いやぁ……十年に一度は、結構貴重じゃないかぁ？　祭りの年度ごとに石の色とか素材が違ったりする場合、コレクターとかが出そうなやつじゃない？

頼みの綱、と思ってヴィルさんを見上げてみれば……こちらはこちらで難しい顔してるんですけどー！

「……本当に、〝貴重なもの〟ではないんだな？」

「ええ、リューシア様に誓って。本神殿の大神官の手により祈祷がされた無数のアミュレットの中の一つ、というだけの代物です。それに、今年は大祭の年ですから、また新たなアミュレットが出てくることでしょう」

「ふむ………そうであれば、ありがたく頂こう。ウチの飯番には、守りがいくらあってもいいからな」

念を押すように尋ねたヴィルさんに、ライアーさんは柔らかな笑みを浮かべたままでしっかりと頷いた。

信仰の要である本神殿で、信仰に生きてきたのであろう大神官の人が祈祷したアミュレットって……たぶん、ロット単位で祈祷はされてるんだろうけど、それでもプレミア感はあるし、貴重そうなんですが……。

逡巡する私の横で、顎に指をあてて考えていたヴィルさんの手が動いた。謝礼と共にライアーさんから青い輝石のアミュレットを受け取って、私の掌にそっと載せる。

「え……これ一個なんですよね？　私より、戦闘メンバーが持ってた方がよくないですか？」

「いや。俺たちはそれなりに装備は整えているからな。装備のないリンが持っていた方がいい」

アミュレットとヴィルさんを交互に眺めていると、大きな手が私の掌からアミュレットを取り上げて、そっと私の手首に巻き付けた。邪魔にならないよう手首にぴったりと沿うような力加減で巻かれたソレは、石同士がぶつかってしゃらりと涼やかな音を響かせる。

う、うーん……そう言われてしまうと、確かに……。

ヴィルさんたちはちゃんと戦闘用の装備があるもんなぁ。そこにまたアイテムを追加しようとすると、装備のバランスとか相性とか、色々と考えなきゃいけないこともあるんだろうし……。

装備編成を考えるのって楽しいけど、地味に労力使うからね。

「なんというか……貴重なものを本当にありがとうございます。大事にします！」

「こちらこそ、子どもらに貴重な情報を教えて頂いたこと、誠に感謝しております。あなたの道行きに幸があることを祈っております」

手首にはまったアミュレットをもう一度眺めて頭を下げた私の前で、ライアーさんの手が動く。十字を切る……というわけではないけど、それに似たような感じの動きだ。たぶん、こっちの世界の祈りの動作なんだろう。

幸あることを……という言葉尻から考えるに、祝福とかそういう系統の動作、かな？　祝福を授けるとか、ファンタジー小説とかではよく見かけたけど、ナマでは初めて見たかも！

余人にはわかりにくい興奮をなるべく表に出さないように気を付けながら、貴重な光景を見せてくれたライアーさんにもう一度お礼を言おうとした時、複数の足音と共に応接室の扉がノックされる。

「ああ、来たようですね。……入りなさい」

ドアに視線を向けたライアーさんが声をかければ、「失礼します」という神妙な声と共にレントくんが部屋に入ってきた。

その腕には、朝方に私が教会の台所で見たムーチの粉の袋が抱えられている。

「ウチの教会で作った、ムーチの粉です。少ないですが、どうぞお納めください」

「今年は、おれたちがメインで粉にしたんだ！　受け取ってもらえると嬉しいな！」

ライアーさんに促され、得意げな笑みを浮かべて袋を差し出してくれたレントくんから大袋を受け取った。気を抜けばそのままずり落ちそうなくらいに、ずっしりと重い。

どんな手順で粉にするのかはわからないけど、これだけの量を集めるのにどれだけの労力が必要なことか……。

汗と苦労の結晶であろうそれを、決して落とさないようしっかりと抱きしめた。うっかりミスで、こんな大事なものを台無しにするのは許されなくない？

……というか、よく考えれば、結構長い時間教会にお邪魔してないか、私。

レシピを伝えるっていう目的は果たしたし、もういいかげん戻らないと暴食の卓のみんながお腹を減らしてそうだし！

まだ冒険をしたそうなごまみそをヴィルさんが抱き上げてくれたのを確認し、そろそろお暇させてもらうことにした。その旨を伝えれば、レントくんもライアーさんも、名残惜しそうな顔をしつつも玄関まで案内してくれる。

朝来た時は勝手口にまっしぐらだったから、これはありがたかったな。

分厚く重い教会の扉を開ければ、もうすっかり太陽は昇り、朝の喧騒が教会の庭先まで届いていた。……とはいえ、腕時計を見ればまだ〝朝〟と言って差し支えのない時間帯では、ある。

そっか。初動が……レントくんと会ったのが早朝くらいだったからか！

向こうで流行ってた〝朝活〟ってやつかなぁ。

「もし時間があれば、バザーに来てな！　今日よりずっと上手くなってると思うし！」

「うん。もし何も予定がなかったら、お邪魔させてもらうね！」

「バザーがなくても、お時間がある時はどうぞ顔を出してください。海の女神の教会は、誰に対しても門戸を開いておりますので」

「今日は、本当にありがとうございました。お言葉に甘えて、またお邪魔させてもらいます！」

がっしりと握手……はできなかったけど、それを補うように目と目で語り合いながら、私たちは教会を後にした。

うーん。袖振り合うも他生の縁、とは言うけど、一緒に料理をするまでになるとは思わなかったな。人の縁って面白いもんだなぁ……。

「リン、交代しよう。俺が粉袋を持つから、リンはごまみそを抱いててくれ」

「え、いいんですか？　これ、そこそこ重たいですけど……」

「？　そこそこ重いから、俺が持つんだろう？」

お前は何を言っているんだ、という顔をしたヴィルさんが私の腕から粉袋を取り上げた。そしてそのまま、重さなんて感じさせないほど軽々と肩に担いでしまう。

うわ……！　ヴィルさんの体格と筋肉を考えると、この程度のことできて当たり前なんだろうけど……いいなぁ、その膂力！

その代わり……というようにもう片方の手で差し出されたごまみそを抱きしめて、私たちはもうすでに活気に満ちている市場の方へと足を向けた。

◆
◇
◆

「そういえば、朝ご飯はどうしましょうね。朝市で何か食べられる物を買っていきますか？　起きたらみんなお腹空かせてると思うし……」

「ああ、それなんだがな、リン。今日の朝は、各々が市場かどこかで食べてこようか、って話になってる」

「え、そうなんですか？」

のんびりと足を進めるヴィルさんの横に並び、ずいぶん高い位置にある顔を見上げながら声をかければ、予想外の答えが返ってきた。

ヴィルさんが言うには、ギルドＢＢＱに引き続いて二次会でもその采配を振るった私を少し休ませよう……と、パーティのみんなで話し合ったらしい。毎日恒例の朝市が立つだろうから、「そこで好きなごはんを食べてくればよくない？」という流れになったのだそうな。

そっか。みんな各自でご飯を食べに行ってるのなら、お腹を空かせて困ってるパーティメンバーはいないんだね……よかったぁぁぁ！

そのことを理解した途端、どっと安心感が押し寄せてきた。

これでも、ご飯番としてみんなを飢えさせるわけにはいかない、って思ってるからさ。その心配がなくなった……と思うと、良心や責任感が痛まなくて済むよね！

「あれ？　じゃあ、私たちも市場でご飯、ですか？」

「ああ。今の時間でも開いている店や出店もあるし、買い物がてら食い歩こうかと思ってる」

朝だというのに活気の溢れる市場の人混みの間を、ヴィルさんに手を引かれながら歩いていく。

お肉の焼ける匂いに、パンか何かが焼ける匂い。トントンと何かを刻む音に混じる、ジュウゥと何かを焼き付ける音。改めて五感を働かせるまでもなく、周囲にはお腹を刺激する良い匂いや食欲をそそる音が満ち溢れていた。

お店の中の席についてゆったりと朝食を楽しむ人の姿もあれば、道の両側に点在する屋台で立ち食い形態で朝食をとる人の姿も見える。なんなら、テイクアウトしたらしいメニューをその辺の段差に腰を下ろして食べてる人だっていた。

日本では……というか、向こうにいた頃の私の身近では、なかなか見ない光景だなぁ。朧げな記憶だけど、ずいぶん昔にＴＶで見た東南アジアの朝市か何かの光景に似てる、と思った。

「わぁ！　屋台で朝ご飯！　ちょっと憧れてたんです！」

『朕も！　朕もたべる！』

異国情緒溢れる光景を目の当たりにして、私の好奇心が爆発した。

だって、エルラージュの名物メニューとかあるでしょ⁉　そんなの、後学のためにも絶対食べておきたいもん！　どうしてそのメニューが成立するに至ったのか、とか、どうやればこの料理が再現できるのか、とか……その土地の味を知るって、かなり面白いからね。

手を叩いて喜ぶ私の肩に乗ったごまみそも、尻尾をブンブン振ってにゃごにゃご鳴き声を上げている。

「肉も魚もそれぞれメインに出す店もあるし、チーズがメインの店もあるな。リンは何が食べたい？」

「うーん……港町なので、お魚はテッパンかな、と思うんですよ！　ああ、でも、だからこそお肉メインの店でどんなのが出てるのかも気になる……！」

現在、肩の上にごまみそを乗せた状態で、ヴィルさんにがっしりと右腕を掴まれたまま、市場の中をあっちだこっちだと連れ回されているところである。

なるほど。活気がある市場で食べ歩き、となると、こうなるのか……！

出会った当初に街中でおのぼりさん丸出しの姿を晒したせいか、ヴィルさんは人混みの中では決して私の手を放そうとしない。きっと、手を放したら迷子になる、とでも思われてるんだろう。

……しかも…………しかも、だよ……？

『朕もなー、朕もなー、あそこのおたたな、おいしいとおもうー』

「おみそもちょっとお口チャックね！　ちょっと、肩の上で暴れないで……！」

前脚を右肩に、後ろ脚を左肩に乗せて周囲を見回すごまみそが、肉や魚の焼ける香ばしい匂いに鼻をひくつかせ、美味しそうなものを見つけるたびにぶおんぶおんと揺れる尻尾が私の頬を叩くのだ。

なんかもう、テンションが上がった子どもの相手をする気分だね！

右に左に引っ張られつつ、ときおり尻尾で頬を叩かれつつ、ステレオサウンドで繰り広げられる「アレが美味しい」「コレが美味しい」との誘惑を振り切りながら人混みの間を縫うように進んでいく私の行く手には、様々なお店が立ち並んでいる。

食べ歩きがメインではあるけれど、王都行きの前に足りないものの買い足しも兼ねてるからね。お腹を満たした後に立ち寄れるよう、お値段とか品揃えとかを見ておかないとね。

そう思って店先を眺めつつ美味しそうなものを探してるわけなんだけど……。

昨日の夜、アリアさんに〝市場で物価を確認してみるといいよ〟とアドバイスしてもらえたから、そこらへんも注意して見てるよー。さっき教会でムーチの粉の値段の話をしたせいか、食品の値段なんかは特に目に入るようになってるし。

……それにしても、こうして見るとムーチの粉、小麦粉とかじゃない普通の食品と比べても、かなりお安めなんだなーっていうのがわかる。あとは、食料品の値段、例のダンジョンに行く前に寄った時と大して変わんないなぁ……とか。ヴィルさんたちがつけてなかったって言うから何にもしてないけど、簡単な家計簿とかつけた方がいいのかなぁ？

そうすると、やっぱり底値とかセールとか特売とか、積極的に狙っていくべき？

「うーん……この前買い物した時と、ほとんど値段は変わんないなぁ。セールとかあるのかな？」

「…………なぁ、リン。穀物とか、乾物とか、長期保存できそうな食べ物の値段にも、変化はないか？」

買うものはあらかた決まってはいるものの、他に何か掘り出し物はないかと露店を覗く私の耳に、少し潜めたヴィルさんの声が届く。

何となく顔を動かしてはいけない気がして視線だけでヴィルさんを見上げれば、先程とほとんど変わらない……それでいてどこか探るような瞳をしたヴィルさんに見下ろされていた。

いったい何事か、と訝しんだまま露店の先に足を進めつつ、前回の買い物の時に見て回った値段を思い出す。

「……私の記憶が正しければ、大して変化は、ない……ように思いますが……」

やっぱり、節約してくれっていう話なんだろうか、と……いまいち状況が飲み込めないままヴィルさんを振り仰げば、すっと身を屈められた。

「そうか…………いや、麦なんかの穀物は、情勢がキナ臭くなり始める少し前に高くなる傾向があるんだ」

「…………！」

あれ、と思う間もなく、耳打ちされた内容に、ぞわりと背筋が震えた。ヴィルさんの顔はすぐに離れていったけど、咄嗟に笑みを浮かべたまま固まるしかできなかった。

普段通り、を意識するあまりぎこちなくなった私の腕を取って、ヴィルさんが何気ない様子で街の喧騒の中を歩いていく。遅れないように必死で足を動かしながら、ヴィルさんの発言の意図に頭を巡らせた。

……たぶん、キナ臭くなる前に保存食品や穀物が高くなるのは、何となくわかる。兵糧用に大量購入されたり買い占められたりする分、流通量が減るせいだろう。魔物が増えると高くなる、っていうのも、輸送時に護衛を付けなきゃいけなくなったりした分のコストが入るから……なんじゃないかな。

「……そう言われてみれば、食料品以外の商品も、大して変わりがなさそうなんですけど……」

「ああ。大幅な変動はないな。だから、『聖女召喚』とやらは何のために行われたのか、って話になるんだがな」

「別に、乱世の気運がある……ってわけでもないですもんね。今日もすっごくのどか、というか……平和ですし」

ざっと回ってみた感じ、市場は今日も活気がある。品揃えが少ないとか、品質が悪いものばっかり売っている……という感じはまったくない。

市場を行き交う人々も、みんな溌剌と元気に満ちているようで……戦争とか、魔物の大発生とか、そんな昏い影が落ちているようには見えないんだよねぇ……。

……コレやっぱり、『今回の』聖女召喚って、壮大なペテンかなんかなんじゃなかろうか？

思考回路がまずい方向にぐるぐると回っている。止めようと思っても、加速度的に勢いがついていって……足元が急にふわふわとしてきた。何というか、イマイチ現実味がなくなってきた、というか……スケールが大きすぎて、わたしのてにはおえなくなってるんじゃ……。

「……ん……！　リン！　おい、大丈夫か？」

すっかり思考の渦に沈んだ私の頭に、何かが触れる。

ヴィルさんの大きな掌が、くしゃりと撫(な)でてくれているからだ。その感触に我に返って視線を上げれば、微かに苦笑を浮かべたヴィルさんがいた。

ひらひらと目の前で掌を振られながら名前を呼ばれて、さっきまでぎゅるぎゅると回っていた暗黒のギアがゆっくりとその回転を止める。ふわふわしていた足が、ようやく地面についた感じがした。

「まぁ、難しいことは飯を食ってから考えないか？　ちょうど目の前に、美味い海鮮を出す店があるんだ」

そんなヴィルさんが指さしてくれた先には、網や銛(もり)などが飾られた店が立っていた。魚が焼ける匂いなんだろう。香ばしい匂いが鼻先を擽る。

試食のポンデケを食べたばかりなのに、きゅうと腹の虫が鳴いた。慌ててお腹を押さえた傍から、隣でも同じように腹の虫が鳴いていた。しかも、私よりももっと大きなモノが、だ。

二人並んでお腹を押さえていると、なんだか急におかしくなってしまって……思わず殺しきれない笑い声が零れ落ちた。

「そうですね……！　お腹が減ってると考えもどんどん悪い方向に行っちゃいますし、まずはお腹いっぱいにしましょう！」

肩の力が抜けたせいか、固まっていた脳髄が一気にほぐれた気がする。ぐっと拳(こぶし)を握ってヴィルさんを見上げれば、こちらもニィッといい笑顔が返ってきた。

うんうん、わかります。私ら、腹ペコブラザーズですもんね！　ご飯を食べてる時が至上の幸福って思うコンビですもんね！　お腹を満たせる機会があるなら、積極的に満たしていきたいタイプですもんね！

『朕もー！　朕も、おなないっぱい、たべる‼』

私の肩の上で嬉(うれ)し気に翼をはためかせるごまみそも、ご飯に対して貪欲(どんよく)な姿勢を見せている。

……が……そんなごまみそから、ヴィルさんがそっと視線を外した。

「あー……従魔も一緒に入店できるかどうかは……テイクアウトという手もあるからな……」

珍しく言い淀んだヴィルさんの様子で、ごまみそが入店拒否される可能性があることに思い至った。

すっかり失念してたけど、ごまみそ、従魔とはいえ獣だもんね！　衛生上の都合とかで食べ物を扱っているお店に入れない可能性だってあるよね。

今更ながらの問題に気づいてぴしゃりと自分の額を打った私と、出禁をくらうかもしれないという事実に気付かされて固まったごまみそ。そんな私たちを交互に見比べたヴィルさんが、スイッとお店に入っていく。

入り口付近でお店の人と話しているところを見ると、従魔の入店が可能かどうか聞きに行ってく

れたんだと思う。きっと、雷に打たれたかの如く目を見開いたまま硬直したごまみそを、哀れと思ってくれたんじゃないかな？

結果は…………。

「従魔もＯＫだそうだ。一軒目はここでいいか？」

「はい！　お魚、なにがあるのか楽しみです！」

『朕なー、おたたな、すきー！』

入店許可が出たと知るや否や、すぐさま元の調子を取り戻したごまみそが、はしゃいだあまりに暴れないようしっかりと腕に抱きしめる。

半開きのドアから顔を出したヴィルさんに招かれるまま、漁具で彩られたドアを潜った。

「らっしゃァせぇ！」

「お好きなお席にどうぞォ！」

ドアを開ければ、むわっとするような熱気と共に、バンダナを頭に巻いた血気盛んな感じのお兄さん方の威勢のいい声に迎え入れられた。朝だっていうのになんだろう、このテンション……。

ヴィルさんがさっと窓際の席に陣取ったので、私もガタイの良い兄さん方の隣をすり抜けて席に着く。

ごまみそは椅子に乗せるのは憚(はばか)られたので、私の足元にいてもらうことにした。幸い、本猫は地べたでも気にする様子はなく、私の足の甲に顎(あご)を乗せて丸くなっている。

「さすがは漁師連中がやってる店だけあるな。朝の漁で獲れた魚が並ぶらしいぞ」

「あ、なるほど。だから朝からあんなに元気だったんですね」

メニューを持ってきてくれたお兄さんに飲み物を頼み、大判のメニューを眺めてみる。

……うむ。漁師さんの直営店だけあって、やっぱり鮮魚……というか、魚メニューが強い感じだな。ただ、思った以上に生魚を使ったメニューが少ない気がするなぁ。

美味しいんだけどなぁ、新鮮な生魚……。

「個人的には、魚介のマリネと焼き魚サンド……あとはエビの踊りが気になります！」

「そういえば、リンが作ったエビを揚げたやつが美味かったんだが……近い料理はあるか？」

「系統は違いますけど、この日替わり魚介のフリッタータとかがいいんじゃないですか？」

ほとんどが火を通したメニューの中、ほぼ唯一と言っていい生魚の料理と、目に付いたメニューを提案し、ヴィルさんからの提案と合わせて注文するものを検討していく。

ヴィルさんがいれば気になるメニューを全部頼んだところでぺろりだろうけど、まぁ、今回はホラ、食べ歩きってことだから。ここでお腹いっぱいにするのはもったいないかなぁ、って！

『あんなー、朕はなー、朕はなー』

「あっ、こら！　おみその分も頼んでもらうから、にゃーみゃー鳴かない」

幸い、従魔用のメニューもあるとのことなので、それも頼んでもらおう。たぶん、味付けなしで焼いたり茹でたりしたお肉なんだろうけどもね。

そうこうしているうちに、カウンターの向こうからボインでバイーンでむっちむちのネコ獣人のおねいさんがワゴンを押してやってきた。ワゴンには注文した飲み物と一緒に、山のように海鮮が盛られたザルがいくつも載せられていた。

「ハァイ、お・ま・た・せ♪　まずはお飲み物でぇす☆」

……艶（つや）やかに彩られた唇から飛び出したのは、ものすごーく酒焼けした感じのお声でした。

………………おねいさんではなく、お姐（ねい）さんでしたか……。

よく見ると、むちむちというよりもムキムキに近い肝っ玉母さん的なお姐さんが、ふとごまみそに目を留める。

「あらぁ☆　可愛い子連れてるじゃなぁい？　お姉さんの従魔ちゃん⁇」

『え……え？　ち、朕？　朕、かあいい……⁇』

「はい、私の従魔です。よかったねー、おみそ。可愛いってさ！」

『そでしょ？　そでしょ？？？　朕、かあいいでしょ？　ゴタイトーチしてあがめたてまつって！』

ほんの一瞬、お姐さんに恐れをなしたごまみそが耳を伏せるが、「可愛い」という単語に瞬く間に反応する。

私もお姐さんに同意をしてみせれば、途端にごまみその耳がピンと立った。そのままお姐さんの足元にすり寄って、全力のドヤ顔を披露している。そして、それを見るお姐さんの目は蕩（とろ）けんばかりだ。

お姐さん、ご自分もネコ獣人さんなのに、獣のネコもお好きですかそうですか。自分にどれだけ自信があるのか、五体投地とか世迷い言（よまいごと）を言うネコですけど大丈夫ですか？

バチコーン☆　と擬音が付きそうな程に派手なウィンクをごまみそにかましたお姐さんが、今度は私たちに向き直る。

「えっとねぇ、そっちに書かれた通常メニューの他に、今日獲れた鮮魚で作るオススメもあるの！」

そう言ってお姐さんが示した先にあるのは、銀鱗も鮮やかなピッチピチのお魚ちゃんたち……！　色鮮やかな大きな魚もいれば、元の世界でよく見たイワシによく似た青魚とか、ブリっぽい青魚みたいなやつもいる。紫がかったでかいカニがうごうごと脚を蠢かせる横で、ビチビチ跳ねているのは緑がかった褐色の巨大魚だ。ぱくぱくと殻を開け閉めする掌くらいの二枚貝とか、拳くらいの大きさの巻貝もいるし！

どれもこれも眼が真っ黒で澄んでるし、獲れたて新鮮、って体表に書いてありそう！

「ウチの亭主が、さっき獲ってきたばっかりのお魚よぉ☆　何か気になる魚はいるかしら？」

肉球のついた手で魚を示してくれたお姐さんの声に、私とヴィルさんは顔を見合わせる。こんな宝の山を前にしたら「頼まない」っていう選択肢はないんだけど、何をどう頼むかっていう問題が立ちはだかるんだなぁ……。

「うーん……例えば、この魚はこういう食べ方がオススメ、とかありますか？」

「そうねぇ……こっちのアカメウオは唐揚げがオススメね。骨まで食べられて美味しいの！　こっちのアオイナズマとキビレナガは、マリネでもいいしソテーでもグリルでもフライでも美味しいわ。濃厚なのが好きなら、この時期のムラサキギザミを蒸したやつは、味噌が特に濃厚よ！　あとは、他の魚のアラもあるからスープ煮もできるわよ」

さっぱり見当がつかなくてお姐さんに尋ねてみれば、嬉々とした調子で説明が返ってきた。まぁ、お陰で余計に迷っちゃうんだけどさぁ！　説明を聞く限り、どれもこれも美味しいヤツじゃん!!

お姐さんの前で頭を抱えそうになるのを必死で堪えつつ、ヴィルさんと素早くアイコンタクトを交わす。

「とりあえず、アカメウオの唐揚げ二人前と、アオイナズマのマリネとソテー、お願いします！」

「あとは、そのキビレナガの半身をグリルに、半身はフライにしてほしいんだが、可能だろうか？」

「それと、従魔用のメニューも一つ、お願いします！」

やったー！　ヴィルさんに私の意図がちゃんと伝わってた！　折角だから、獲れたての魚で作るオススメ料理を食べたいじゃんか！

アカメウオっていうのは、二〇センチくらいのシュッとした魚体の魚で、目だけじゃなくて全体的に赤みがかってる魚のこと。そこに、薄黄色の横縞が何本か入ってるかな。キビレナガは名前通り、黄色の胸びれや腹びれ、尾びれが他の魚よりちょっと長めの魚のことで、アオイナズマは青い魚体に黄色い鱗が稲妻みたいな形に散っている魚のことだ。

全体的にカラフルな魚が多いせいか南国気分が味わえるワゴンの魚で作るメニューを中心に、気になったメニューをちょこちょこと追加で頼んでみた。意思が弱いって言われそうだけど、なんかもうこのお店でお腹を満たしてもいい気がしてさぁ。

ま、食べ歩きはお腹が許す範囲で決行しますけどもね！

魚をオススメしてくれたお姐さんも、私たちが結構な量を頼むとは思っていなかったらしく、ほくほくした顔で厨房に注文を通しに行ってくれた。

怒涛の如く注文を終えた私たちは、どちらともなくグラスを手に取った。私の分の中身はノンアルコール飲料……個人的に外食時の定番となっている果実水だ。ヴィルさんはお茶にしたらしい。

このお店の果実水はレモンがメインらしく、一口飲むとさっぱり爽やかな香りと仄かに酸っぱい液体がすっと喉を通っていく。

厨房の方からは、さっそく何かが揚げられるジュワァァと脂が跳ねる音や、何かを炒(いた)めるような音が聞こえ始めた。それと同時に、店内にはいかにも「美味しい料理作ってます！」という匂いが充満し始める。

小さいお店はこういう調理音が聞こえるから、待ってても楽しいよね！

「ここの魚、買って帰れたらよかったなぁ、って思います。もし手に入れれば、色々と作れそうでしたし……」

「そうだな。獲れたてということもあるんだろうが、全部美味そうだったな」

「産地直送というか、漁船直送みたいな感じなんでしょうね。全部ピチピチでしたもん」

お姐さんが押していたワゴンに満載されていた魚は本当に美味しそうだった。ここのお店では生魚のメニューは少ないけど、あれだけ鮮度が良ければお寿司にしたりお刺身にしたり海鮮丼にしたりして楽しめるのではなかろうかと思うんだよなぁ。

個人的には、アオイナズマか、ブリっぽい青魚あたりを島寿司風にしてみたい気がするなぁ。

「はぁい、お待たせ！　まずはアオイナズマのマリネと、猫ちゃん用のメニューよ～☆　マリネには、ちょうど虹蝶貝(にじちょうがい)の良いのが残ってたからおまけで入れておいたわぁ♡」

火を使わないマリネが、真っ先に到着した。元気なお姐さんがごとりと置いた皿の上は、何とも色鮮やかだ。

まず目に入ってくるのは、まんべんなく散らされた、赤や黄色のパプリカのような肉厚な野菜。そして、その間に見え隠れする青い皮目も鮮やかな白身魚の身だ。鱗は剥(は)がれているだろうに、いまだその色を主張する明るい海色の皮と、透き通るような半透明な白身のコントラストがなんとも言えず美しい。

ベースになってるのは、セロリとかタマネギっぽい野菜のスライスかな。

皿の端には、キラキラした螺鈿質の内側を晒す貝殻に盛られたミルク色の貝の切り身も載っていた。

なお、従魔……ごまみその分ということで渡されたボウルも、かなり豪華な感じだったよ！

たぶん、形を整える時に出たんだろう魚の切れ端とかお肉の切れ端をさらに細かく刻んだものに、茹で卵を刻んだのが混じってて……見た目はアレかな。ちょっと変わったタルタルサラダかコブサラダって感じ。

ごまみその前に置いた瞬間、めっちゃ食いついたことを見るに、味も相当いいんだろうな。

旺盛な食欲を発揮するごまみその姿から目を離し、もう一度卓に載った海鮮マリネを眺めてみる。

「すっごく豪華ですね！　この貝殻に入ったのが虹蝶貝ですか？」

「ええ。よく晴れた日に虹色の蝶を吐くって言われてるから、虹蝶貝っていうの」

「なるほど！　そんなキレイな由来なんですねぇ。確かに、キラキラしてて綺麗ですもんね」

向こうの世界だと蝶々がその羽を開いた時の形によく似ているから「白蝶貝」って名前をつけられた貝があったけど、この虹蝶貝は巻貝っぽいからなぁ。蝶々の形にはなれないだろうに……と思ってたら、思いの他ロマンチックな名前の由来だったよ！

まぁ、名前の由来も気になるけど、味もめっちゃ気になるんだけどね！

お姐さんが踵を返したのを見計らって、さっそくフォークを伸ばしてみる。

「お、おぉ⁉　なんか意外な歯応え……！」

マリネにできるサイズの貝っていうからツブ貝とかサザエとか、そっち系統の歯応えを想像してたんだけど、これは予想外！

噛もうと思って歯を立てると、ゆ～っくり歯が沈み込んでいってさっくり切れる。弾力があって、歯や上顎にむっちり吸い付いてくる感じが癖になりそうだ。

噛んでいるとほんのりと磯の香りがして、濃厚な旨味と甘みが舌の上に広がっていく。レモンドレッシングがかけられた野菜類と一緒に食べると、よりその濃厚さが引き立つなぁ！

飲み込んだ後にもミルキーなあと味が残るくらいには濃厚な味でしたよ、虹蝶貝。マリネも美味しいけど、ソテーとかにしても美味しいと思う。

「虹蝶貝って、美味しい貝だったんですね」

「俺も初めて食べたが、こんな味がするんだな」

もう一切れ食べてみようと手を伸ばせば、ぱちくりと目を瞬かせるヴィルさんと視線がカチ合った。

話を聞いてみれば、そこそこよく獲れる海産物ではあるものの、貝殻が派手なので装飾品に使われることが多く、獲ったとしても中身はあまり省みられないことが大半なんだそうな。

ま、マジか……！　こんなに美味しいのに……！

……ということは、虹蝶貝の加工場に行けば、中身をお安く譲ってもらえるのでは……？

「……いや、どうだろうな……貝殻を傷付けないように中身は腐らせて取り除く、という話をよく聞くが……」

「うん、それじゃあダメですね！」

エンゲル係数改善企画としてプレゼンをしてみたら、それ以前の問題だったでござる！

……そっかぁ……身を腐らせて取り除くのかぁ……勿体ねぇぇぇぇ……！！！

でも、装飾品にするなら、貝殻に傷が少ない方がいいよなぁ……。

うーん……美と食って相容れないもんなんだろうか……？

あー、もう！　こんなにきれいなマリネが目の前にあるんだもん！　そんなことを考えてる暇があったら、今は美味しいご飯食べよう！

さっそく、アオイナズマを実食していきたいと思いますよ！

「んぉ！　コリッコリですね！　歯応えがいい！」

「厚みがあるから柔らかい身質なのかと思ったが……予想外に良い歯ごたえだな」

「でも、歯応えだけじゃなくてしっかり旨味がありますよね……噛めば噛むほど美味しい……！」

獲れたての魚ってまだ旨味成分が少ないから、それこそ歯応えだけ……とかになりがちなんだけど、こっちの世界の魚って、獲れたてを調理してもしっかり旨味があるんだよな……。料理する側からしたらもの凄くありがたいけど、マジで謎なんだけど……！

しかしこのアオイナズマ、本当に美味しいな……！

噛んだ途端にコリコリと歯を押し返してくるような弾力があるんだけど、それに逆らって歯を立てるとストンと噛み切れる。

厚めにスライスされた身がレモンできゅっとしめられてて、生臭さとか磯臭さとかは微塵もない。

しかも、しめられてるのは表面だけで中はまだ生のままだから、硬すぎたりパサついたりっていう感じが全くない。むしろ、噛めば噛むほどじわぁっと旨味が染み出てくる感じ。仄かに甘くて、目の前のきれいな海で泳いでましたよ〜って言わんばかりの澄んだ味がする。

こういう鮮やかな系統の魚って大味なイメージがあったんだけど、このアオイナズマはぜんっぜんそんなことなかったよ！　歯応えこそ豪快だけど、味はけっこう繊細な部類だと思う。獲れたて調理でこれなんだから、少し熟成させたらどんな感じになるんだろう……。本当に、買い取りとかできないもんかなぁ。

合間合間に敷かれた野菜を挟んでるんだけど、これはこれで美味しかった。しゃきしゃきした歯触りもそうなんだけど、香草に近い感じの性質なのか青っぽい香りが程よく口の中をさっぱりさせてくれる。

上に散らされているパプリカっぽい野菜は、生なんだけどもの凄く甘みが強かった。肉厚で、じゃくじゃくとした歯触りで、ちょっと青臭いこの土地独特の果物です……って言われたら信じちゃいそうなくらいに、野菜っぽくない甘さだ。

いずれにせよ、程よい酸味のレモンドレッシングと相まって、魚も貝を引き立てつつ、それ自体も美味しくいただける優秀な脇役さんでしたぜ。

ついついフォークが進んでしまい、皿が空になりかけた頃。お姐さんが追加のお皿を持ってきてくれた。

「はい、お待たせね☆　こっちはアオイナズマのソテーと、キビレナガのグリルよ〜」

テーブルに置かれたのは、ジリジリ脂が沸き立って陽炎が立つくらいにあつあつの焼き魚と、シンプルなソテーのお皿だ。魚が焼ける香ばしい匂いと焦がしバターっぽい濃厚な匂いがまじりあって、しっかりマリネを食べたはずなのにぐぅとお腹が鳴ってしまう。

　ごまみそがこの匂いに反応するかな……と思ってちらりと足元を見てみれば……ボウルいっぱいの従魔用メニューを完食した仔猫は、私の足を枕にヘソ天でスピスコヤァと呑気に寝息を立てていた。

「マリネはお口に合った？　お味はどうだったかしら？」

「アオイナズマも虹蝶貝も、両方ともすっごく美味しいです！　あの……本当に美味しくて、パーティみんなで食べたいな、って思ったんですけど……ここで出してるお魚、買い取りとかってできないですか？」

　マリネのお皿を下げてくれたお姐さんの問いに、ちょっと図々しいかな、と思いつつ、考えていたことを尋ねてみた。

　ほんの一瞬目を丸くしたお姐さんだったけど……すぐに蕩けるような笑みを浮かべ、空の色を映したような青い瞳を輝かせる。

「嬉しい！　このへんの人たちってみんな魚は食べ慣れてるでしょう？　そんな風に言ってもらえるのなんてどれくらいぶりかしら！　うちの亭主も喜ぶわ！」

　胸の前で手を組んで、嬉しそうに笑うお姐さんはひどくきれいに見えた。

　冷めないように食べて待っててね、と言い残し、颯爽とした身のこなしでお姐さんは厨房へと舞い戻っていく。在庫確認に行ってくれたんだろうなぁ。

　それじゃあ、お姐さんの言いつけ通り、冷める前にいただきましょうかね！

「ん！　グリルというか、塩焼きというかですけど、めっちゃ美味しくないですか？　結構しっかり脂がのってて、香ばしくて……私、これ好きです！」

「アオイナズマも、火が通るとみっちり詰まった感じがして、食べ応えが出てくるな」

まだ湯気の立つキビレナガのグリルは、いかにも焼き魚食べてますって感じ。皮と身の間にうすーく脂がのっていて、それが身にも染み込んでるんだろう。フォークを入れるとじゅわっと汁が溢れ出してくる。

直火で炙られてるせいか、皮はパリパリ身はふっくらしっとり柔らかく、ご飯があったら一膳は軽くいただけそうなお味である。

対するアオイナズマのソテーは、火が通ったからかぎゅっと肉質が締まって……なんか、鶏むね肉にちょっと似てるかも。あれをもう少し柔らかくした感じ……って言って伝わるかな。食べる前に切り分けた身を観察してみたんだけど、しっかりとした筋繊維が寄り集まってる感じだね。

もともとがあっさり味だったから、バターソースの濃厚さがよく合うこと……！　粗挽きのコショウがピリッと舌を刺激してくれるから、濃厚なソースでも口飽きせずに食べられちゃうんだなぁ。

個人的に、これはほんのちょっとだけお醤油をかけて食べたいなぁ……！　あっさり白身魚の醤油バターソース……それに何滴かレモン汁を垂らしたら、ご飯が何杯あっても足りない自信があるな、うん。

「ごめんなさいね～！　お待たせしちゃったかしら？」

先ほどのワゴンを再び押して現れたお姐さんは、モコモコの指で丸を作ってくれていた。

「今、ウチにある魚なんだけど、どれが欲しい？　亭主に聞いたらどれでも好きなものを買ってくれ、ですって！」

「うわぁ！　やったぁ‼　ありがとうございます‼」

提示されたワゴンの上には、さっき見た時よりもいっぱいの魚が載せられていた。お姐さんの言葉を信じるなら、ご亭主さんが気前よく載せてくれたんだろう。

うわぁ……嬉しいなぁ……！　ありがたく考えさせていただこう！

「あ！　アオイナズマがまだいるし……これ一尾と、そこの大きい、シュッとした感じのやつ一尾は確実に買います！」

「アオイナズマと、ヴーリね！　他に欲しいものはある？」

ポケットにしまっておいたパーティ用のお財布を握りしめ、魚を品定めしていく。なるべく味を知らないやつがいいけど、アオイナズマは熟成させた状態のものも食べてみたいから、これは買おう。

ブリそっくりのヴーリとかいう青魚も確保して、他に何か……と視線を彷徨（さまよ）わせていると、ヴィルさんが手前にあるザルを指差した。ザルに盛られているのは、背中の部分が薄い茶色、お腹側はピカピカと銀色に光っている小魚だ。

とっても鮮度がいいんだろう。全体的に瑞々（みずみず）しくて透明感がある。ちょっと大きめのワカサギというか、小さめのキスというか……そんな感じ。

このくらいの大きさなら、頭も内臓も取らないでカラッと揚げて南蛮漬けにしたら美味しかろうて！　これは買いですな！

「その小魚の盛り合わせはどうだ、リン」

「確かに美味しそうですね……それもください！」

きゃっきゃしながら魚を選ぶ私たちを、お姐さんは優しげかつ楽しげに見守ってくれている。さっきの言葉を思い出す限り、こうして魚を吟味するお客さんは少ないんだろうなぁ。

ちょっと路地を入ったところにあるお店だし、地元の人向けのお店っぽいもんな。常連さんが多いお店なんじゃないかな。

「あと、そこの冊(さく)は何ですか？」

「これね、グロゥっていう大きな回遊魚の切り身なの。元は、うちの亭主より大きい魚なのよ。氷魔法でじっくり熟成してあるから、すぐに食べられるわよ☆」

ふと目についた冊を指差しながら聞いてみれば、何となく親近感のある説明が返ってきた。

私知ってる！　元の世界だとマグロとか呼ばれてる魚に近いんじゃないかなぁ？　もー、そんなん絶対美味しいじゃん‼

「あー……それは絶対に美味しいやつだ。赤身とトロっぽいところ一つずつお願いします！」

しっかり赤くて艶(つや)があって……それでいて透明感がある赤身の冊と、薄いピンク色でキメの細かいトロ部分を一つずつ、お姐さんにお願いした。赤味の方はヅケにしたっていいし、トロの方はサッと炙っても美味しそうじゃない？

これで、しばらくは魚に困んないし、なんならお刺身&お寿司パーティができそうだ！

……と。不意に、「おい」と低い声がして、上機嫌で魚を包んでくれるお姐さんの横から、ぬっと太い腕が伸びてきた。その手にある皿には、カラッと揚げた唐揚げとフライが盛り合わされている。

姿を現したのは、シンプルなヘンリーネックのシャツにエプロンをつけた男の人だ。

「おいおい、はしゃぎすぎるんじゃねぇよ。料理が出来上がってるだろ。すまんね、お客さん！」

「そうは言うけどさぁ。あんたが獲ってきた魚、美味しいって言ってもらえると嬉しいじゃない！」

お姐さんとのやり取りを聞く限り、きっとこの人がこのお店の御主人さんかつ、お姐さんの旦那さんなんだろう。筋骨隆々とした、見るからに海の漢って感じの人だ。なんというか、お姐さんにぴったりなご主人さんだなぁ。

魚を褒められて喜べばいいのか、料理を放置されたことを叱ればいいのか……そんな複雑そうな顔で……それでも、結局は嬉しそうにお姐さんに寄り添っている。

仲良きことは美しきかな、ですな、うん。

「お客さんは、自分でも料理するのかい？」

「はい！　これでも一応、パーティのご飯係なので！」

「一応って……リンがいないと、もう暴食の卓はダメになる程度には胃袋を掴まれているが？」

ごとんと皿をテーブルに置いた旦那さんが、興味津々という顔で聞いてきた。まぁ、あんだけの量の魚を買い込んだら、そう思われるよねぇ。

どやっと胸を張って答えてみれば、さっそくフライに手を伸ばしたヴィルさんからしっかりとツッこまれた。

まー、私もそれなりに皆さんの胃袋を掴んだ自覚はありますけどね！

でも、こうして他のお店の料理を食べ歩くと、やっぱりプロって違うなぁ、と思うわけで……。

「そうかい、そうかい！　美味しく食べてもらえるんなら、これほど料理人冥利に尽きることはねぇやな！　オレが獲った魚、美味く料理してくれよ！」

「ふふふ……もし追加で頼みたい料理があったら、また呼んでね☆　魚は会計に間に合うように包んでおくわ♡」

ニカッと笑って握手をしてくれた旦那さんが、お姐さんの腰を抱くようにして厨房(ちゅうぼう)に戻っていった。途中でこちらを振り向いたお姐さんが、にっこり笑って手を振ってくれる。

あぁ……お皿の唐揚げとフライに負けず劣らず、アッツアツですねぇぇ！

……冷めないうちに、私も食べよう！

胸焼けするんじゃなかろうかと思う程にラブラブなご夫婦を見送りつつ、齧(かじ)りついたアカメウオの唐揚げは、もう間違いない美味しさだった。

サックサクの表面に歯を立てると、水分が程よく抜けたほっくほくの身が衣の下から顔を出した。癖のない白身で、食べた感じはわりあいにあっさりしてるかな。だからこそ、油をたっぷり使う唐揚げっていう調理法がピッタリなんだと思う。

中骨が露出するように骨の両側面に切れ目が入れられており、骨もパリパリと食べられてしまうのは揚げ物ならではの恩恵だろう。

やはり揚げ物……揚げ物に敵うものなんてない！　揚げ物はこの世のすべてを解決する……！

思わず、そんな大言壮語しそうなくらいだ。

添えてあるレモンをちょっとかけても、また風味が変わって美味しい。

「唐揚げ、めっちゃ美味しいですよ、ヴィルさん！」

「フライも美味いは、美味いんだが……」

「ん、あれ？　何かありました？」

あっという間に一匹分を平らげて、今度はフライにフォークを伸ばす私の視線の先では、珍しく表情を曇らせたヴィルさんがいた。さっき皿に取り分けてたフライは、全部食べてたみたいだけど……？

首を傾げる私の前で、ヴィルさんが微かな落胆を見せつつアカメウオの唐揚げを取り分けていった。

「この前リンが作ったタルタルソースがあれば、もっと美味かろうと思ったら、な……美味いは美味いが、物足りん」

「あー、そういうことでしたか。ここのお魚も買いましたし、またフライパーティしましょうか！」

「本当か⁉　絶対だぞ、リン‼」

バリッとアカメウオの頭を噛み砕きつつ、ヴィルさんが快哉を上げる。

いやぁ、そこまで喜んでもらえると、チキン南蛮風コカトリス……というか、あの大量のタルタルソースを作った甲斐がありましたよ。最後の方は争奪戦でしたもんね。

キビレナガのフライは、きめの粗いパン粉を使って作られていた。ザクザク感の強い衣が、味の濃いキビレナガの身にぴったりとマッチしてた。

たしかに、これは……タルタルソースも合うかもなぁ。

個人的には、レモン汁を多めに絞って、添えられた岩塩をゴリゴリかけて食べるのが気に入りましたよ！

いや、しかし……新鮮な魚、本当に美味しいよぅ……！　食べても食べても次々と消化されて、ペロリと食べられてしまうじゃないか……！

結構多めに頼んだかも……と思っていた料理は、すべて私とヴィルさんのお腹に収まった。

収まったんだけど……まだちょっとくらいは食べられそうな気配が、ある。

「はい、これ、さっきのお魚！　美味しく食べてあげてね☆」

「はい、ありがとうございます！　とことん食べ尽くします！」

大きな袋を抱えた姐さんが、にこにこと笑いながらその袋と伝票を差し出してきた。よく見れば、耐水性が高そうな蝋引きの紙袋だ。きっと、この中に魚が入ってるんだろう。

なお、お会計はこんだけ食べてこんなんで良いの？　という値段だったことをここに記しておく。

直営だからこそのお値段……ってことなんだろうか……。

「うちの料理、どうだった？　たくさん食べてくれて嬉しいわ♡」

「めちゃくちゃ美味しかったです！　ぜひとも、また来たいです！」

「あら、嬉しい♡　ここ最近はちょっと魔物が増えてるけど、大した敵じゃないって話だし、波も静かで海も穏やかで大漁が続いてるから。本当にまた来てくれると嬉しいわ☆」

コレおまけね♡　と、経木に包んだ魚の唐揚げも包んでくれたお姐さんに見送られ、ずしりと重みを増したようなごまみそを抱いてお店を後にする。

……なんか……怒涛のようなお店だったなぁ。

店員さんは元気だし、親切だし、料理は美味しいし……何も言うことはない……ように思えたんだけど……。

なんか、引っかかるな……。

お店がすっかり見えなくなった頃、私の手を引くヴィルさんが何事かを考え込みつつ私の方へ顔を向けた。

たぶん、同じことを考えているであろう私も、ヴィルさんをじっと見上げる。

「……リン、聞いたか？」

「………ええ。あの口ぶりだと、魔物が増えたのは本当にここ最近って感じですね……」

「しかも、活発化はしているものの、脅威というほど強くはない感じだな……」

お姐さんの言葉や雰囲気からは、魔物が増えはしているとはいえ、困っている様子は微塵も感じられなかった。

ついでに言えば、さっき食べた料理にも、何らかの香辛料だかハーブだかが使われている気配がしたし。恐らく輸入品であろう香辛料を大衆向けのお店で使える程の供給はある……ってことだろう。

だとすると、凶悪な魔物騒ぎとか国と国との間に緊張が走っている……っていうわけでもないことが推測できるんだよ、うん。

…………だとするとさ。やっぱり、聖女を召喚してまで魔物を浄化する必要、なくない？？？

「リン、あまり考え込むなよ。それを確かめに王都に行くわけだしな」

「……そう、ですね……！　判断は情報を集めてからでもいいですよね！」

……いつの間にか、私の手を握るヴィルさんの手に力が籠もっていた。ちょっとつっけんどんだけど、それでも微かな笑みを浮かべて、私の手を引っ張ってくれている。

……うん、そうだね！　まずは先に進んでみないことには始まらないか！

寝ぼけているのか、私に抱かれたままむにゃもにゃと口を動かしていたごまみそが、もそりと起き出して私を見る。

『あんなー、あんまなー、しんぱいするとなー、かみのけなくなる！　朕、しってるよー！』

「ごまみそはお口チャック。お外で髪の毛（そういう）の話しないの」

……うん。ごまみそはもう少し空気読もうか！

従魔の声は調教師（テイマー）以外には聞こえないらしいんだけど、ちょうど近くでお店を出していた禿頭（はげあたま）のおいちゃんと目が合った気がして……私はそっとごまみそをたしなめた……。

◆◇◆

「とりあえず、少し市場の中を見て回るか？　買い足したりするものは大してないとはいえ、何かしらはあるんだろう？」

「んー……まずは、荷物を置きに一度ギルドに戻りたいです。さすがにこの量を抱えての買い物は大変ですし……」

ムーチの粉の袋を片手にヴィルさんが提案してくれるけど、今は、ちょっと……さすがにごまみそと魚を携えたままのショッピングは、ちと手に余るものがありますし。

それでも、ごまみそが大人しくしてくれれば、まだ余裕はあるんだけどさ。面白そうなもの、美味しそうなものを見かけるたびに、飛び出そうとする仔猫（こねこ）を押さえる必要があってね……。

魚とごまみそを抱えた私の姿に、ヴィルさんも納得してくれたんだろう。魚の方を私の腕からそっと取り上げて、ムーチの粉と一緒に持ってくれた。

今は……今はありがたくその気遣いに甘えておこう。ご飯食べたごまみそ、パワーが充電できたのかめっちゃパワフルなんだもん！

「ありがとうございます、助かります！」

「いや……ごまみそが迷子になったら大変だろうしな。リンも、俺からはぐれるなよ？」

「はい！　はぐれないよう傍にいますね！」

ギルドの方へ足を向けたヴィルさんの隣に並んで、置いていかれないよう足を動かした。残酷なまでのコンパスの差があるけど、そこは、ほら。ヴィルさん優しいから。私に合わせてゆっくり歩いてくれているおかげで、何とかついていけていますよ！

路地から表通りに戻れば、すっかり日が昇ったせいか街はたいそう活気に包まれている。

呼び込みの声におしゃべりする声……時々、ケンカでもしてるのかケンケンとした声も混じっている。

——あぁ……めっちゃ活気があるなぁ！　生きている街って感じがする。

生きている命の気配を身近に感じることができるこの街が好きだなぁ、と。この街があるこの国に強制転移させられてよかったなぁ、と。しみじみと思うよ、うん。

「あれー？　ヴィルとリンちゃんだ！　おはよー！」

「みそちゃんも、いる！　おはよ！」

金物屋さんっぽいお店の前を通り過ぎた時、耳に馴染んだ声がした。

振り返れば、二人仲良く手を繋いだアリアさんとエドさんが山のような紙袋を抱えて立っていた。

香辛料とお肉とを混ぜて焼いたような香ばしい香りや、脂と蜜（みつ）が混じったようなどっしりと重く甘い匂いが漂ってくる。

「朝ご飯用に色々買って外で食べようと思ったんだけど、なぁんか落ち着かなくてさぁ。リンちゃんの野営車両（モーターハウス）の中で食べようか、ってなったんだ」

「ん……贅沢（ぜいたく）な身体に、なった……」

微かに苦笑いをしたエドさんとアリアさんが、腕に抱えた紙袋を軽く掲げてみせる。いい匂いの出どころは、やはり二人が抱えた紙袋からだったようだ。

地べたで食べられなくなったっていう気持ち、何となくわかるなぁ。私も昔は平気だったけど、今は椅子とか欲しく感じちゃうもん。あれ、どういう心理なんだろうねぇ……。

「……そう言われてみればそうだな……リンが加入する前は、地べただろうとどこだろうと平気だったのにな……」

ちらりと私を見たヴィルさんも同意しているところを見ると、少なくともうちのパーティ内ではメジャーな考え方みたいだ。

まぁ、野営車両（モーターハウス）のキャビンはご自由に使ってください！　ただ、運転は私に任せてくださいね。

これからギルドに戻るのだと説明をすれば、「行き先は一緒だし」と、みんなで戻ることになった。

先を行くエドさんとアリアさんを後ろから眺めつつ市場の中を歩いていると、視界の端で何かがチカリと光を反射した。何かと思って横を見れば、緩くハーフアップにされたアリアさんの髪に刺さった花のような物が目に入る。お花モチーフの、髪飾りだ。

立体刺繍(ししゅう)、って言うのかな？　刺繍でできた花びらを組み合わせて、立体的なお花に仕上げてるの!!　縫い目が細かくて、均一で、すんごくきれいだよ！

アリアさんの色素の薄い髪の毛に、よく似合ってる。

「アリアさん、その髪飾りきれいですね」

「ん……エディが、買ってくれたの……立体、刺繍……」

「すっごく繊細な布細工ですねぇ。これが刺繍、ですか？　細かい細工ですね！」

私の声に振り返ったアリアさんの頬は、うっすらと薔薇色(ばらいろ)に上気していた。恥ずかしげに頬を染めたアリアさんが説明してくれたことには、この立体刺繍、蜘蛛(くも)人さんが作る透明糸を使っているらしい。

透明な糸で作った透明な布をベースに、そこに透明度を保ったまま染色した糸で刺繍をして作ってるものだから、日の光に透けて宝石みたいにキラキラしてるんだって。

これは……これは……干物を通り越して化石になってる私ですら「いいなぁ」って思っちゃう！

この淡いピンクの花飾りに一目惚れしちゃったエドさんも、衝動買いしちゃったらしい。

「……いっぱいあるから、いい、って、いったのに……」

「オレが、可愛くなったアリアを見たいのー！　いや、普通のままでも十分可愛いし、いつまでも見てたいけど、おめかししたアリアを見たいの！」

それはもう堂々と口説かれているアリアさんは、いつもは白い頬を薔薇色に染め、ちょっと困ったような、照れたような……それでいてどことなく嬉(うれ)しそうな表情でエドさんの服の裾(すそ)をきゅっと握りしめていた。

……あー……アリアさんの髪を優しい手つきで撫で梳くエドさんが、非常に満足そうなのはそのせいか。仲良きことは美しきかな、と言うべきか、リア充爆発しろ、と言うべきか……。

まぁ、お二人が幸せそうだし、まぁいいか！

「……そうそう。この刺繍を売りにきた人が教えてくれたんだけどね、一ヵ月くらい前にもエルラージュの街に来てるけど、その時は道中で魔物らしい魔物に襲われたことはなかったってさ」

「ただ、今回は魔物が出た、って……言ってた。強くは、なかったみたいだけど……」

しばらくアリアさんの絹糸みたいな髪の感触を楽しんでいたエドさんが、にこりと笑ってこちらを振り返った。確かに笑ってはいるんだけど、目が笑っていないというか、張り付けたような笑みが浮かんでいるというか……。

だけど、今はそれを気にする余裕はなかった。

だって、似たような話は私たちもさっき聞いたもん！

「…………おや、まぁ、それは……」

隣にいるヴィルさんをちらりと見上げれば、同じようにこちらを見るヴィルさんの赤い瞳と目が合った。

「さっきの店で聞いた話とも、合致する、な……」

うーん……やはり、なんというか…………何度も言うようだけど、こんな平和な情勢の中、聖女召喚する必要、なくない？

情報を集めてから考えればいいことだけどさ、こうもちょこちょこと妙なことの片鱗が見つかると、魚の小骨が喉に引っかかってる気分なんだよなぁ。大して痛くはないんだけど、始終チクチクしてて気にかかって仕方ない、みたいな……。

……ほんっとに、なにを考えて私たちをこの世界に呼んだのか……せめて、理由に繋がる噂でもあるといいんだけどね。そこは王都で情報収集、ってことになるのかな。

むりやりに聖女召喚関連の考え事を頭の隅に追いやって、今はギルドに向かうことにする。気を抜くとはぐれそうになる程度には人出もあるし、無駄な考え事をしてる暇はなさそうだしね。

メインストリートを進むうちに、同じようにテイクアウトメニューを購入していたらしいセノンさんとも合流することができた。

「考えることは皆同じですね。私も、どうにも腰の収まりが悪くて……」

「もう皆さん、椅子がないとご飯食べられない感じですかね」

口元に拳を当てて上品に微笑むセノンさんは、その姿だけを見れば眉目秀麗なエルフのお兄さんなんだけどさ……抱えてる食料の量がえげつないよね！　この細い身体でヴィルさん並みに食べるんだから、いったいどこにその大量のご飯が入っていくのか……って思っちゃうよね……。

なお、パーティ内大食いランキングは次点でアリアさん、エドさんと続き、ごまみそと私が元気にブービー争いをするのが常である。

ごまみそ、仔猫のくせに魔物だからかめっちゃ食べるんだよね……そういえば、あのお店での従魔用メニューも、かなり大きめのボウルにいっぱい入ってたもんな……。

今後、ランキングの序列変更が起きそうなことを予感しつつ、私はエンゲル係数からそっと目をそらすのだった……。

「よう、待ってたぜ！」

「げ、トーリ……！」

美味しそうな匂いを周囲に振りまきながら和気藹々(わきあいあい)と戻ってきた私たちを出迎えてくれたのは、ギルド庁舎の前で仁王立ちするギルドマスター・トーリさんだった。機嫌が良さそうな笑みを浮かべて片手を上げるトーリさんを見たヴィルさんが、うげっと顔をしかめる。

そんなヴィルさんを華麗にスルーしたトーリさんは、大股(おおまた)でこちらに近づいてきた。

このくらいの図太さがないと、ギルマスとかはやっていけないんだろうなぁ。

「これから準備はあると思うんだが、その前にちょっと話しておきたいこと……というか、頼みたいことがあってな」

「頼みたいこと？　メルロワのギルドへの使いか？」

後ろ手に持っていた書類をひらひらさせるトーリさんに向けられた視線が、一気に冷たいものに変わった。

まー、これから「ご飯！」って思ってたところに水を差されたんじゃあ、そうなるよね。それなりに食べてきた私とヴィルさんはともかく、これからご飯を食べようとしていた空腹状態の暴食の卓(ウチ)のメンバーなんて、手負いの獣より危険なのに……！

もっとも、トーリさんはトーリさんで腹ペコ冒険者の扱いは手慣れていたらしい。

「勘が良いな、ヴィル。立ち話もなんだ。詳しい話は中に入ってからにしようじゃねぇか。飯も食いながらでいい」

鷹揚(おうよう)に手を振って歩きだすその背中の頼もしさと気風(きっぷ)の良さは、まさにギルドマスターだった。

話しながら食べてよし、と許可をもらったみんなの視線も、すぐさま温度を取り戻す。

よかったぁぁ……朝ご飯の遅延なんていう理由で【ギルド庁舎で流血沙汰(ざた)が！　ギルドマスターのごり押しが原因か……!?】みたいな号外が発行されるハメにならなくて、本当によかった……！

さっさと先に行ってしまったトーリさんの後を追うべく、私たちも庁舎に足を踏み入れた。新鮮な依頼が並んでいるんだろう。庁舎に入ってすぐにある受付付近は、少しでも割のいい依頼を受注しようとする冒険者さんたちで賑(にぎ)わっていた。

そんな中にご飯のいい匂いを撒(ま)き散(ち)らしつつ、私たちは庁舎の奥へと足を進めた。

関係者以外の立ち入りが制限されている庁舎の奥は、さっきの喧騒(けんそう)が嘘のように静かだ。そこに撒き散らされるお肉や揚げ菓子の匂いの強烈なことと言ったら！

ある意味でミスマッチだよね！

……まぁ、そんな場所でＢＢＱした私が言うことでもないんだけどさ。

「まあ適当に座ってくれ。書類を汚さなきゃ、そこの机で好きに食べてくれていいぜ」

勝手知ったる……とまではいかないけれど、それなりに馴染んだギルドマスターの部屋は、あの混乱期と比べたら少しだけ散らかり様は収まっていた。一般の人にしたら散らかってるんだろうけど、惨状を知ってる身としては「片付きましたね」って言える程度ではあるんだけどさ。

そこらへんはみんなも慣れたもので、応接デスクの上の書類を適当にどかしながらご飯を置くスペースを作っている。

「頼みってのは他でもない。さっきヴィルも言ってたが、メルロワのギルドにこの書類を渡してきてほしいんだ」

　着々とご飯の準備が進む中、トーリさんが持ってきたのはそれなりに厚みのある書類の束だった。表紙に赤字で「閲覧制限」の文字が見えるから、それなりに機密性のある書類なんだろう。

　差し出された書類に触らせてもらえば、パチンと静電気が弾けるような音と共に「閲覧制限」の文字が赤く光った。書類自体もまるで一枚板みたいにぴったりと張り付いてめくることもできなくなっている。

　なるほど！　こういう感じのセキュリティなのね。たぶん、あの赤文字のところにセキュリティ用の魔法か何かが仕込まれてて、閲覧権限のない人が触ると物理的に読めなくしちゃうのか。

「そんなことだろうと思ったぜ。リンのスキルなら伝書用の使い魔より確実で、飛脚を使うより早いからな」

「まぁそんなところだな。それなりに報酬も出す。頼まれちゃくれないか？」

　矯(た)めつ眇(すが)めつただの直方体と化した書類の束を眺める私の横では、ハンと鼻を鳴らしたヴィルさんがトーリさんを横目で睨(ね)め付(つ)けている。

　ヴィルさんが言ってる伝書用の使い魔っていうのがどういうモノかわからないけど、伝書鳩とかそういう系統だとしたら、この書類の束を運ぶのには力不足だろうな。

　確実性と機動性の両方を兼ね備えた運び手が、私……というか、私の野営車両(モーターハウス)なんだな。今、完全に理解した。

　顔の前で手を合わせてウィンクしてくるトーリさんを、胡乱(うろん)げな目で見ているヴィルさんには申し訳ないけど、それなりにいいバイトだと思いますよ、私は。

だって、昨日聞いたルート的に、そのメルロワの街の近くを通るんだろうし。だとしたら、休憩を兼ねて街に立ち寄って、書類を届けるくらいのことはできるのでは……？

「ヴィルさん、ヴィルさん。私は構いませんよ」

『朕もー！　朕もおつかい、する！』

「リン……」

クイクイとヴィルさんの服の裾を引っ張って、私の意見を伝えてみる。

何が琴線に触れたのか、朕も朕もと興奮しきりのごまみそが尻尾（しっぽ）をブンブン振るもんだから、さっきから頰っぺたにビタンビタンって当たるんだよ……！

地味に……地味に痛いよぅ‼

「……あ、でも、王都で情報収集したいですもんね。到着が遅くなるのはマズいのか……」

「よし、その使い、引き受けた！」

うむ。華麗なる掌クルー。

聖女召喚に関する当事者である私が、王都行きが遅れても……なんて言ってちゃダメかなー、と思って意見を翻そうとした結果がこのありさまだよ！

ヴィルさんの手首、めっちゃ性能のいいベアリングか何かが嵌（はま）ってるとしか思えない程に見事な掌返しだな！

そういえば、王都に行かなきゃいけない理由も行く必要があることもわかるけど、できることなら先延ばしにしたい、っていうのが本音でしたものな！

まぁ当人同士の関係は悪くないとはいえ、妾腹だの本妻腹だののややこしいことに嫌気がさして家出しちゃったヴィルさんが、その腹違いのお兄さんに会いに行く……っていうのは心理的に荷が重いよねぇ……。

あらかた片付いた応接テーブルで朝食を摂るみんなをこっそり横目で窺ってみるけど……。

優し～～～～い瞳でにっこり微笑まれて終わりだったよ！

あの目はアレだ。「任せる♡」って感じの目だ！

「そうかそうか！　お前らならそう言ってくれると思ってたぜ！」

「……で、いくら出してくれるんだ？」

「そうだな……相場がこのくらいだが、嬢ちゃんのスキルを加味するとだな……」

ギルドのトップとパーティのトップとが交渉に入ったので、ご飯番はすっかり蚊帳の外ですよ。

このまま商談を眺めていても仕方ないので、いい匂いに導かれるまま朝食会の輪の中にこっそりと潜り込んでみる。

「リン、リン！　これ、おいしーよ！　ケバブ‼」

「東の角の店のヤツなんだけど、タレがねぇ、美味しいんだよ！」

「もし肉が重いなら、西の裏通りにある果物屋で買ったフルーツもありますよ。今日は珍しくゴールデンベリーが入っていたので買ってあるんです」

輪に入るや否や、色々なところから食べ物が差し出された。

香ばしい匂いの最大の原因であろうケバブや、セノンさんの掌にちょこんと載った山吹色の紙包みのようなもの。それなりに食べ物を詰めたはずの胃袋がぎゅうと動き、もっと食べられそうです、と訴えてくる。

……大丈夫なのか、私のお腹……。どんだけ消化が早いんだ……。

アリアさんが差し出してくれたケバブも気になったけれど、それよりなにより、セノンさんが差し出してくれてる果物が気になる……。

生存戦略さんで確認しようと思って……ちょっとした好奇心で踏みとどまった。

お店で売られてるってことはそれなりに安全な食べ物なんだろうし、まずは実物を見てからでもいいかな、って。

「ゴールデンベリー、でしたっけ?」

「ええ。草地によく生えている実なのですが、ちょっと面白い形をしているでしょう?」

カサリと乾いた感触と共に、ゴールデンベリーなる実が私の掌に載せられた。大きさは、ピンポン玉をちょっと大きくしたくらいで、風船のように丸い形をしている。ホオズキとかフウセンカズラみたいに、紙状の薄い膜で中の子房部分が包まれてるんだね。

うっすらと中が透けて見える程に薄い膜はすっかり乾いていて、光の当たり加減によっては確かに金色にも見える。だからゴールデンベリーなのか。

先端の部分を摘まんで引っ張れば、スナックの袋を開けるよりも簡単に膜が破れて中身が出てきた。キイチゴみたいに小さな実がいくつも集まって、ふっくらと丸い一つの珠を作っている。こちらも、凄く鮮やかな山吹色だ。

果汁がたっぷり詰まっているのか、半透明な粒はそれなりに粒が大きいから、これは食べでがありそうだ。

実を捥いで口に放り込むと、甘酸っぱい果汁が口いっぱいに広がった。懸念していた種の感触は、ほとんどない。むしろ、小さい実の皮が弾けるじゃくじゃくとした食感が面白かった。

「これは……美味しいですね！　膜で包まれてるお陰で、すぐ食べられるのがいいですね」

「なかなか面白いでしょう？　日持ちがしないのが難点ですが、味も良いので人気の商品なんです」

ぺりぺりと膜を剥いては実を口に運ぶセノンさんが、にこりと笑って教えてくれた。

……それにしても、美形がこういう鮮やかな色で可愛い形の食べ物を食べてる姿って、めちゃくちゃ様になるんだね……。白くて長い指が金色の大きな実を摘まむシーンなんか、絵にしたらかなり映えるのでは？

ま｜、私は絵心がないのでそういった芸術活動には参加できませんけども！　芸術より食欲派なんですよ！

「リン、こっちも、美味しい」

分けてもらったゴールデンベリーをありがたく咀嚼していると、横合いから拗ねたような声がした。それに反応して振り向くより早く、冷たく柔らかな手で頬を包まれる。

「はい、リン。あーん」

「あ、アリアさ……むぐぅっっ！」

存外に力の強い白い繊手で強制的に声の主の方を向かされたかと思うと、問答無用で何かが口に突っ込まれる。

あまりの息苦しさに口の中のモノに歯を立てて噛み切れば、もちもちの生地とシャキシャキの野菜、そしてなにがしかの香辛料を使って焼き上げられたのであろうお肉の旨味が口の中で爆発した。
な、何かと思ったら、さっきからアリアさんが持ってたケバブか……！

正体がわかったことで安心して咀嚼ができるよ……。

……それにしても、このケバブ、本当に美味しいなぁ。お肉も野菜も美味しいんだけど、中にかかってるタレがね。ほんのりと甘い匂いがして、ちょっとほろ苦くて……お肉の香りと上手く調和して、より風味よく変化させてるというか……。

それにしても、このお肉……どっかで食べたような気が……？

ちらりと生存戦略（サバイバル）さんを発動させて確認してみれば、昨日ＢＢＱで食べたソーセージの原料、ウシカのお肉が使われているらしい。

どうりでお肉自体から良い匂いがすると思った！　香草を好んで食べるらしいウシカは、お肉自体にも香草の匂いが染み込んで、焼くと良い匂いがするっていうもんね！　その上、食害を防ぐために定期的に間引きされるらしいから、手に入りやすいお肉なのかも。

「……美味しいですね、このケバブ！」

「でしょー？　値段も良心的だし、量も多いし、店先で肉の塊グルグル回しながら焼かれてるとさ、つい買っちゃうよね！　行きつけにしてる冒険者も多いんだよー」

「リンのご飯、も、美味しい！　けど、こういうのも、スキ」

「わかります！　コレは無性に食べたくなる味ですね‼」

ニコニコ笑いながらケバブにかぶりつくエドさんが、追加で色々と教えてくれた。確かにこれは、大量に仕込める「お店の味」だなぁ！

それにしても、そのお店の情景が目に浮かぶようだわ。回転しながら炙られるウシカのお肉の塊を、焼けたそばから長いナイフで削ぐように切り落としていくんでしょ？　断面から、肉汁がじゅわぁっと溢れて、それも火で炙られて、良い匂いが辺りに漂うんでしょ？　ちょっと常連さんになると「お肉多めにね！」「ツケ払ってから言いな」とか、軽口叩けるんでしょ？

あぁぁぁ！　ステレオタイプの想像で申し訳ないけど、これぞ冒険者のお店、って感じ！

他にも買い込まれた直火焼きの腸詰めだとか、串焼きの燻製肉だとか……山のようにあった料理は瞬く間に腹ペコたちのお腹に収まってしまった。

あとに残ったのは、焼け焦げの残る木の串だとか、料理を包んでた経木とか……。それらを一纏めにしていると、相談というか商談を終えたらしいヴィルさんが戻ってきた。

「よし。とりあえず今回は、メルロワのギルド経由で王都に向かうことになった」

「オッケー。ちょうど通り道だしねー」

「リンの野営車両なら旅程自体を短縮できるでしょうし、簡単なお使い程度なら良いのではないかと思いますよ」

「ん。任せる」

条件や報酬などがまとめられているのであろう契約書をひらひらさせるヴィルさんに、みんなが異口同音で同意を返す。

確か、メルロワは火山の街なんだっけ？　辛い料理と温泉と鍛冶が有名……っていうことは聞いたけど、どんな風景の街なんだろうか。

草津か熱海か湯布院か……個人的には越後湯沢と銀山も捨てがたいと思うんだ！　露天風呂に浸

かりつつ夜景を眺めるとか、良いよねぇ……。

　お使い任務だし、そんなゆっくりもできないだろうけどさ。

「今日はこれから装備転換や買い物なんかの出発準備を整えて、明日の朝、大門が開いたら出発……で大丈夫か？」

　ザックリとだけどスケジュールを伝えられ、自分なりに必要だと思う準備に関して素早く考えを巡らせる。

　つい買っちゃった魚を中心にすればしばらく持つし、食料の大物は買わなくても大丈夫だし。味変用の香辛料は確かに欲しかったけど、お使いっていう追加任務が入った以上、出発は早い方がよくない？

　ただ、すぐ食べられるように魚捌いたりご飯炊いて冷凍したり、さっき貰ったムーチの粉でポンデケ作り置きしておきたいなぁ……っていうのはあるし、その準備だけさせてもらえれば……。私の場合、装備うんぬんよりも、どれだけ手早くご飯を提供できるか……っていうところに主眼が置かれるせいで、どうしても下ごしらえがメインになってくるからなぁ。

「あー……お使い任務もありますし、買い物はしなくて大丈夫です。ご飯の下ごしらえだけやらせてもらえれば……」

「リンの言う通りですね。余分な行程が増えた分、出発は早い方が良いかと」

「装備だって、ダンジョン攻略の時と一緒だっていいじゃんか！」

「……おうじょうぎわ、わるい……」

「ぐぅ……言い返してやりたいが、言葉が見つからん……！」

そう思って恐る恐る意見具申をしてみたけれど……存外に支持を得られたようだ。

……まぁ、ヴィルさん自身、早く出発しなくては……っていう考えがなかったわけじゃないんだろう。容赦なく論破していくセノンさんとエドさん、アリアさんの言葉に、あっさりと撃沈していた。

喉(のど)の奥で唸(うな)りつつガクリと肩を落とすヴィルさんの背中には、そこはかとなく哀愁が漂っている。

「えーと……ざっと話がまとまったところで、私はこの荷物、野営車両(モーターハウス)に置いてきますね！」

「そうだな。とりあえず、準備を始めるか」

ずっしりと重いひんやりとした魚の袋を抱え上げると、ヴィルさんもまたムーチの袋を肩に担いでくれる。食べた後のゴミをエドさんがまとめて持てば、その後にセノンさんが周囲に洗浄魔法をかけ、アリアさんはぷーすか寝ているごまみそを抱っこしてくれた。

うむ。チームの連携は抜群だ！

「それじゃあ、さっきの話通りに。それでいいか、トーリ」

「ああ。引き受けてくれるなら文句はないさ。頼んだぜ！」

新たな書類の処理に追われているのか、デスクで書きもの作業を始めたトーリさんに見送られつつ、私たちはトーリさんの部屋を後にした。

それじゃあ、さっそく出発しましょうかね‼

旅行日和のよく晴れた空の下、私たちは野営車両(モーターハウス)に乗り込んだ。

今回の旅は、何事もなく終わるといいなぁ。

そしてできれば、名物の美味しいご飯が食べられますように……！

そんな調子のいいことを思いつつ、私は野営車両のエンジンをかけた。

第二章

よく晴れた青空の下、エルラージュの街の大門を潜って外に出る。

しばらくは、この街には帰ってこられないんだなぁ……。

そう思うと、不思議と胸がいっぱいになった。

なんだかなぁ……こっちの世界に召喚されてから、日数はさして経ってないんだけど、内容が濃すぎてもうどっぷり浸かってる感しかないよね。みんなで浜辺ＢＢＱしたりダンジョン攻略しに行ったり……盆と正月がいっぺんに来たんじゃないかってくらいに騒がしくて忙しない怒濤の日々を送ってるよねぇ。私の記憶が確かなら、エルラージュの街に辿り着いてからまだ半月にもならないと思うんだけどなぁ。

なんかもう、向こうの世界どころか、ヴィルさんに手を引かれてエルラージュの大門を潜ったあの時すら懐かしいわぁ。〝これからいったいどうなるんだろう⁉〟って不安はいったいどこにいったんだっていうレベルでこっちの世界に馴染んでるよね……うん。

しみじみとそんなことを考えていると、ぽんと背中を叩かれた。

「今日は、わたしが、じょしせき！」

「……確かに……。私とアリアさんが並んで座ると、女子席ですね！」

ふんすふんすとけしからんお胸を張るアリアさんが、ごまみそを小脇に抱えて立っていた。正確には〝助手席〟なんだけど、この際〝女子席〟でも構わんだろう、っていうくらいに可愛らしい。

………その背後で漆黒のオーラを放つエドさんがいなければ、の話なんだけどね。

いずれにせよ、大門から離れて人目に付かないところまで行ったなら、いよいよ冒険の旅、再びですよ！

助手席……もとい、〝じょしせき〟にアリアさんを乗せ、男性陣はキャビンで過ごしてもらうことにして。

いざ、しゅっぱーつ！！！

「すごい！　はやい！！！」

「このペースだと、お昼過ぎにはレアル湖まで行けそうですねぇ。お昼は湖畔で食べましょうか？」

「うん！　うん‼　ご飯、楽しみ‼」

ずっと助手席に乗ってみたかったというアリアさんは、氷色の瞳(ひとみ)をキラキラさせて、乗り心地や窓の外の風景を楽しんでるみたいだ。ごまみそに関しては、助手席の下……アリアさんの足元で丸くなってプースカ惰眠を貪(むさぼ)っていた。

神経が太いというか、なんというか……。まぁ、吐いたり騒がれたりするよりはいいか、うん。

私自身が少しこちらの世界での運転に慣れたのか、脇道走行でもそれなりの速度を出して走れるようになっている。

ヴィルさんと一緒にレアル湖からエルラージュに来た時は三時間くらいかかったけど、今度はもう少し早く着けるんじゃないだろうか⁇

まー、日中は魚の活性も低いだろうから釣れるかどうかはわかんないけど、手持ちの食料はいっ

ぱいあるし、何とかなるんじゃないかな⁇

ナビに従ってガタゴトと脇道を進んでいくと、林が多かった風景が次第に草原へと変わっていく。

あー、そうそう。こんな感じだった！

「レアル湖……お魚、釣れる、かな⁇」

「うぅん……これぱっかりは………私、凄腕ってわけではないですからねぇ……」

「釣れるように、応援、する！」

期待に満ち満ちた氷色の瞳に見つめられ、ここは「釣れますよ！」って言いたかったんだけど
……それを裏打ちする実力がね……ちょっとね……ない、もんね……。

でも、煮え切らない私の言葉にアリアさんはがっかりした様子も、失望した様子も見せなかった。

ニコニコと笑いながらグッと拳を握って、応援する気満々で答えてくれた。

何かねぇ……こういうところが本当に嬉しいというか、ありがたいというか……。

皆さん本当に人間ができていらっしゃる……！

後ろの居室部分では、男性陣がわいのわいのと何かを話しているようだ。

エンジン音が被っているせいで何に関して話しているのかまではわからないけど、楽しそうな表情を見るに明るい話題のようだ。

そして、ナビが示す先……進行方向にはそこそこ高い山が聳えていた。その頂からは、白っぽい煙が吐き出されている。

おそらくは、アレが例の〝メルロワ火山〟なんだろう。

「思ったよりも煙が薄いですね。火山って聞いてたので、もっと、こう……濛々としてるのかと……」

「ん。かなり昔に、噴火したっきり……今は、おとなしい、っぽい？　たまに、煙出す、だけ。今日は煙が見えて、運がいい」

なるほど。アリアさんの話を聞くかぎり、活火山は活火山なんだけど、活性はかなり落ちてる感じなんだろうね。

火山は見えたけど、まだ流石に遠くて麓(ふもと)にあるという街までは確認できないなぁ。

これだけ高い山なら、初めてこっちの世界に来た時に気付きそうなもんだけど、なんだかんだで混乱して目に入ってなかったんだろうね。たぶん、煙も出てなかったから目に留まんなかったんだと思う。

「よーし！　このへんでいいかな？　確かこの前もこのへん……だった気がするし！」

「はやかった……！　もう、ついた‼」

「徒歩だったら何日か野宿しなくちゃいけないことを思うと、すっごいスキルだねー……！」

「これが役立たず、には思えないのですけれどねぇ？」

何となく見覚えがあるような場所に野営車両(モーターハウス)を停めると、半ば呆然(ぼうぜん)としたような面持ちでみんな車から降りてくる。

初日に街で見かけた二足歩行の恐竜……ヴェロックによる馬車、というか竜車も速いらしいけど、それなりのお金が必要なんだそうな。

その点、野営車両(モーターハウス)は私がいれば乗り放題だもんな！

私はこちらの世界での安全な生活を、みんなは移動手段とご飯を得られて……割合にＷｉｎ－Ｗｉｎだと思うんだけど、どうだろうか⁇

……いや、好き放題にご飯作ってるだけなのにこの待遇って、私の方が得してるんじゃ……？
うむ。これは格差是正のためにも、ご飯作りに気合いが入りますな‼
ぽんと肩を叩かれて振り返れば、軽装ながら武器と防具を身に着けたヴィルさんが立っていた。
私にとっては、もうすっかり見慣れた装備だ。

「リン。野営車両（モーターハウス）の中で話していたんだが、俺たちで周りを哨戒（しょうかい）してくるついでに、薪になりそうな枝でも拾ってくるか？」

「えっ？　お願いしてもいいんですか？」

「ああ。護衛にアリアを残しておくから、設営と食料確保を頼んだ！　何だかんだで、みんな腹ペコだろうからな」

「了解です！　お腹に溜（た）まるもの、用意できるようにしておきます！」

なるほど。さっきキャビンで話してたのって、そのことだったんですね。非常にありがたいです！　速攻で受けさせていただきますよ！
地味に大変なんだよ、薪集め……嵩張（かさば）って量が運べないんだもん……。
その代わり、薪集め分のカロリーに見合うご飯は作りますから！

「よし！　まずは……食材獲りしますかね！！！」

『朕も！　朕もおてつらいする‼　ねこのて、かす‼』

ようやく起き出してきたごまみそが、足元をちょこまかと動き回る。

「うん。それじゃあ、ごまみそは私の肩の上で見張りお願いね！　私は道具の準備しちゃうから」

『みはり！　朕とくい‼』

蹴りとばしたり踏んだりしそうで怖いので、高い所での見張りをお願いすると、むふんと胸を張ったごまみそがふわりと肩に飛び乗って、さっそく見張り業務に就いてくれた。

ごまみそ、こういう素直なところが可愛いんだよなぁ……。

「リン！　わたしも、手伝う！」

「ありがとうございます！　っていっても、釣り道具はまとめてあるんで、これ持ってくだけでOKなんですよ」

クイクイと服の裾を引っ張られて目を向けると、アリアさんがわくわくとした様子でこちらを見つめていた。なんだろう……このキャンプが楽しみで仕方ない子ども感……。

ちょっとした幼女みを感じるアリアさんの前に愛用のタックルボックス——釣り道具一式を掲げてみせて、アリアさんとごまみそと一緒にさっそく波打ち際を目指す。

「糸、細いね！」

「『科学の力って、スゲー！』っていう感じですかねぇ？　私から見ると、アリアさんの糸の方が凄いですけどね」

岸辺で竿と糸の準備をする私の手元を覗き込んだアリアさんが、感嘆の声を上げる。糸を操るのが得意な蜘蛛人さんとしては、やっぱり気になるところなんだろう。

ただ、ラインの……釣り糸の細さに驚くアリアさんだけど、私からすると魔物を両断したり賽の目に切り刻めるアリアさんの糸の方が凄く感じるけどなぁ。

「わたしの糸も、使う⁇」

『朕がなー、おみじのなか、シュッシュッってしようかー？』

「もし大物が釣れた時は、フォローお願いします‼　おみそは水に落ちないように気を付けてね」

そんなアリアさんからの魅力的なお誘いと、頭からずぶぬれになる未来しか見えないごまみそのお誘いを受け止めながら、どんなルアーを使うべきか思考を巡らせる。

うーん……魚が活発にエサを食べる時間――朝マズメ――はとっくの昔に過ぎてて、いまはもうお昼過ぎ。当然、活性は落ちてるよねぇ……この前来た時はかなり盛んにあった魚のジャンプも、今日はほとんど見られない。

管理釣り場でのトラウト釣りの王道といえば、スプーンって呼ばれてる金属製のルアーがメジャーなんだけども……正直なところ、ただでさえ釣りが上手いわけでもないのに、こういう状況でスプーンで釣れる気がしないんだよなぁ……。

なにせ、その日の天気や気温、水の濁り具合なんかで色とか重さとかをチョイスしなくちゃいけないから、なかなか難しいというか、私みたいな下手の横好きには荷が重いというか……。

…………………………。

…………………………。

よーく観察してみれば、私たちの周りはもちろん、湖面のあちこちで小さな羽虫みたいなものがふわひらと飛び交っている。水面にも、結構な数の羽虫が落ちて浮いてるし、これを餌にしてる魚もいるんじゃないかな？

自然の渓流や湖なんかでのトラウト釣りのことは詳しくないんだけど、水に落ちた羽虫とか水棲（すいせい）昆虫みたいに漂わせて誘うタイプの疑似餌……フェザージグがいいかなぁ。

「……虫っぽいのが飛んでるから、ちょいと泳がせ系のフェザーちゃんをですな……」

「ちっちゃい！　それで、釣るの⁉」

手持ちのフェザージグの中から、周囲を飛んでいる虫とよく似た色合いのもの……その上で水中をふわふわ漂う虫のように引けるものを選択し、釣り糸と結ぶ。フェザージグを見たアリアさんが物珍しそうな顔で、ジグを結ぶ私の手元を眺めている。

ふふふ……気になりますか？　ボウズ逃れのためのジグ、結構持ってますよ？

プラリと竿から垂れ下がるジグをごまみそがぶっとい前脚でつついてきそうになって、慌ててロッドを上げて距離を取った。

うん。猫にとっちゃいいおもちゃだよね、うん。

『ふあふあ‼　それ、朕のおもちゃ⁉　朕のおもちゃ⁉』

「おみそ！　針ついてるから危ないよ！」

ルアーケースのルアーをしげしげと眺めるアリアさんに、他のルアーケースを渡しつつ、私は水際にそっと歩み寄る。ルアー観察をしつつ、アリアさんもついてきてくれるようだ。足音を殺して私の横を歩いている。

幸い、風は吹いていない。

ちょっとフェザーを水で濡らして、僅かばかりではあるものの重量を増やして…………。

「よい、しょー！　……っと！」

「……ん……？　そんなに、とば、ない……⁉」

「あくまでも人工の釣り堀用のルアーですからねぇ……自然渓流用とかのはまた違うんでしょうけど……」

私としては結構上手く飛ばせたとは思うけど、やっぱり現役冒険者の目から見れば大した飛距離は出てないように感じるんだろうなぁ。

着水と同時に水面からどれだけ沈んだかカウントをはじめて…………お？　五カウントめくらいで、手元にコツンとアタリが伝わってきた。

合わせてみるけど、魚がかかっている手ごたえはない。ショートバイト……甘噛み（あまがみ）みたいな感じだったか……！

竿をしゃくってルアーを水面まで上げて、もう一度カウントしながら沈めていき……さっき手ごたえがあった五カウント目くらいの深さで、ゆっっっくりとリールを巻き始める。

アタリがあった、ってことは、そこの深さに魚がいるってことだろうからね！

「……こう……ふわふわと……漂わせる、感じ、で……」

リールを巻きつつ竿を持つ方の手の指で、コツコツッと軽く竿を叩（たた）く。こうすると微かに竿が揺れて、水中のルアーが絶妙に揺れる……らしいんだよ。

「てごたえは、ある⁇」

「うーん……アタリっぽいのは、あるんですけど…………よしっっっ！」

その上で、水棲昆虫が逃げ惑う感を出すように、ゆっくりとリールを巻いていくと……。

ゴゴッとラインに重みが加わった。素早くリールを巻いて合わせてやる。

途端にドラグがジィィィィッと鳴り、糸が沖へと吐き出されていく。

「かかった⁉」

「かかりました‼　結構大きいんじゃないかな、コレ……‼」

『朕が！　朕が！　シュッシュッてする！！！』

「おみそステイ‼　焦らせないで！！！」

水面に向かって弓なりに引き込まれる竿に、アリアさんが瞳を輝かせて私と沖の方とを交互に見つめてくる。

ごまみそも爪を出して、練習のつもりなのか素振りをする程度にはやる気満々だ。

まって！　みんな待って！　まだ沖だから！　魚寄ってきてもいないから！！

針を外そうとしているのか、イヤイヤをするように頭を振るような感触がロッドを握る手に伝わってくる。

いやいやいや……逃がしはせん……逃がしはせんぞー！！！

ラインが弛まないよう、ロッドのしなりとリーリングでテンションを保ち続ける。カエシが付いてない針だから、糸が緩むとすぐに逃げられちゃうんだよぅ‼

不意に水面が沸き立ったかと思うと、真っ白な魚体が姿を見せた。この前釣った大物に負けず劣らずの良い型に見える。

しかも、その口元にはオリーブカラーのフェザージグがしっかり食い込んでるじゃないかー！

「リン！　大きい‼　魚、大きいよ‼」

「ですね！　しかも、けっこういいところにかかってる‼　このまま寄せれば……」

逃げるな逃げるなと念じつつリールを巻いていると、ラインの先のミルクトラウトが突然ジャンプした。

幸い、ずっとリールを巻いていたお陰か糸は緩んではいないよう、で………。

「ふあぁぁ！？！？」

「もっと大きいの、出た⁉」

ジャンプした大物ミルクトラウトの後を追うように、それよりもさらに一回り大きなナニかが水面を割って飛び出してきた。

茶褐色で、あからさまに魚ではなさそうなシルエットが……⁇

ほんの一瞬だけ見えた姿を目で追って……次の瞬間には派手な水柱が上がる。パシャリと細かい水の飛沫がこちらまで飛んでくる程度には勢いが強かった。

「な……な、なに、今の……⁉」

「マッドオッター‼　魚、食い……‼」

思わずリールを巻く手が止まり、糸が弛んだ。さっきまで鳴っていたドラグが沈黙する。

さ、流石に逃げられたか……‼

つい余計なことに気を取られた、と歯噛みした私の隣で、アリアさんが腕を構えた。

何事か……と思う間もなく、目の前が生存戦略の真っ赤な警告アラートで埋め尽くされた。

咄嗟に視線を上げれば、目の前の水面がヌゥゥと持ち上がり……さっき見かけたナニかが顔を出す。

水の膜の向こうで爛々と不気味に輝く、赤い瞳と目が合った。

ぽたぽたと水を滴らせる目の前のソレは、カワウソを巨大にしたような姿をしている。

ただし、顔つきが全然違う。コツメカワウソとかニホンカワウソみたいな可愛らしさはまったくない。

目つきは凶暴だし鼻は潰れて横に広がってるし爪も牙も鋭いし……めちゃくちゃ凶悪そうなんだけど……。

【マッドオッター（美味）

巨大なカワウソの魔物。群れではなく一匹で狩りを行う。

魚を主な獲物としているが、目についたものを襲うこともある。

水中を自在に泳ぐだけあり、赤身でしっかりした身質。

脂ののりも良く、塩茹で・煮込み料理などにすると蕩けるような口当たりになって美味】

……こいつ……この見かけで美味い、だと……⁉

「アリアさん、コレ、美味しいらしいです‼」

「ん‼　わかった！！！！　ごまちゃん！！！！」

『朕におまかせ！！！！』

生存戦略さんの説明文を読んだ瞬間、思わずそう叫んだ私は決して悪くないと思う。

私の声に反応したごまみそとアリアさんの動きはそりゃあもう素早かった。

ダッと私の足元を素早く駆け抜けたごまみそが、マッドオッターの首めがけて噛みついた。小さな……それでも、肉食の魔物の牙が魚食いの毛皮を突き破る。

棒立ちになって暴れるマッドオッターめがけ、アリアさんの手が翻った。泥色の身体に銀糸が幾重にも巻き付いてその動きを拘束する。

野太い怒号を上げて暴れる魔物からごまみそが飛びのいた次の瞬間。

「ん。これで、終わり……！」

鈴を転がすような声と共に、アリアさんの両腕がざっと左右に振り広げられた。それと同時に、血煙と共に切断されたマッドオッターの輪郭が黒い霧になって霧散していく。

そこにポツンと残ったドロップ品が、重力に従って湖に落ちる寸前……アリアさんの糸がひょいっとキャッチしてくれた。

経木に包まれているところを見ると、嬉しいことにお肉がドロップしたようだ！

「アリアさん、フォローありがとうございます！　助かりました‼」

「ん！　やった！　おいしい、お肉！」

グッと親指を立ててみせれば、アリアさんもまた胸を張ってにっこりと笑う。

うむ。美人さんは憂い顔もきれいですけど、やっぱり笑顔が一番似合いますな‼

いつの間にか私の足元まで戻ってきていたごまみそが、脛に頭突きを繰り返す。自分にも構え、ってことなんだろう。

そのぐにゃりと柔らかな身体を抱き上げて頭と背中を撫でると、気持ちよさそうに目を細めてグルグルと喉を鳴らす。

「ごまみそも凄かったね！　強かった‼」

『でしょ？　でしょ⁇　朕なー、めっちゃなー、つよいからなー！』

ドヤァッと胸を張るごまみそを撫でつつ、すぐ近くの空き地に野営車両を顕現する。このままじゃ、お肉がダメになっちゃうからね！　冷蔵庫にしまっておこうと思うんだ。

ついでに、ご飯も炊いておこう！

車内にごまみそを放流していると、アリアさんもキャビンに入ってきた。

「今からちょっとお米研ぐんで、少し休んでてください」

「……お魚、もう、釣らないの……⁇」

「うーん……さっきの騒ぎで、だいぶ散っちゃったと思うんですよねぇ……」

「………………お魚……食べたかった……」

『朕も……おたたな……』

「……うぅっ……！！！」

ガシュガシュと大量のお米を研ぎつつアリアさんに声をかければ、残念そうな顔で呟(つぶや)かれる。

いやー……魚バラすと群れが散るっていうし、そもそもマッドオッターとの大立ち回りがあったんじゃ、あの辺りにはしばらく魚が寄ってこないんじゃなかろうか……⁇

……とは思うものの……マッドオッター討伐の立役者であるアリアさんとごまみそに、「お魚食べたい」オーラ全開で見つめられると……その……期待に応えないといけないような気が……。

「お米研ぎ終わったら、場所変えて釣ってみましょうか？　流れ込み(インレット)の辺りなら、うん……頑張れば……うん……釣れなかったらごめんなさい」

「！！！　ありがと、リン！　いざとなったら……掬(すく)う！」

「うーん……それはもう釣りじゃなくて漁ですね！」

パァッと顔を輝かせるアリアさんと、耳も尻尾(しっぽ)もピンと立てて瞳を輝かせるごまみそを見てると、釣れるまで頑張んなきゃ……と思うと同時に、またやります、って言ってみてよかったと思うなぁ、うん。

精一杯頑張ろうと思います、ハイ。

キラキラ笑顔で拳をグッと握るアリアさんを漁師にしないためにもね！！！

「……そういえば……マッドオッター、どうする、の……??」

「タマネギもジャガイモもあるので、それと一緒に煮ちゃおうかな、と。アリアさんは甘めの味付けが好きですか？　それとも、しょっぱいのが好きですか？」

「ん……！　それは、まよう……‼」

炊飯器のスイッチを押した後、今度こそ魚を釣るべく湖畔に向かっていると、ごまみそを抱いたアリアさんが小首を傾げた。

ちょうどいい材料もあるし、肉じゃが的な感じにすればご飯とも合うかな、と思っているのですよ。

経木の隙間からチラ見した感じでは、赤身のお肉の上に脂肪層が乗ってる感じだったもんね。水の中で体温が奪われないよう、たっぷり脂肪がついてるんだろうなぁ。

あのお肉なら、甘めの味付けもしょっぱめの味付けも、なんにでも合うんじゃなかろうか??

そう思ってアリアさんに尋ねてみれば、アリアさんもまたお悩みの様子で……。

確かにねぇ……迷うよねぇ……どっちも美味しそうだもん！

ミルクトラウトが釣れなかったら、マッドオッターを煮るなり焼くなりして、食べよう。

先ほどの場所からちょいと離れたところにある流れ込みに場を決めて釣りを再開してみたところ、例のフェザージグを七投ほどしたところで何とか魚をかけることができましたよ！！！

「あ！　卵持ってるヤツだったかぁ……」

「卵あると、食べられない⁇」

「うーん……卵に栄養を持っていかれちゃうんで、身の味が落ちちゃうんですよねぇ……」

その場で血抜きも済ませた魚を野営車両(モーターハウス)に持ち込んで、今まさに捌(さば)いているところなんだけど……。内臓出しのために裂いた腹から、金色の卵が零れ落ちてくるとは思わなかったよね……。

卵を別の容器に取り分けておいて、大きめの魚体をざくざくと三枚に下ろしていくと、ついこの前見た時とはまた少し違う白い身が見える。

前は、たっぷり乗った脂肪で白濁していたような感じだったけど、今はだいぶ透明感のある白身になっている。

うん……この色味、何かに似てると思ったら、管釣りの小型ニジマス的な白身だわ……。

中骨に付いた身をこそげて食べてみたけど…………うん。旨味も脂気もないわけじゃないけど、なんか少し水っぽくなってるなぁ……。

「美味しく、ないの……？」

「脂気とか旨味が抜けてる感じなので、補ってあげれば美味しくいただけると思いますよ！　卵は確実に美味しいでしょうし！」

味見をした後、そうとう微妙そうな顔をしていたんだろう。しょんぼりと眉(まゆ)を下げたアリアさんが、こちらを覗(のぞ)き込んでいる。この前食べた時よりちょっと水っぽい、っていうだけで、ちゃんと食べられる味ですよ‼　脂と旨味……コクを補ってあげれば、美味しくいただけると思う。

薄い膜に包まれた卵は、一粒一粒が丸くぷっくりと膨れており、鮭の腹子みたいにばらして調味液に漬け込んだら美味しいんじゃないかと思うんだ。

とりあえず、卵はちょっと置いておいて……まずは魚の方の下処理をしていこうと思うのですよ。

「皮、だいぶ硬くなってるし、剥(は)いだ方がよさそうだなぁ……」

『かたいの⁇　朕がシャッシャッってするー⁇』

「なんで、硬くなっちゃうの？」

「産卵のために川底を身体で掘ったりする時とか、縄張り争いで怪我しないように……とかいう理由らしいですよ」

鱗(うろこ)にビッチリと覆われた皮は、もうそれ自体がだいぶ肥厚していてかなり硬くなっている。野営車両(モーターハウス)の切れ味抜群の包丁ですら、抵抗を感じる程度には硬い。

これを噛み切るのは大変そうだし、もう最初から取り除いちゃおう！

硬い分、皮を引くのはさほど難しくない。皮にほとんど身を残さないで剥(む)くことができた。

あとは腹骨をざっくりとそぎ落として……こちらは、頭と中骨と共におやつとなって、ごまみそのお腹に消えていった。

「コレを一口大にブツ切りにして、塩・コショウと特製スパイスで下味をつけるわけですよ」

「すごい‼　いい匂い‼」

「ベースにカレー粉が入ってるんで、臭みも取れるんじゃないかなー、と」

残った身の方をそぎ切りにして、下味をつけていく。ふわりとカレーの香りが車内に充満した。他にも、クミンやらコリアンダーやらの甘いようないがらっぽいような、不思議な香りが鼻先をくすぐっていく。

脂気と旨味を補って、水っぽさを消すっていうと……カレーしか思い浮かばなかったよ！

今回はちょっとエスニックな……プーパッポンカリーならぬＭＴ（ミルクトラウト）パッポンカリーにしようと思います！

……え？　ＭＴ（ミルクトラウト）パッポンカリーとは何ぞや、って⁇

プーパッポンカリーの場合、タイ語で「プー」がカニ、「パッ」が炒（いた）める、「ポン」が粉……という意味らしいので、プーの部分をミルクトラウトに変えて、ミルクトラウトパッポンカリー……すなわち、ミルクトラウトのカレー粉炒めにしようかな、と。

ざっとまな板を洗ったら、タマネギとニンニクもスライスしていく。

「で、まずはミルクトラウトをさっとソテーして……いったん避（よ）けたらニンニクとタマネギも炒めて……」

「美味しそうな匂い、する‼　匂いだけで、美味しい！」

「カレーの匂いは本当に食欲をそそりますよね！」

おやつを食べ終えてご満悦そうなごまみそを抱き上げたアリアさんが、ひくひくと形の良い鼻を動かしている。ついでに、ごまみそも鼻を動かして……ぺぷしゅと商標的にグレーそうなくしゃみをしていた。

無心でごまみその腹毛をもふもふするアリアさんを横目に見つつ、炒められたタマネギとニンニクが入ったフライパンにミルクトラウトの身を戻して……一度ここで火を止める。

「あとは、男性陣が戻ってきてからにしようかな」

まだみんな帰ってきてないから、仕上げはちょぃと後回し。せっかくだから、出来たてを食べてほしいしね。

あ、でも、昨日買い溜めしておいた卵と牛乳、特製スパイスミックス、お醤油、砂糖を混ぜた調味液だけは作っておこうかな。

ついでに、空いてる方のコンロで、沸騰しない程度の温度になるようお湯を沸かして……。

「卵はこの膜を取らなきゃいけないんですが、手で取ろうとすると大変なんですよ……」

「ぴったり、くっついてるもんね……」

『朕、こまかいの、むり！』

「……とか言いましたけど、実はちょっとしたコツで簡単に取れる方法があるんです！」

「そんな、方法が……‼」

通販番組の如く提案してみれば、ワケがわからないなりにもノッてくれたアリアさん。

そんな彼女の目の前で、沸騰はしていないものの確実に手を入れたら火傷寸前であろうお湯をボウルに注ぎ入れ、塩を多めに溶かし入れる。

準備は、これでＯＫ！

あとは、菜箸で卵の塊を摘まんで、塩湯の中でシャブシャブしてやれば、卵が自然にばらけてくるわけですよ！

たぶん、熱で膜のタンパク質が変性するからだと思ってるんだけど……どうだろうか？

あらかた卵が粒にばらけたら、すばやくザルに上げて水気を切って……今度はお風呂のお湯程度の塩ぬるま湯に入れて、膜の残りを掃除したり、細かいごみを取ったりすれば完了、というわけだ。お湯に浸けるといっても、そんなに長い時間浸けっぱなしにするわけじゃないから、火が通っちゃうこともないし。

卵の皮が硬くなる、って言う人もいるけど、私は気にならないなぁ……。

「ほんとだ‼　ばらばら‼」

「手間がかからなくて楽なんですよね、この方法。しかし、本当に金色ですねぇ……！」

「きれい……！　宝物みたい‼」

「確かに……食べる宝石的な感じですね」

一粒一粒ばらけた卵は、透き通ってキラキラと輝いている。シトリンの粒を集めたような感じがするなぁ！

うっとりと呟くアリアさんの言葉に、某食レポ芸人さんのような一言が口から飛び出した。

……他に言いようがなかったのか、私⁉

何はともあれ、せっかくだからこの色味が消えないようにしたいなぁ……。

お酒と白出汁をベースに、お醤油を少々加えた薄い色合いの漬け汁作って浸けておこうかな、うん。薄い飴色のような色味なら、金色卵の邪魔にはならない……と、信じたい！

卵と漬け汁の入った深めの小鉢を冷蔵庫に入れたすぐ後に、どやどやと何人かの声と足音が聞こえてきた。

うん。どうやら男性陣も戻ってきたようですな。

「それじゃあ、ご飯の仕上げをしちゃいますか‼」

「楽しみ‼　おさら、準備する！！！」

ごまみそを床に放したアリアさんが、ワクワクを殺しきれない様子でお皿の準備をしてくれている。

放されたごまみそは不満そうだけど……まぁ、ご飯の誘惑に勝つのはなかなか難しいんじゃないかな、うん。

再びジュウジュウと活気を取り戻してきたフライパンに卵液を注ぎ入れつつ、いっそう賑（にぎ）やかになったドアの方を振り返る。

「今帰ったぞ、リン、アリア！　……というか、ものすごく腹の減る匂いだな、コレは‼」

「お帰りなさい！　もうすぐご飯できるんで、ちょっと待ってくださいね！」

帰ってきて早々に瞳（ひとみ）を輝かせる男性陣を眺めつつ、私はフライパンを大きく煽（あお）る。

トロトロふわふわの卵が放物線を描いて宙に舞い、再びフライパンへと還っていった。

あとは、これをお皿に盛れば、ご飯は完成！

とろとろふわふわの半熟加減が自分的にベストなスパイス炒めを片手に振り返れば、もうすっかり食卓の準備は整っていた。

お皿は出てるし、飲み物は用意されてるし……皆さんまじで優しい……。

スパイス粉炒めのお皿を置いて、ご飯を盛って各自に渡せば、配膳（はいぜん）は完了！

「はーい、お待たせしましたー‼　ご飯にしましょうか！」

「ミルクトラウト、か……懐かしい、と言っていいのかどうかはわからんが、久しぶりに食う気がするな……」

「わかります……懐かしいと言えるほど時間がたっているわけじゃないんですが、過ごした日々が濃すぎて……こう……」

感慨深げにスパイス炒めを見るヴィルさんの言葉に、席に着きながらついつい同意してしまう。

本当にな、色々あったのよ……！　……色々あったんだけど……今はそれを語るよりも、冷める前に食べることが大事だと思うので……。

「色々と思い入れがある魚ですが、冷める前に食べちゃいましょう！」

「それもそうだな……本日も糧を得られたことに感謝します」

「我等の食せんとするこの賜物を祝し給え」

「いただきます！」

みんなが口々に食前の祈りを口にして、カトラリーを手に取った。私も手を合わせて、箸を取る。

私はご飯に何かをかけることに厭いがないタイプの日本人なので、いい具合にトロみがついたスパイス炒めを、真っ白な炊きたてご飯の上にかけていきますよ！

一粒一粒がしゃんと立った艶めく純白に、じわじわと明るい黄色が融け込んでいくのがねぇ……もうたまんないよね！

「おい、しい‼　リン、これ、おいしくなくない‼　おいしい‼」

「うん！　しっかり旨味も脂気も補えてますね！　半熟の卵が、これまた……‼」

「ミルクトラウト、美味しいねー‼」

お互いによそったりよそってもらったりしつつ、アリアさんとエドさんがきらきらと瞳を輝かせて快哉を叫ぶ。

でも確かに、コレは美味しいもん！

火が通ってふっくらとした身は、水気が増えた分ふわふわとした口当たりで、しっとりとしていた。繊維の隅々にスパイスの風味が行き渡っているが、飲み込んだ後にふとミルクトラウト自体の香りが口の中に残る。でもそれは、決して「臭み」ではなく、あくまでも「風味」だ。

タマネギの甘みと加えた牛乳のコク、炒める時に使った油分とスパイスの刺激が、卵に持っていかれてしまっていたモノを上手い具合にフォローしてくれて、トータルでとても美味しいスパイス炒めになっている。

「あの時の塩焼きもカルパッチョも美味かったが、この炒め物も美味いな！」

「こういった魚のスパイス炒めは初めて食べたのですが……存外に合いますね」

熾烈な争奪戦を繰り広げるヴィルさんとセノンさんも、頷き合いながらにっこり微笑んでくれた。うむ。好評なようで、作り手としては何よりですよ！

ルゥの部分がとろとろとご飯に絡みつき、口の中でふわっとほどけていく。

ミックススパイスにはチリペッパーも入ってるから辛いことは辛いんだけど、半熟卵がそれを中和してくれるお陰で適度に舌を刺激する程度の辛味になっていて、次から次へと口に運びたい衝動に駆られてしまう。

火が通ったタマネギは甘みを増していて、程よい辛さをより引き立ててくれた。

もちろん、ミルクトラウト自体に旨味が残っているから、スパイスやらタマネギやらを受け止めてくれているんだと思う。

「あ、そうそう！　それと、マッドオッターとやらがさっき出ましたけど、アリアさんとごまみそが退治してくれました！　お肉がドロップしたので、夕飯の食材になります！」

「マッドオッター!?　いや、まぁ、これだけ魚がいれば、いてもおかしくはないんだが……ゆうはん……夕飯、か……」

　忘れないうちに……と思ってマッドオッターが出現したことを報告すれば、ヴィルさんの顔が驚愕（きょうがく）に歪（ゆが）む。それでも、無事に撃退したことと無傷であることを伝えれば、ほっとしたように表情が緩んだ。

……まだ若干表情に硬さが残ってるのは、「マッドオッターを食べるのか？」みたいな疑問が残ってるんだと思う。

　大丈夫ですよ！　生存戦略（サバイバル）さんが美味って言ってましたし！

「それにしても、マッドオッターが食える魔物（あいつ）だったとは……」

「なんかマズそうな顔してるもんねー、マッドオッター」

「エルフの里では、強壮剤扱いではありましたが食べられていましたよ。かなり脂分が多かった記憶がありますが……」

　食べる合間に麦茶を飲みつつ、ヴィルさんとエドさん……そして、セノンさんがお里でのマッドオッター事情を教えてくれる。まさか総ツッコミを喰らう程だったなんて……！　あの顔を見れば、まぁ……たしかに、うん……。

　実物の美味しそうなお肉を見ているアリアさんとごまみそだけは、私の言うことを信じてくれてるっぽいかな。瞳の輝きが違うものな……。

それにしても、強壮剤ねぇ。いわゆるアレかな？　ウナギとか山芋みたいな「精をつける」食材扱いだった、ってことかな？　冒険者にはもってこいの食材な気がする！

でも、脂が多い、か……だからこそ茹(ゆ)でたり煮込んだりして適度に脂を抜くんだろうなぁ。

「まぁ、せっかく手に入ったので、今日の夕飯はマッドオッターの煮込みにしようかな、と！」

「すごく、たのしみ！」

『朕も‼　朕もたべる！！！』

「気合い入れて作りますね！　おみそにもあげるから、腿(もも)バリバリしないで‼」

「ほんとに美味しいの……？」という疑問が見え隠れする六つの瞳からそっと目を背け、お代わり用のスパイス炒めをそっと皿に盛りつけた……。

キラキラとした目でこちらを見つめるアリアさんに親指を立てて応えつつ、私の腿に前脚をかけてバリバリと引(ひ)っ掻(か)いてくるごまみその身体をひょいと持ち上げる。本にn……もとい、本猫は爪を出していないつもりなんだろうけど、力がある分地味に痛い。

声をかければやめてくれるからいいけど、これ、言葉が通じなかったら辛いだろうなぁ……！

「それにしても、このペースならかなり進めるのではないですか？」

「なんなら、夜も走ればもう少し距離を稼げますかね？　ライトが付いてるから走れると言えば走れるんですが……」

「あんまり無理しなくてもいいよー。第一、夜は魔物が出やすいんだ。夜行性の連中が多いからね」

距離を稼ぐべく夜道を走ってもいいかな……と思ったけど、魔物ってもんがいたよね、この世界……。

正直、外灯のない真っ暗な夜道をヘッドライトだけを頼りに走るのは不安だったから、ありがたいと言えばありがたかったんだけどね。

ただ、いざという時のためにも、夜道の運転には慣れておかないとなぁ。もう少しこっちの世界の運転に慣れたら、ドライブがてら挑戦してみようかな？

「……大分、早いペースで進んでるんだな……」

「幸いなことに、今のところ目立ったトラブルもないですからね」

麦茶の入ったカップを片手に、憂い顔のリーダーがふぅと息をついた。吹っ切れたようで、やはりどこか引っかかっているんだろう。

それでも、旅程の引き延ばしにかからなくなっただけ良し、と思うのですよ、うん。微妙な関係のお兄さんに会いにくい……っていうヴィルさんの気持ちもわかんなくはないし……。

少々落ち込み気味のパーティリーダーに内心手を合わせつつ、私は洗浄魔法をかけてもらった炊飯器の内釜（うちがま）に再び大量のお米を流し込む。

「とりあえず、ご飯は予約しておこうかな。炊飯が一番時間がかかるだろうし……」

「煮込み、なんですよね？　お米を合わせるんですか？」

「実は、さっき食べたミルクトラウトが卵を持ってたんで、それも加工してあるんです。炊きたてご飯にかけて食べると美味しいんじゃないかな、と思いまして……」

ざしゅざしゅとお米を研いでいる私を見たセノンさんが、不思議そうに小首を傾げる。

……そっか……こっちの世界だと、煮込みにはパンか何かが付いてくるのが普通なのかな？

でも今日は、ミルクトラウトの卵……ミルクイクラがあるのですよ‼

これは是が非でも炊きたてご飯と食べていただきたいんだ！

ふっくらご飯に、あの黄金色のミルクイクラをかけてですな……はふはふとかっこむわけですよ‼

美味しくないはずがないと思うんだなぁ。

暗くなる前に炊き上がるよう予約炊飯をセットしていれば、お皿やカップはみんなが片付けてくれていた。

本当にありがたいよね、うん。

「さて。それではまずはメルロワ火山の方面を目指すことにしましょうか！　ここからは私は知らない道なので、ちょっとペースは落ちるかもしれませんが大丈夫ですか？」

「問題ない。ゆっくり安全に行ってくれ」

「了解です！　それじゃ、出発しますね‼」

さて。ここから先の道がどうなってるのか、さっぱり予想がつかないんだよなぁ……。草原が続くのか、森になるのか、はたまた砂漠でも現れるのか……。

でもまぁ、ヴィルさんの……パーティリーダーのお墨付きもいただいたことだし、安全マージンを取りつつ進むことにしよう。

鬼が出るか蛇が出るか……はたまた幸運の女神でも拾うのか……未知なる世界へれっつらごー！　しましょうかね‼

道は、思ったよりも平坦だった。轍が作られた道のようなものに沿って進んでいく感じかなぁ。さほど揺れもしなければ、タイヤを取られることもなく……非常に安定した道程ですな！

フロントガラスの向こうに見える空はきれいに晴れていて、白い雲とのコントラストが非常に美しかった。

軽く開けた窓からは、爽やかな風が入ってくる。

うむ！　実に好きドライブ日和‼

『とり！　あれとりでしょ⁉　朕しってるー‼』

「ごまちゃん、お外好きなの？　とり、美味しそう……ね？」

『朕なー、おたたなもすきだけどなー、とりもすきー』

助手席では、アリアさんに抱かれたごまみそが窓の外の風景をにゃごにゃご言いながら目で追いかけていて、アリアさんがそれに答えてくれている。たぶん、アリアさんとごまみそ同士では言葉が通じてないから、アドリブというかフィーリングでやりとりしてるんだろうけど、私の耳にはちゃんと会話になってるように聞こえるよ！　実に平和だなぁ…………キャビンでギリィしているエドさんの視線を除けば、だけども……うん。

非常にいい陽気の中、背筋にうすら寒いものを感じながら車を走らせていると、前方に次第に踏み固められた道が見えた。

どうやら、メルロワ火山……メルロワの街へ向かう街道に合流したようだ。

私にとってとっても楽しいレアル湖だけど、メジャーな場所ではないっぽいんだよなぁ。街道っていうよりは、街道に通じる枝道に近い感じなんだろうね。

それでも、魔物の間引きなんかでしっかりと人の手を入れられる程度には、ちゃんと管理下に置かれてるんだもん。

この国、結構すごいんじゃ……!?

「…………リン、その先でくるま、停められる?」

「? 停められますけど、何かありました?」

「……なんか、いそう…………」

「え?」

ニコニコとごまみそを抱いていたアリアさんが、ふと真顔で真正面を見据えている。その真剣な表情を見たら、細かいことは聞けなかった。

ゆっくりブレーキを踏み込んで、野営車両を停止させる。

気が付けば、居室部分にいたはずのヴィルさんたちが運転席とキャビンとの境目……跳ね上げ式カウンターの傍までやってきていた。

「リン。扉を開けてくれ」

「わ、わかりました……私はこのまま車内にいていいですか?」

「そんなにね、強い相手じゃないから大丈夫だと思うけどねー。ほっとくと邪魔だからさ!」

『朕がなー、おまもりするからなー!』

よほど不安そうな顔をしていたんだろう。エドさんがニコニコ笑って手を振ってくれたけど、戦闘とか冒険とかとは縁遠い世界で育った身としては心配なんだよー……。

緊張のせいかきゅっと手を握りしめていた私の足元に、ごまみそがそっとすり寄ってきてくれた。むふんと胸を張りつつ、ぺちぺちと前脚で私の足の甲を叩く。

……うん、そだね。さっきも守ってもらったもんね！

詰めていた息がようやく吐けた私の前に、杖を手にしたセノンさんが柔らかな笑みを浮かべて立っていた。

「リン。私たちが外に出たら、この車を少し後ろに下げていただけると助かります」

「わかりました。作業スペース、というか、戦闘フィールドは広い方がよさそうですものね」

「……というより、この車が汚れてしまうのは俺たちも望むところではないからな。それじゃあ、頼んだ！」

「汚れる、って……これからなにがあるんですかー‼」

いくばくかの謎を残して、ヴィルさんたちが外へと降りていく。みんなが少し車体から離れたのを見計らい、野営車両をバックさせた。

……あ、すごい！　ナビ画面がバックモニターになってるのか‼　バックすることがなかったから気付かなかったよ‼

十メートルくらい離れた頃合いだろうか。

突如、進行予定だった場所から土煙が上がる。

……いや、土煙というよりは、地面が弾けた、というか、なんというか……。何かが地面の下から、土を跳ね上げたような感じの飛び散り方だ。

宙を舞った土が、バラバラと音を立てて周囲に降り注ぐ。

幸いというか、用意周到というか……エドさんの張った魔法が、落ちてくる土を弾いているお陰で、みんなは無事なようだ。

セノンさんのアドバイスに従ってバックしていたので、野営車両（モーターハウス）も突然の土の雨を被らずに済んでいる。

な、なるほど……汚れるってこのことか……‼

文字通りの〝土砂降り〟が収まった頃。鋭い爪が付いた鈍色（にびいろ）の前脚が、ぽっかりと開いた地面の穴の縁にかかり、底から何かがもぞもぞと這（は）い出てくる。

ツンと尖（とが）った鼻をもぞもぞと動かしながら、それは目のない頭部を振りたてた。

「やっぱり出たな‼　スチールモール‼！」

『NGYUUUuuuaaaAAAuuUUUUAaaaaaa!!!!!』

剣を構えたヴィルさんの声と、喉（のど）の奥から絞り出すような甲高く不気味な咆哮（ほうこう）が、青空の下に響き渡る。

スチールモール……訳すとしたら「鋼モグラ」だろうか？

生存戦略（サバイバル）さんで見る限り、「可食」。肉食傾向が強い雑食性のため、臭みが強いことが多いらしい。

鈍色の毛並みは「鋼」の名を冠する通り、なまくらな武器を弾く程度に硬いんだそうな……。

〝当たらなければどうということはない〟を通り越して、〝攻撃が当たっても何ともないぜ〟ってこと⁉

ちょ、ちょっと……ヴィルさんたち、大丈夫かな……？

「も・え・ろぉぉぉぉぉぉ！！！」

エドさんの声と共に、モグラが見えない壁のようなものに囲い込まれたかと思うと、その空間の中でごうごうと焼かれていく。

焼かれたそばから空間ごとぼろぼろと崩壊していって、瞬く間に消し炭も残さずに消滅していった。いつもの黒い霧すら残さずに、だ。

……うん。そっか。物理がダメなら、魔法で攻めればいいのか……てか、ダンジョンの時も思ったけど、エドさんの魔法、どういう原理で発動してるんだろう⁇

完全にスチールモールが消えたことを確認したのか、武器を納めたヴィルさんたちがこちらに戻ってきた。

「お、お疲れ様です……！　怪我とかは……してはなさそうですけど………大丈夫ですか？」

「ああ。リンたちは大丈夫だったか？」

「私もごまみそも、野営車両（モーターハウス）も大丈夫です。汚れるって、あの土の雨みたいなやつのことだったんですね……」

「ああ。普段は地面の下に隠れていて、獲物が通りかかるとああして地中から奇襲をしかけてくる待ち伏せタイプの魔物なんだ。アリアが気付いたようで何よりだ」

「ん！　索敵とか、罠感知は……斥候の、華‼」

目立った汚れはないものの、「念のため」というように全員に洗浄魔法をかけてヴィルさんたちが車内に上がってきた。

ドヤッと胸を張って、アリアさんも助手席に戻ってくる。

……うん。アリアさんは、その……あまり胸を張られると…………うん。ナニがとは言わないけど、あいかわらずたいへんけしからんですな、うん！

いや、しかし、あそこを通過しようとした時にあの突き上げ攻撃的なのを喰らってたかと思うと……空恐ろしいものがあるなぁ……。

もしかしたら、他にもそんな攻撃をしてくる魔物とか魔生物がいるんだろうか？　今回みたいに水の中とか地面の中もそうだけど、林の木の上とかにもそういうタイプの敵がいそうだよね……。気を付けて進もう……。

とりあえずは、あの大穴を避けて……再び轍の残る道へと戻る。

その後は、特に待ち伏せを喰らうこともなく、ドライブ日和の中で運転を続けることができた。

「もう少し進んだら今日はもうそこでストップにしようと思うんですけど、どうでしょうか？」

「そうだな……日が暮れる前に野営の準備をできるのなら、それに越したことはないしな。そうしてくれると助かる」

「ありがとうございます。野営にちょうどよさそうな場所があれば、そこで今日は休憩にしちゃいますね！」

ナビの進行状況を眺めると、行程の五分の一程度は進んでいるように見える。戦闘や休憩を挟んだことを考えると、それなりに良いペースなんじゃなかろうか？　ヴィルさんの承諾も得たことですし、今日はそろそろ切り上げてしまおうと思うのですよ。しばらくすれば日が落ちてきそうな感じだし、そろそろ野営の場所を決めたいしねぇ。

そう思いつつしばし走り続けていると、ちょうど先に林とも言えないレベルだけれど、そこそこ木が生えている所が見えてきた。

ふむ。あそこらへん、丁度良いのでは……⁇

個人の見解だけど、何にもないだだっ広い所で野営をするより、木とか岩とか……何かが傍にある方が、心情的に安心しない？　魚とかも、そういったストラクチャー周りに寄ってる時も多いし、本能的なものなのかねぇ⁇

生存戦略（サバイバル）さんで見てみても、特に何かの警告が出ているわけでもないし……大丈夫だとは思うんだけどね。

「アリアさん、あの辺り、敵の気配とかありますか？」

「……ん……とくに、感じない……だいじょぶ！」

「よし！　今日はあそこでお泊まりにしましょうか！」

念のため、アリアさんにも聞いてみたけれど大丈夫そう、かな。今日はここで一泊しましょうか！

ハンドルを切ってプチ林に向かう。空はうっすらと赤く染まりかけていた。

プチ林の傍に車を停めてすぐに、炊飯器がきらきら星のメロディを奏でる。無事ご飯は炊き上がったようだ。

軽く見回りをしてくる、と外へ出ていったヴィルさんとセノンさんを見送って、私は肉じゃがならぬ、マッドオッタージャがを作り始めますかね！

皮を剥（む）いたジャガイモは一口大に。タマネギはくし切りに。ついでに余っていた乾燥キノコも水で戻しておいて……戻し汁も出汁になるだろうからこれも取っておくことにしよう。

「うわ！　思った以上に赤身だ。鴨肉みたい！」

野菜の処理が終わったところで、経木に包まれていたお肉を改めて眺めてみれば……真っ赤なお肉とその上に重なる真っ白な脂肪のコントラストが、何とも鮮やかだった。

軽く指で押してみると、内側から指を弾き返してくるような弾力がある。

まな板の上でもその大きさを主張する脂ののった真っ赤な塊肉に、お醤油とお酒を揉み込んで軽く下味をつける。

私の横に立ったエドさんとアリアさんが、興味深そうに私の作業を眺めている。どうやら、調理工程に興味はあるらしい。

見取り稽古的な感じで、お二人の料理の腕の向上に繋がったりしないかなぁ？　手順や何やらを見て覚える、っていうのもありだと思うんだけど…………でも正直、そういうレベルでもない気がするのも確かなんだよね……。

「とりあえず、表面は焼きつけておいた方がよさそうだなぁ……」

「あれ？　大きいままで煮込むの？」

「いや、焼いた後で切り分けます。けっこう脂の層が厚いので、まずは軽く焼いて脂を出しておこうかな、と思いまして」

「大きいままも、良い……！」

「浪漫ではありますよね、塊肉って……！」

熱したフライパンにお肉を入れると、ジュワァッと景気のいい音と共に脂が弾けた。菜箸で弄りたいところをぐっと我慢していると、みるみると脂が融け出して、お肉の下に溜まっていく。

これがまたナッツみたいに香ばしくて……！　あの凶悪な顔からは想像できないほど、いい匂いですよ！

獣臭さとか、血の匂いとかはまるで感じない。

「あぶら、出るね……！　いいにおい……‼」

「それだけ脂がのってたんだねー！　確かにこれは強壮剤扱いなのも頷けるなぁ！」

フライパンの中を覗き込むエドさんとアリアさんから、感嘆の声が上がった。二人とも同じように目を丸くして、食い入るような視線をフライパンに向けてるんだけど……夫婦は似てくるって、本当なんだなぁ……って思うよ、うん。

ある程度脂が溜まったら、お肉の面もさっと焼き色を付けて、別皿に避けておく。

じゅくじゅくと沸いている脂に切っておいた野菜を投入し、木べらでかき混ぜながら全体に脂を回していくわけですな。

「せっかくなんで、この脂で野菜を炒めますかね！」

香ばしい匂いの中に野菜の爽やかで甘い香りが混じって、この時点で美味しそうですよ！

金色の脂が、野菜の表面も黄金色に染めていく。しんなりしてきたタマネギや、切り口の角の部分が少し透けてきたジャガイモが焦げないよう、フライパンの中身をかき混ぜていると、ふと腕に違和感が……。

視線で追ってみれば、花が綻ぶような微笑みを浮かべたアリアさんが、きゅっと私の服の裾を掴んで小首を傾げていた。

「おやさい、そんなに……だけど……リンのご飯のおやさいは、好きよ？」

うわなにこの美人可愛い人妻さん‼　ちょっと卑怯すぎじゃないです⁉

いつもは陶器みたいに真っ白で滑らかな頬っぺたが、うっすら薔薇色に上気して、その上でとろりと蕩けて熱を持ったような氷色の瞳で見つめられるとかですね……。

「それはありがたいですねぇ！　今日の野菜もお肉の旨味を吸ってくれるので、美味しくいただけると思いますよ！」

「…………リンちゃん、この件に関しては負けないからね？」

「やめてください、死んでしまいます！！　料理の話ですからー！！！」

実に……実に眼福ですが、あの、その……ハンケチをキーッと噛みしめそうな勢いでこちらを見つめるエドさんの目がね、うん……瞳孔かっぴらいてるんで、ちょっとご勘弁願いたいですよ‼

このあとすぐに「冗談だよー☆」って、いつもの笑顔に戻りましたけど、半分くらいは本気だったでしょう⁉

もー！　マジでエドさんアリアさんのモンスターハズバンド‼

「と、とにかくですね……あとはキノコの戻し汁とお水を入れて、少し煮ますかね」

「このまま、放置？」

「や。なんだかんだで、お肉入れたり灰汁取ったり調味料入れたり、面倒は見ますけどね」

だが、私は省みない！　美人さんと話せる機会は積極的に拾っていかせてもらうぜぇ‼

……まぁ、女同士っていうこともあって、なんだかんだ言いつつもエドさんのガードが緩いから、なせる業なんだろうけどさ。

厚めに切ったお肉をお鍋の中に戻し入れて、お砂糖をまずは加えていく。「さしすせそ」の順に入れていかないと、味が染みないって言うもんね。ついでに味醂も入れることにしようかな。

途端に重さを増した香りに、思わず鼻をひくつかせてしまった。この調味料一つで様相が変わるところも、料理の醍醐味(だいごみ)の一つだと思うんだ。

……………え？　「さしすせそって何か」って？

料理をするときはその順番に加えていくと味付けが上手くいくって言われてる、「砂糖醤油(じょうゆ)、白醤油、酢醤油、せうゆ、ソイソース」の頭文字(イニシャル)ですよ！

お料理の基本なので覚えておいた方がいいんじゃないかなー？

〝全部醤油じゃん！〟と、誰かのツッコミが入ったところで、そのお醤油も加えて、ちょいと一煮立ちさせますよ！

なお、「砂糖、塩、酢、醤油(せうゆ)、味噌(みそ)」の五つが、本来の「料理のさしすせそ」です。とっぴんからりん！

そんな脳内茶番を繰り広げつつ鍋の蓋(ふた)を開けると、途端に甘く香ばしい香りがぶわっと顔に襲いかかってきた。

くつくつと優しく沸き立つ表面には、金色の脂が輪を作って浮いている。マッドオッターから出た脂だ。

ちょっと煮汁の味見をしてみたんだけど、これがまたいい味だったたんだよ！

コクがあって、しつこくなくて……いい出汁が出てる、って感じ！

「よし、ご飯にしましょうか！」

「わかった。皿や飲み物の準備はできてるぞ！」

「さすが用意周到ですね！　例によって、取り分けは各自でどうぞ！」

煮上がった肉じゃがを大皿にどどんと盛り付けて、テーブルの中心にでんと据える。本当は一回

冷ました後にもう一回煮返すともっと味が染みるんだけど、お腹の虫が限界を訴えてきてるんだもん‼

きょうは、もう、たべます‼

ミルクトラウトの黄金イクラもあるから、丼とは言わないもののスープ椀的な深さのある器にご飯を盛って、冷蔵庫からそのイクラを取り出してきて……準備完了！

「本日も糧を得られたことに感謝します」
「我等の食せんとするこの賜物を祝し給え」
「数々の御恵みに、感謝を」
「慈しみを忝み今日の糧を賜ります」
「いただきます！」

ほかほかと湯気を立てる出来たての料理が並ぶ食卓を囲み、それぞれが祈りをささげた後に、みんな一斉にカトラリーと箸を取る。まず箸が伸びたのはマッドオッターの肉じゃがだった。お肉系は、あったかいうちの方が美味しいからね！　わかる‼

もちろん、私も負けじと取り分け戦争に加わりますよ！

ほっくほくのジャガイモと、くったりと煮えてるタマネギと、ちょっぴり角が取れたようなニンジンと、煮汁を吸い込んでふっくらとした乾燥キノコと……そして、脂身の部分はトロトロ、お肉の部分はみっちりと締まった、マッドオッターのお肉もいただきましたとも！

「凄いな、この肉！　肉はしっかりしてるんだが、脂が口の中で蕩けるぞ‼」
「故郷で食べたマッドオッターはひどく脂臭かったのですが、これは程よく脂が抜けていて……いくらでも食べられそうです！」

ヴィルさんとセノンさんがさっそくマッドオッターのお肉を頬張ったかと思うと、その動きが一瞬止まり、瞳がカッと見開かれる。

私の方を向いて親指を立てた二人が、取り分けた肉じゃがの残りを猛然と食べ始めた。

うん。だいぶお口に合ったようで何よりですよ！

「お肉の味が濃いんだねー。煮汁も美味しいんだけど、お肉にも旨味が残ってるよ」

「おにく、美味しい…………幸せ……！」

「確かにこのお肉、めちゃくちゃ美味しいですね！　その旨味を吸った野菜が……ジャガイモが……!!」

みっちりと繊維が詰まったお肉は、結構煮込んだもののしっかりと形を保っていた。でも、決して硬いわけじゃない。歯を立てると、ざっくりと噛み切れる。

筋繊維の密度と保有水分量が多いんだろうか？　噛みしめるとむちむちシコシコとした感触で、お肉の奥から肉汁と旨味がじゅわっと溢(あふ)れ出てくる。

その上を覆ってる脂肪層は、ふるふるとろとろと舌の上で蕩ける食感なので、その対比も面白かった。

でも、私個人としては、肉じゃがの真骨頂はジャガイモだと思っている。

肉の旨味も、他の野菜の旨味も、すべてを吸い込んだホクホクのジャガイモこそ、肉じゃがのメイン。なんとなれば、肉ですら出汁を出すためだけの具材と言ってもいいくらいだ。ちなみに、小鳥遊(たかなし)家では肉じゃがに油麩(ふ)を入れるのが定番だった。コクが出て美味しいんだよー。

「……たしかに……これなら野菜も食えるな…………美味い、と言っても、いい……」

あえて大ぶりに切っていたジャガイモを箸で割り、断面に煮汁を染み込ませて……ぱくりと一口。顎と舌だけで圧し潰せるほどに柔らかいジャガイモは、旨味を余すところなく吸っていて、それがねっとりと舌に纏わりついてくる。

そこにチェイサーがてらご飯を頬張るとだね……お行儀は悪いけど、本当に美味しいんだよー！

煮汁に染まって飴色になったタマネギを口にしたヴィルさんが、ちょっと悔しげに肉じゃがのお代わりを盛っている。ちゃんと野菜も一緒に取り分けてるところを見るに、相当気に入ってくれたんだろう。

「うん。思った通り！　ジャガイモが具材の味を吸いまくってる！　…………今のうちにイクラもかけちゃおう……！」

さて。皆さんが肉じゃがに夢中になっている間に、私はイクラをですね……堪能しようと思うのですよ！

「……魚の、卵……なんですよね……？　食べられるのですか？」

「私の故郷ではよく食べてましたよー。高級食材扱いでした！」

「なるほど……食文化の違い、ですねぇ」

大きめのタッパー一杯にイクラができたのをいいことに、白いご飯の上にたっぷりと黄金イクラをかけていく。

そんな私の姿を、恐る恐る見ているのはセノンさんだ。

まぁ、欧米の方じゃ魚卵とかはあんまり食べないって聞くもんな、うん……こっちの世界でも魚卵はあんまり食べられてないんだろうな……。

こんなに美味しいのに……。

艶めくまっ白なご飯の上に載った、黄金色に輝くイクラの粒……漬け汁の色味にこだわったのが幸いしたのか、ちゃんと金色のままだ！

ご飯の熱で温まらないうちに、いざ……！

「〜〜〜〜〜っっっ‼ これは……やばいですよ！」

「ど、どうした、リン⁉ マズかったのか⁉」

「いや、違います！ 逆です‼ これ、ご飯がいくらあっても足りないくらい……美味しぃぃ‼」

思わず口から漏れた呻き声に、ヴィルさんが慌てた様子で背中をさすってくれる。

ああ、その心遣い、嬉しいけど申し訳ないです！ 思った以上に美味しかっただけなんです‼

いつも見るイクラよりやや小ぶりな粒をプツンと潰すと、トロリとした中身が溢れて濃厚な旨味が口いっぱいに広がった。漬け汁の出汁がよく染みている上に、臭みなんか微塵もない。

舌が痺れそうなほどの旨味を、一緒に頬張ったご飯がしっかりと受け止めて、優しく包み込んでくれる。

イクラのしょっぱさをご飯の甘さが引き立たせ、ごはんの滋味をイクラが引き出して………。

こんなの……こんなの……手が止まらないじゃないか……！！！

「セノン、食べないの……？ じゃ、わたしが、もらう！」

「まさまたご冗談を。誰も食べないとは言っていませんよ。むしろ、リンのあの様子を見る限り、これは食べておくべき食材でしょうに……！」

「だよね……あのリンちゃんが夢中になって食べてるんだもん……絶対美味しいヤツじゃん‼」

「とりあえず、今ある分を取り分けるか。このままだとリンとアリアにほとんどを喰(く)われそうだ」

無我夢中で黄金イクラご飯を貪(むさぼ)る私のすぐ傍で、イクラを巡る表面上はにこやかな戦争が幕を開けていたようだ。

……もっとも、イクラご飯に目がくらんでいた私は、まったく気が付かなかったけれど。

………なお、イクラ戦争は、ヴィルさんがそれぞれに取り分けてくれて、無事に収めてくれていたことを、ここに記しておく。

そして、大鍋(おおなべ)一杯の肉じゃがも、大きめの容器一杯の黄金イクラも、きれいさっぱり食べきってしまったことも、併せて報告しておこうかな。

そして、久しぶりのイクラ丼と肉じゃがでお腹を膨らませたあとは、プチ林の傍で一泊だった。

夜中、何かの遠吠(とおぼ)えが聞こえた気がしたけど、生存戦略(サバイバル)さんの警告も出なかったし、みんなもいるし……と、グッスヤァしてしまいましたよ……。

実際、朝になって話を聞いてみたら、森狼(フォレストウルフ)の群れがいたけれど、人を襲ったら報復されることを理解している程度には知能が高いらしく、あくまでも遠吠えだけだった、とのこと。

「リンが来てから、飯の時間が楽しみで仕方ないな！」

「わかる〜〜。リンちゃんがいない時は、ねぇ……」

「ん……じごく……」

「依頼(クエスト)をこなすのに、なんでこんな苦行を……と辛酸をなめましたものね」

「お、おぅ……」

朝から皆さんしっかりと食欲を発揮してくれて、きれいに平らげてくださった後の会話がこれだもん……。今までも暴食の卓(ウチのパーティ)の食事に関する闇を垣間見てきたけど、いったいどんな食生活を送っていたのかと非常に気になってしかたがないんだよね……。

しみじみと呟(つぶや)くみんなの瞳から、一様にハイライトが消えてる時点でお察し、かな……。

「ま、まぁ。今日も献立は頑張って考えるんで……！　とりあえず、行程を進めちゃっていいですか？」

「そうだな。このペースなら、明日にはメルロワの街に着けそうだが……」

「そうですね。もし夕方になりそうなら、街の外で一泊して、朝方に街に入るのがいいでしょう。メルロワの街も、また魅力的な所ですから」

「たぶん、いい包丁とかも、ある……」

「あ！　それは気になります！　今あるもので過不足はないけど、こっちの世界の包丁、気になるなぁ」

セノンさんやアリアさんが説明してくれたことには、鍛冶(かじ)の街だけあって、武器防具は言うに及ばず、包丁とかハサミとか、そういった刃物も質のいい物が買えるらしい。

みんなでワイワイしながら後片付けを終えて、いつも通り私は運転席に。今日の助手席はセノンさんが座ってくれた。

「なるほど……いつも使う馬車と比べたら、乗り心地が格段に違いますね」

「ヴィルさんもおんなじこと言ってましたよ。普通の馬車は尻(しり)が割れるって」

「言い得て妙ですね。この乗り心地を体験してしまうと、もう普通の馬車には乗れませんよ」

シートのクッションに目を丸くしたセノンさんが、こちらが浄化されそうなほどの眩(まぶ)しい笑顔を向けてきた。

ちくしょう！　顔がイイ‼

もうやめて！　私のＨＰはすっからかんよ！！！

……とはいえ、助手席というのが幸いし、面と向かっているわけじゃないからなんとか致命傷で済んでるよ！

いやぁ、危なかった……これ、対面でモロに見てたら、一発で浄化昇天コースだったよね……！

「リンの作る料理は、エルフの里(わたしのこきょう)でも見たことがないものばっかりで、食事の時間が楽しみなんですよ」

「そうなんですか？　私は逆に、エルフの里の料理が気になりますけど……どんな感じのご飯だったんですか？」

「森の恵みをふんだんに利用した……と言えば聞こえはいいですが、硬い獣肉と山野草ばかりの食事でしたよ」

「あー……家畜じゃなくて狩猟肉(ジビエ)メインなんですかね⁇　セノンさん、解体できるって言ってましたもんね……」

「同じように魔物の肉を使った料理もありましたが、リンの作る料理は格段に美味しいのが不思議です」

　くつくつと楽しげに笑う王道美形エルフの顔面偏差値に圧倒されつつハンドルを操る私に、セノンさんが振ってくれる話題は、興味がある話だったり、運転中の私でもすぐに答えられる話ばっかりで……。

美形な上に気配りができて話題選びのセンスもあってって……天は二物どころか三つも四つも与えすぎじゃなかろうか⁇

「それにしても、久しぶりに日を跨ぐ旅に出た気がしますね」

「そうなんですか？　依頼とかで遠征……とかがあったのでは⁇」

「我々の場合、野宿の時に料理を作れるメンバーがいませんので……携帯食料だけで凌ぐことになるんですが、どうにも士気が上がらずで……」

「あぁー……栄養バランスとかも崩れそうですもんね……」

「任務は達成できても、精神的なものも含めて負担が大きい……となりまして。最近は日帰りでできる任務ばかり行っていましたよ」

おっと。こんなところにまで思わぬ弊害が……そっかぁ……ご飯が原因で、任務を渋るほど士気が上がらなかったのか……。

そりゃあ切実でしたな……ご飯番が歓迎されるわけだ。

「ですから、こうして日を跨いでの旅に出られるようになったのは、リンのお陰ですよ」

「え、いや……ご飯作ってるだけなんですけどねぇ」

「我々にとっては天からの贈り物のような感じですよ。これからもよろしくお願いしますね」

「こっちの世界でのご飯作り、私もとっても楽しいので、こちらこそよろしくお願いします！」

さっき、「助手席だったから致命傷で済んだ」って言ったじゃん。アレは嘘だ。

太陽もかくや……というセノンさんの輝くような笑顔は、助手席からでも十分に凶器でした……。

美形って怖い！　改めてそう思いましたよ、ええ。

◆◇◆

それからの旅程は、至極平穏、かつ、順調なものだった。

魔物の襲撃もなく、道が荒れていたり野営車両(モーターハウス)に不調が出たりすることもなく、私たちは無事にメルロワの街に降り立った。

折り返しの続く山道を登り切った頃合いで、不意に目の前が開けたかと思うと、そこに街が現れる。

急な山肌を利用した、天然の要塞(ようさい)みたいな街だ。地熱のせいか、温泉の蒸気のせいか……少しむわっとした空気が街全体を包み込んでいる。

硫黄の香りが漂う街には温泉のお湯が流れる水路があちこちにあって、水面から濛々と湯気が立っていた。その一部は足湯として整備されていて、自由に入ることができるみたい。実際、地元の人か観光客かはわからないけど、思い思いに足を突っ込んでる姿を見かけたしね。

そんな水路で行き来がしにくくならないようにっていう配慮なんだろう。水路には橋がかけられていて、街中を歩きまわるのに支障がないようになっていた。

板を渡しただけの橋もあれば、欄干を備えた立派なものもあったりして、見てて飽きないなぁ。

周囲が硫黄で黄変しちゃっている水路や湯煙に滲む橋は、そこはかとなく幻想的というか非日常な光景で、〝遠くに来たなぁ……〟っていう気分を否応なしに盛り上げてくれた。

「すっご……！　確かにこれは、火山の街ですね……！」

「ああ。硫黄の匂いが強いが、リンは大丈夫か？」

「問題ないです！　確かに鼻にキますけど、これでこそ火山、って感じじゃないですか？」

『朕、あんま、すきくない！』

心配そうに聞いてくれたヴィルさんに胸を張って答えてみるけど、私の腕の中のごまみそはちょっとグロッキーだ。ネコ科の動物、それなりに鼻がいいって聞くから、硫黄の匂いはキツいんだろうなぁ。

ぴすぴすと鼻を鳴らしたごまみそは、私の胸と自分の腹に鼻面を埋めるように背中を丸めてしまっていた。

「いやぁ～、久しぶりに来たけど、相変わらず賑わってるねー」

「やはり鍛冶の街ですからね。駆け出しの冒険者にとっては、メルロワの武器は欲しい物リストの上位に入るのでしょう」

ギルドへ向かう道すがら街中を歩いてるんだけど、メインストリートと思しき通りの両端には、軽食を売るお店と並んで武器・防具のお店の看板が軒を連ねている。そして、そんなお店のほとんどが出入りする冒険者っぽい人たちで大賑わいなんだから、その人気っぷりが窺えるよね！

こうして眺めてみると、武器は武器でもお店によって得意とする得物が違ってる感じがする。あっちのお店は大剣が並んでるし、こっちには槍が並んでるし……。武器全般を均等に扱ってる、っ

ていうお店は少なそうだなぁ。

「武器は使い方がそれぞれ違ってくるからな。それなりに店員にも知識が求められるんだ。だが、すべての武器の特性を事細かに説明できる店員、っていうのはそう多くはないしな」

「ん。そもそも、職人さんごとに、作る武器のクセとか、あるし。専門店にした方が、売る方も、買う方も、ラク」

「なるほど……特化した方が、売る側も知識を集約させられますもんね」

お店の武器を指差しつつ教えてくれた二人の言葉に、思わず大きく頷いてしまった。

武器・防具なんて冒険者さんたちにしてみれば命を預ける大事な代物だろうし、売る側も気合いが入るだろうし。それなら、マルチに扱って「いやちょっと詳しくないんスよね」となる店より、「この槍の特徴は斯々然々で！」と、きちんと説明ができる店の方が信用度は高かろうと思うんだ。

作り手の職人さんごとにクセがある、っていうなら、なおさらにね。

現役冒険者による貴重な武器・防具講座を拝聴しつつ、このメルロワのギルドに向かおうと思ってたんだけど……。

……ぎゅるるぐぐごごご……と、ひどく耳慣れた音が両隣から聞こえてきた。

恥ずかしそうにそっぽを向くヴィルさんと、お腹を押さえるアリアさんと……。ユニゾンの腹の音は、この二人が出所のようだ。

「……あの……メルロワの火山ご飯気になるんで、ギルドに行く前に腹ごしらえ、しますか？」

「すまん、リン……そう言ってもらえて、助かる……」

「ん！　おなか、ペコペコ！　美味しい店、いっぱいあるし、食べてから行こ？」

掌で目を覆って俯くヴィルさんと、背後に花でも飛ばしそうなくらいにパァッと顔を輝かせたアリアさんという両極端な二人に連れられて、私は火山の街のご飯屋さん訪問に乗り出した。

どうやらうちのパーティ、私が加入するより前にどうしても外せない任務で何度かこの街に来たことがあるらしい。その時に美味しかったお店に行こう、ということのようだ。

路地裏に入ってしばらく歩いたところにあるそのお店は、半露店のように店舗と庭の両方を使った造りになっていた。ちょっとワクワクが止まらないんですけど！

入ってみれば、店内の床やテーブルもピカピカに磨かれている上に、随所に可愛いハンドメイド小物が置かれたりしていて、物理的にも心理的にも温かい感じのするお店だった。

庭の方に蒸気場があるらしく、あちこちで蒸気が上がっている。あの蒸し場を使って、お店で買ったお好みのものをセルフで蒸し上げて食べることもできるようだ。

店内を見渡せば、これまたいろんな種族の冒険者の人たちで賑わっていて、賑やかで温かな感じがする。

ここで頼むのは、ヴィルさんオススメの虹尾長の蒸し鶏の泉塩添え。独特の風味があって美味しいらしかったんだけど……。

「珍しいな……泉塩が品切れとは……生産量はさほど少なくもなかったと思ったんだが……？」

「温泉のお湯を煮詰めて作ってるんですよね？　初めて聞く調味料だったので、少し残念です」

どうやら、肝心の泉塩とやらが品切れで、今提供されるのはハーブ塩添えになってしまっているらしい。

聞いたことのない調味料が食べられなかったことは残念だけど、虹尾長っていう未知の食材を食べられる、ってことに胸を躍らせて席に着けば、イチゴ色の瞳がまん丸に見開かれた。

「リンにも知らない食材があるんだな。俺はそちらに驚いたぞ」

「なんですか、その評価！　〝ただの食いしん坊〟程度の知識しかありませんよー！」

慌てて否定したものの、ヴィルさんどころか他のメンバーの目まで「またまたご冗談を」っていう感じになってるんですが……。

まさかの過大評価である。

あの……いくら私といえども、この世の食材すべてを知ってるわけじゃないですから！

ごく普通の人に毛が生えた程度の知識しかありませんから!!

……そう思って説明を重ねてみても、なんでみんな納得してくれないのか……。

期待が……ご飯番への期待が重い……!!

「お待たせしましたぁ。虹尾長の蒸気蒸しと、お飲み物ですぅ。ごゆっくりどうぞですぅ」

肩にのしかかる期待と信頼の重さに、思わずうなだれかけたちょうどその時だ。

子どものような声と共に、ニコニコと微笑むタレ耳のコボルトさんが肉串が山になった皿と飲み物とを持ってテーブルにやってきた。肉が載った皿の下にもう一枚お皿が重ねてあるのは、獣人さんたちがサーブする際に、食べ物の載ったお皿を直接持たなくてもいいようにするための工夫なんだろうなぁ。

ぶつ切りのお肉が山と盛られた大皿と、蓋つきの器、そして各自の飲み物のグラスをテーブルに置いて、ぺこんと頭を下げたコボルトさんが厨房へ戻っていく。

シーラさんは巻尾だけど、このコボルトウェイトレスさんはふっさふさのタレ尻尾。

やっぱり、コボルトさん可愛いなぁ。

「……リン。考え事の最中に悪いが、冷めないうちに食べるぞ」

「あ、そうでした！　お肉と、ハーブ塩とピリ辛ソース！」

「ん。これ、リンの、ぶん」

「ありがとうございます、アリアさん！」

自分の分をすでに確保していたらしいアリアさんが、私の取り皿にひょいっとお肉を載せてくれた。ご飯番に優しいパーティに加入できて、本当によかったなぁ……って実感するよね。

さっそく手を合わせて、まだ湯気の立つ肉を前にフォークを握る。

見た目は……普通の骨付き蒸し鶏、かな。

【虹尾長　非常に美味
日の光が当たると虹色に輝く長い尾が特徴の、鶏によく似た鳥の魔物。

炎属性であり、激昂（げきこう）するとその尾羽から火の粉が飛び散って火事を起こす原因になるため、発見し次第捕獲なり討伐が義務付けられている。

繁殖力が高く、個体数も多いため、食卓によく上がる食材となっている。

肉の味は非常に良く、骨からもいい出汁が出る。羽根は断熱効果が高いので、布団や防寒具の材料として取り扱われている】

んおぉ！　なんか、意外と物騒な魔物が材料だった‼　しかも、非常に美味って……！

これは期待が持てるのでは……？

器に入ったハーブ塩とピリ辛ソースも、なんだかちょっと特別感があって、非常にいい雰囲気ですよ！

とはいえ、まずは実食してみないことには、ねぇ？

最初は淡泊っぽいハーブ塩の方を振りかけてから、思い切ってがぶりと肉塊に噛みついた。途端にじゅわっと濃厚な脂が口の中に滴ってくる。

「………っっ！！！」

「ああ、無理に喋らなくても大丈夫だ、リン。美味いんだろう？　その顔を見ればわかるさ」

思わず隣に座るヴィルさんの方へ首を向ければ、もうすでに肉がなくなった皿にお代わりを取り分けているリーダーは、すべてを理解したような顔で頷いてくれた。

ついでと言わんばかりに、私の皿の上にもおかわり分の肉を取り分けながら、だ。

口を押さえたまま、ヴィルさんに対して目礼を返す。

だって！　だってぇ！　この虹尾長、マジで美味しいの‼

蒸されてるからか皮はねっとりむっちりと濃厚なんだけど、水分が飛んでないから身の方はしっとりしててね？　肉汁が溢れるっていうより、迸るって感じ！

魔物なのにへんな臭みもないし、ちょっと硬い肉質のところも、シコシコした歯触りで噛めば噛むほど旨味が滲み出て舌の根に絡みついてくる。

もうね、お肉自体が仄甘くて、いい匂いがするんだよなぁ！

何より、このプリプリの皮が……！　しつこくもなく、脂っぽくもなく、ただねっとりと口の中で蕩けて……。

「これは……明日お肌がぷるぷるになるのでは……!?」

「……わかる……」

「ふふふ……ずいぶんと気に入ったようですね。目の輝きが違いますよ、リン」

思わずアリアさんと目と目で語ってしまう程にはコラーゲンたっぷりだったよ！

その一部始終をばっちり目撃していたらしいセノンさんがくつくつと楽し気に笑っている。もちろん、こちらはもも肉だろうか……骨付き肉を持ったままで、だ。

……何でだろうなぁ……ニコニコと微笑む正統派美形エルフの手に握られた骨付き肉なんて、似つかわしくないにもほどがあるっていうのに、セノンさんが持ってると何故か違和感がないんだよな……。

いつもの食べっぷりを知ってるせいだろうか。違和感仕事しろ。

「…………ヤバいです、このお肉！　ジューシーなのに、さっぱり食べられて……！」

「だろう？　虹尾長は厄介な魔物だが、味はピカ一でな」

「それに、味付けが！　ハーブ塩でも十分美味しいです！　ふわぁっとハーブの匂いがして、ちょっとほろ苦くて……虹尾長がいっぱい食べられてしまう……！」

肉汁滴る虹尾長の身をぎゅむっと噛みしめて、噛みしめて……いつまでも楽しんでいたい程度に心地いい弾力で歯を跳ね返してくるお肉は、いつのまにか喉の奥へと姿を消してしまっていた。

ほう、と息を吐くと、ほんのりとハーブの香りが鼻を抜けていく。

ちょっと呆然とした気分でイチゴ色の瞳を見返してみれば、おかわり分も瞬く間に食べてしまったリーダーがちょっぴり得意げに口角を上げた。

ハーブが混じってるせいか、私がいつもの料理で使ってる塩と比べると、少ししょっぱみが丸い感じがする。

ああ！　語彙力‼　語彙力が欲しい！！！　でもね、本当に美味しいお塩なんだよ、コレ‼

ピリ辛ソースの方は、ナッツ系の木の実をペースト状にしたものに辛みスパイスを加えて作ってあるらしい。ほんのりと甘みを感じるナッツの風味と、舌を刺激する辛みとが絶妙なバランスでお肉の味を高めてくれる。

ゆうに二羽分はあったであろう虹尾長の山が、見る間に崩れてなくなっていくのも納得ですよ！

わかるわぁ。このお肉もお塩もソースも、本当に美味しいもん！

……まぁ、胃袋にブラックホールを飼っているうちのメンバーが食べてるんだから、当然の結果ではあるんだけどさ。

「……というか、今日はここで一泊して、明日の朝早くに発った方がよくないか？」

「また引き延ばしてー……って言いたいところだけど、メルロワまで来て何もしないで出発するっていうのはもったいないもんねー！」

「そういえば、リンは包丁が見たいと言っていましたものね」

「おつかい、終わったら、おかいもの、しよ？」

山のようなお肉を消化する合間に進んでいく話を聞きながら、私は腰肉の塊と格闘をし始めた。

◆◇◆

「ええ、確かに。メルロワのギルドマスター・エージュが承りましたわ」

艶(つや)やかな赤毛をくるりと纏(まと)めた肉感的な美女が、にっこりと微笑んだ。このメルロワのギルドマスターさんなんだって！　口元のホクロがセクシーな、華やかな雰囲気の美人さんですよ！

エージュさんが書類に手を触れると、表紙に書かれていた赤字が青字の「承認済み」に変わり、すぅっと消えていく。物理的に読めなくなってる感もないし、ただただ「凄(すご)いなぁ」としか言えないね。魔法とは無縁の生活を送ってきた身としては、どういう原理かわかんないし。

「そういえば、以前メルロワに来た時は泉塩も名物だったように思うんだが……」

「ああ……大変申し訳ないのだけど、今、ちょっと泉塩の生産に支障が出ていて……」

書類をキャビネットに仕舞ったギルマスさんが、ほんの僅(わず)かに顔を伏せた。それを疑問に思う間もなく顔が上げられ、応接椅子へと手が伸ばされる。座って、ということなんだろうか。

ヴィルさんの方へちらりと視線を送ってみれば、少々の戸惑いは見られるものの、促されるままに腰を据えるようだ。みんなも、私も、それに倣ってソファーに座らせてもらった。籐編みの枠に、ふっかふかのクッションが嵌(はま)ってるタイプの椅子だ。なんか、こう、古き良き温泉地の脱衣所とかに置いてそうなタイプだなぁ。座り心地も上々だし、背もたれの部分がメッシュ状だから、熱が籠(こ)

もらないのがいいよね！

ちなみに、私たちが拠点にしてたエルラージュのギルドは煉瓦造りだったけど、メルロワのギルドは木と石でできてるみたい。温暖だし湿度が高いから、木造建築が適してる、ってことなのかな。柔らかな木の床にガラス越しに日が入ってくるお陰で、なんだかとっても暖かい。

私たち全員が応接椅子に座ったところで、エージュさんも向かいの椅子に腰を下ろした。パチンと指を鳴らすと、次の瞬間にテーブルの上にお茶とお茶菓子が載せられたトレーが出現している。

……相変わらず、魔法って凄いな……！

こぽこぽと軽やかな音を立ててお茶を注ぐエージュさんの唇が、躊躇いがちに開かれる。

「これは、あなた方がトーリの使いを頼まれるほどの力量がある冒険者だと思ってお話することなのだけど……」

言外に「だから内密にね」という雰囲気を漂わせたエージュさんの話によれば、メルロワの街は、数年前から鍛冶の街目当てに訪れる冒険者だけじゃなく、いろんな人たちに気軽に訪れてほしいという気持ちを込めて、グルメとかにも力を入れてるんだって。

泉塩もその一環で、冒険者ギルドと商業ギルドの力を合わせて作られている、街興しのための商品らしい。冒険者たちがメルロワ火山から材料となる源泉の湯や燃料となる火山石を運び、商業ギルドの職人たちが加工・販売を担っているんだそうな。

……ところが……。

「ここ最近、謎の巨大な咆哮が聞こえるという報告があったことを受けて調査をしてみたのですけど、泉塩の源泉に魔物が住み着いてしまったらしくて。討伐のために冒険者を送り込んでみたんだけど、返り討ちにされてしまうばかりなの……」

「メルロワにだってお抱えの手練れがいるだろうに、それを返り討ちにする程の魔物、か……」

「ええ。泉塩も今のところは流通を絞って在庫で凌いでいるけど、それだっていつかはなくなってしまう……」

コーラルピンクの唇から、艶っぽいため息が零れ落ちる。

幸いまだ死者は出ていないようだけど、このまま魔物を放っておくこともできないだろうし……

エージュさんも厳しいところではあるんだろうな。

……でも私、こういうパターンだとこれからどうなるか知ってるよ！

TRPGにおけるセッションの導入で、イヤってくらい身に馴染んでるもん！　私、詳しいんだから！

「無理に、とは言わないわ。危険な依頼だもの。でも、もし、助力してもいいというのなら、どうか魔物の討伐に力を貸してくださらないかしら……？　もちろん、そのためのバックアップに力は惜しまないわ」

ほらー！　やっぱりぃぃ‼　いや、エージュさんの気持ちもメルロワ冒商両ギルドの事情もわかるけど……わかるけど！

力になれるならなりたいけど、一応目的がある旅の途中だしなぁ……。

ちらりと周りを見回せば、みんな同じようなことを考えていたんだろう。お互いがお互いを見回すように視線を交わらせている。

「……今、ここで断言するのは、少々難しい。少し話し合わせてもらってもいいだろうか？」

みんなの視線と願いを一身に受けたヴィルさんが、しっかりとエージュさんの瞳を見つめつつ答えを返す。それを聞いたエージュさんは、ほっと表情を緩めて頷いてくれた。

「ええ、ええ！　そうよね。即答は難しいわよね！　私は少し席を外すから、考えてみてくださると嬉しいわ。こんなことを突然お願いしてしまってごめんなさいね」

ゆったりとした足取りで部屋を後にするエージュさんを見送って、私たちは揃って顔を見合わせた。

室内に沈黙が満ちる。

「……それで、どうするんです、ヴィル」

「受けちゃうー？　何が出るかはわかんないけどさー」

背中を丸めて指を組むヴィルさんに、セノンさんとエドさんが声をかける。

なかなか、難しい問題ですよ、今回のは。

ぶっちゃけ、私らはエルラージュの冒険者だし、目的があって旅してる途中だし、ここで断ったとしても、問題はないはずなんだ。

………ただ……ただなぁ……。

街興しのために二つのギルドが手を取り合って開発した……とかいう開発秘話を聞いちゃうと、ねぇ。このまま何もしない、っていうのも気が引けるよなぁ。

そんな私が考えてもどうしようもないことを考えつつ、ごまみその喉を撫でてやる。話し合い中大人しくしててえらーい、と思ってたけど、プースカ寝てるだけだったよ、うん。

ふー、と大きく息を吐き、ヴィルさんがすっと顔を上げる。

「………この話、受けようと思う」

唇を真一文字に引き結び、こちらを見据える深紅の瞳にはしっかりとした強い意志が見えた。

「まぁ、貴方ならそう言うと思いましたよ。でも確かに、あんな話を聞いた以上は放ってはおけないでしょう」

「なんとなーくこうなるんじゃないかなーって思ってたから、オレはいいよー……てか、たぶん、みんな『受けるんじゃね』って思ってたしね」

「ん。これは、しょうが、ない。ぱっとやって、ぱっともどって、こよ?」

「……察しが早くて、助かる」

みんなが言いたいことを言ってくれたから、私はもう何も言うことはないんだけど、「リンはどうなの」的な視線を感じるんだよなぁ。

降参するようにごまみそを抱え直しておみその前脚も挙手させつつ、さっきふと気が付いたことを吐き出してみる。

「私も、それがいいと思います。もしかしたら、これもなんか聖女召喚と関係あるかもしれないし」

「そういえばそうだな。確かメルロワのギルドマスターも『ここ最近』と言っていたしな」

もしかしたら穿ちすぎかもしれないけど、そんな可能性だってあるんじゃない? って思ったんだよ。ヴィルさんが肯定してくれてよかった……!

パーティの総意が整った頃合いで部屋の扉が小さくノックされて、エージュさんが再び入ってきた。

静かな笑みを湛えて椅子に座ったエージュさんを見、ヴィルさんがグッと拳を握ったのが見える。

「源泉における魔物討伐の依頼、俺たち『暴食の卓』が受注する」

「ありがとうございます！　それでは、詳しいお話をさせていただいても？」

ヴィルさんの答えを聞くや否や、パァァッと顔を輝かせたエージュさんが、ぱちんと嬉しげに胸の前で手を組んだ。その手がぱっと離されると……机の上には地図と思しき大きな紙と、結構な量の紙の束がどさどさと音をたてて落ちてくる。

転移魔法、とかなんだろうか。こうも簡単に魔法を使えちゃうんだから、ギルドマスターって凄いよなぁ。

「こちらはメルロワ火山に現存している登山ルート地図ね。目的地である源泉までのルート取りにお役に立てば、と。こちらの書類は、出現するモンスターに関する冒険者の証言をまとめたものよ」

「…………ちなみにこれらの書類の持ち出しは……？」

「申し訳ないのだけど、地図はともかく報告書の持ち出しは厳禁なの。職員の宿泊用の部屋を用意しますから、そちらでなら……」

「そうしてもらえると助かる。行動や作戦の確認が必要だしな」

結構な量の資料が一気に来たから、まずは確認しないといけないもんなぁ。

さっそく部屋を貸し切る手続きを始めてくれたエージュさんを見ながら、資料の山を眺めてそっとため息をついた。

手分けして資料を手にすると、エージュさんの先導で空き部屋へと案内された。掃除と手入れはされているようで、埃一つないきれいな部屋でしたよ。

大きな二段ベッドが両方の壁際にでんと鎮座している他に、簡単な食事ができそうなテーブルが奥の窓際に置いてある。部屋がそれなりに大きいせいか、圧迫感はない、かなぁ。

「とりあえず、アリアとセノンは最適と思われるルート取りを。俺とエドとリンは冒険者の証言や魔物についてをまとめるか」

人員の割り振りをするヴィルさんと共に、まずは窓際から机を持ってきて資料をそこに置く。

置き場を決めないと散らかるもんね、こういうのは。

斥候のアリアさんと、森や山なんかでの活動に慣れていそうなエルフのセノンさんにルートを探ってもらってる間、残った私たちは出現するモンスターや源泉に出るという魔物の情報をチェックしていく。床ではルート検索班があーでもないこーでもないと喧々諤々しているので、私たちは二段ベッドの下段に集まり頭を並べての作業だ。

目を通してみる限り、火山地帯ということもあってか、やっぱり火属性の魔物が多く出るみたいだねぇ。

あと、地味に毒攻撃をしてくる魔物が多い印象を受けるな……硫黄とか火山物質を毒として取り込んで攻撃してくるんだろうか……？

ついさっきまで、『なんで朕のことかまってくんないの⁉』とプンスコしていたごまみそは、拗ねが高じて私の膝の上でスピスコ眠っている。

いやぁ、だって……おみそと遊ぶよりも、まずは安全マージン確保のための情報収集の方が大事じゃない？

「出てくる魔物、火属性のやつがやっぱり多いですね。どのルートでもかなりの確率で出てきてますし」

「ああ。大型の魔物は少ないような印象だな。その代わり、数だけはかなり出るようだ」

「一網打尽にしないと、討ち漏らしがあるとめんどーだね」

源泉にボスらしきものが出現するより前から、源泉の取水のために冒険者がメルロワ火山に登っている。

そこで出現した魔物や選択したルートなどの報告書から、どのルートでどんな魔物が出やすいか、出現する魔物はどんなものが多いかを探っていく。

個人的には、こういう時に表計算ソフトとかがあると集計が便利かなー、って思っちゃうよね。基本的な操作しかできないんだけどさ。

ある程度の傾向が掴めたところで、ボス戦の報告書にも目を通す。

……って言っても、実際に討伐に冒険者がボスと戦ったのは二回しかない。

一回目は、何も知らずに源泉を採取しに行って遭遇し、早々に切り上げてきた新進気鋭のパーティによる報告。

二回目は、その報告を受けて討伐に出た、それなりの実力者のパーティのものだ。こちらは、早々に戦線崩壊したらしく、無事だったメンバーに引きずられるような形での撤退となったそうだ。

それ以降は定期的な経過観察として派遣されるパーティからの、現状報告書、のようなものだろうか。

「……それにしても、温泉場のボスらしき魔物、一向に姿が安定してないな……」

「そうですね。パーティごとどころか、パーティ内ですら見えているものに差が出てるように見受けられるんですが？」

「幻覚魔法使ってくるってことー？　だとすると、めっちゃめんどくさいよぉ？」

ヴィルさんとエドさんがうんうん頭を捻ってるけど、私も頭を抱えたい気分だよ！

道中で出現する魔物はある程度共通しているのに、ボスであろう源泉の魔物だけ全然違うなんてこと、ある⁉

しかもこれ、ボス戦でのリタイア理由なんだけど、身体的な怪我が原因、っていうより、精神的にダウンして撤退……っていうのがほとんどなんだよね……。

……これは、エドさんが言ってるみたいに幻覚魔法で攻撃されてる、ってこと？　なんか怖いものを見せられて、パニックになったり正気を失ったりしたってこと⁉

正気度直葬のお時間じゃん！！！

「…………これ、受けて大丈夫、なんでしょうか」

「正直なところ、ダンジョン攻略装備のままで来てるからな……まったく問題はない」

ふと胸中に浮かんだ不安を言葉にしてみたものの、眉間にしわを寄せてページを捲るヴィルさんの返事に思わず納得してしまった。

確かに、あのダンジョン踏破できたんなら、まぁ……うん。

無限ループと幻影魔法で固められたフロアだって踏破したわけだし、ある程度は大丈夫、か。

「ん！　ルートは、選定、できた！」

「どのルートを通っても魔物とは遭遇するようですし、リンの野営車両（モーターハウス）が走行できそうな広い道で行ける最短ルートを選んでみました」

こちらの話がまとまったところで、ルート検索班の仕事も終わったようだった。赤字で書き込みの入った地図を掲げつつ、満面の笑みでこちらを注視している。

……その地図、書き込みしてもよかったんですかね……？　結構貴重なものではなかろうかと思うんですけど……⁇

私のそんな思いに気付いたのか、にこりと笑ったルート検索班が地図を片手に寄ってきてくれた。

「メルロワ火山の、地図、は……必携アイテム、的な？」

「山は天候が変わりやすい上に、道もわかりにくいですから。山に登る冒険者が携帯できるよう、ある程度の枚数がギルドに常備されているんです」

なるほど。山は遭難しやすいだろうし、地図もたくさん発行されてる、ってわけか。

疑問が解消できてすっきりした私の隣に座ったアリアさんが、私たちデータ収集班の真ん中にバッと地図を敷き広げる。

……火山の地図なんて初めて見たけど、登山ルート的というか、なんというか……。思った以上にルートがあるんだな……。メインの太いルートが三本あって、それから枝分かれしたルートがいくつもある、って感じだなぁ。たぶん、源泉の採取以外にも火山ならではの素材とか、魔物の討伐のために枝分かれしてるんだろうな。

その中で、今回アリアさんたちが選んでくれたのは本当に最短のルートだった。

「源泉の採取の際にも荷車が使用されているようですから、道もある程度しっかりしているだろうと想定しています」

「ん。野営車両（モーターハウス）が、走っても、崩れなそうな、とこ、選んだ！」

「なので、足場が不安定だろう橋渡しがされているようなルートは除外させてもらいました」

アリアさんの細い指が今回のルートなのであろう赤いラインを辿（たど）っていく。メインルートの中でも特に広そうなルートを突っ切り、途中で細い道を挟むものの、源泉があるところまである程度の広さが確保されているルートばかりが選択されていた。

セノンさんの言葉を裏付けるように、途中でいくつか存在する沢のようなところを通るルートは、たとえ源泉との距離が近くなりそうなルートであっても除外されていた。

これはありがたい配慮ですよ。だって、山の中の道、なわけだし、あんまりがっしりした造りの橋は望めなそうだもんなぁ。

最悪丸太と板とを組み合わせて作ってます、とか、蔓（つる）と板で作ったつり橋です、みたいな可能性だってあるわけでしょ？　さすがの野営車両（モーターハウス）でも、そんな悪路は走れないと思うんだよなぁ。

膝の上で眠るごまみその頭を撫でながら、ルート検索班が導き出してくれたルートと、こちらで調べていた魔物の情報とを突き合わせていく。

「こっちのルートでよく出現するのは『火山スライム』と『ヒノコフォッグ』かぁ」

「だろうな。源泉に入る直前のルートでは『温水トカゲ』がよく出没するようだな」

「まー、環境が環境だから、火属性の魔物がほとんどだねー」

さっき地図が広げられた衝撃で散らばってしまった各種報告書を拾いつつ、そのルート上で報告が多い魔物をピックアップしていく。文字だけでも生存戦略（サバイバル）さんで判別できないかなー、なんて思ったけど、さすがにそこまでは甘くなかったみたいだ。

まー、わかったところで、生存戦略さんは美味しい食べ方を教えてくれるだけで、倒し方とか弱点は教えてくれないんですけどね！

「距離的には、朝イチで出発して夕方には麓に戻ってこられるような距離なんでしょ？」

「ええ。よほど大量に魔物が出なければ、という前提ですけれど」

ルートを辿りながら魔物を突き合わせるエドさんとセノンさんの話を聞きながら、私も一緒に地図を覗き込む。地図を見る限り山の中腹に位置する源泉までの距離は、登山口から見るとさほどないように見える。等高線っぽいラインを見てみても、さほど急な勾配ではなさそうだ。

まぁ、その代わり、中腹を過ぎてからの勾配がえげつないことになってるんだけどさ！

地図を見ても、頂上までのルートは極端に少なくなってるな……。源泉周辺が採取も討伐もメイン、ってことなんだろうか。

むにゃんと腹を出したごまみその腹毛に手を這わせつつ湧き上がってきた疑問に首をひねっていたら、セノンさんが私を見てゆっくりと口を開いた。

「メルロワには、古くから受け継がれた口伝伝承があるんです」

「ふむ。口伝ってことは、文字がない時代から連綿と伝わる歌か語りか……ってところですか？　かなり古そうなシロモノですね」

「ふふふ……なかなか鋭い勘をしていますね、リン」

茶目っけたっぷりに片目を瞑ってみせたセノンさんが、歌うように語るように言葉を紡ぎだした。

語りというには抑揚がつきすぎているけど、歌というには旋律がなさすぎる。そんな不思議な吟詠は、メルロワの地にまつわる話を謳いあげているようだった。

今は昔、メルロワ火山に湧く温泉に遊びに来ていたドラゴンが、迷い込んできた村の娘と鉢合わせしたらしい。仲良くなった村娘にドラゴンは加護を与え、己の巫女として傍に仕えさせたという。その娘が亡くなった後、ドラゴンはメルロワ火山を離れたものの、時折この地を訪れ、当代の巫女と話をしたり湯浴みを楽しんだんだそうな。

山の頂上はドラゴン様が巫女様と出会った大事な場所。大事な場所を荒らされたら、ドラゴン様はきっとお怒りになる。だからむやみに訪れてはいけないよ。どっとはらい……という感じの内容で話は締められる。

「なるほど。そのドラゴンの怒りを買わないよう、山頂付近は神域として扱われるようになったんですね」

その神域を侵さないよう畏れ敬って、人が踏み入らないようになったのか。一種の禁足地みたいな感じなんだろうなぁ。

それじゃあ確かに、山頂まで行くルートが少ないはずだよね。

「ええ。もっとも、最近ではその考えも聊か廃れてしまったようですが……」

ただ、セノンさんの言葉が本当なら、いつかは頂上の方も踏破されて制覇されて、人の理で管理されるようになっちゃうのかな……。

なんだかそれは、ちょっと寂しい気がする……。素材の採取とかそれに伴う産業の発展だとかを考えると、そりゃメリットは大きいんだろうけども。

文系の感傷ってやつなのかな？　静かに保たれていた場所に、人の手が加わって形を変えちゃうのって、寂しいって思っちゃうんだ。

「いずれにせよ、明日は日が昇る前から登頂を始めようと思う。今日はもう休むとするか……」

「そうですね。それが正解でしょう。幸い食事は済んでいますから、空腹で仕方ないというわけではありませんし……」

「だねー。野営車両(モーターハウス)の中でちょっと休めるオレたちはともかく、リンちゃんは運転しっぱなしになるわけだし、今のうちに休んでおいてね」

「ん。リン、は、しっかり……寝て！」

ちらり、と。宝石のように輝く色とりどりの八つの瞳(ひとみ)が私を見た。

あ、うん、そうですね！　明日出発が早いなら、もう寝た方がいいもんね！

いつの間にか資料が広がっていたベッドは片付けられており、アリアさんの柔らかな手が私をそこに寝かしつける。

あれでもまだ眠くないのに……と思っていると、杖(つえ)を構えてにこりと笑うセノンさんが枕元に立っていて……。

「おやすみなさい、リン。どうぞ良い夢を」

そんな言葉と共に杖が青く光ったのが目に入って……意識がどぷんと闇に飲まれた。

第三章

　気が付いたら、無事に朝……というか、未明というか……。朝日も昇っていない薄闇の中で身体を起こせば、どうやらみんなもう起き出して準備を始めてたみたいだ。私が一番お寝坊さんしてたな……。

「起きたか、リン。そろそろ出発するから、準備を進めてくれ」

「わかりました。急いでやっちゃいます」

　暁の静謐な空気を壊さないようにか小声で話しかけてきたヴィルさんに、私も小さな声で返しつつ、まだ夢の中にいるごまみそを放置して洗面所へ向かう。部屋の外に出れば、まだ暗い空が壁を大きく切り取ったような廊下の大きな窓から見えた。

　準備っていっても、戦闘要員ではない私は顔洗って身だしなみを整えるくらいだもんなぁ。

　部屋を出てすぐ……廊下の突き当たりにある洗面台の近くには、大きな水瓶と柄杓、小さな洗い桶が備えられており、これで顔を洗えと言わんばかりの準備がされている。その用意周到さに甘えて、水瓶から手桶に水を移したんだけど……。

「ん？　これ、もしかして温泉の水？」

　ほんの少しだけ白濁してるように見えるんだよね……。手を突っ込んでみれば、冷めてはいるものの微かにとろりと手に纏わりついてくる水の感触が！

火山の街だけあって、やっぱり温泉は湧いてるんだなぁ。

しみじみとそんなことを思いながら、贅沢にも朝から温泉水で洗顔をさせていただきましたとも！　心なしか、お肌もすべすべになった、よう、な……？

本音を言えば、全身で温泉に浸かりたいんだよ……。毎日洗浄魔法かけてもらってるから身体は清潔なんだけど、日本人としては湯船につかりたい、というか……。

そうも言ってらんない事情があるのは知ってるし、わがままは言わないけどさ。だからこそ、こんなところで温泉水に触れられてラッキーだったというか？

なにはともあれ、手持ちのタオルで顔を拭いたらざっと髪の毛を整えて……私の準備は完成！

「すみません、お待たせしました」

「いや。こちらも準備ができたところだ」

部屋に戻れば、ちょうどみんなの準備も終わっていたみたいだ。ごまみそを起こしてくれたらしいヴィルさんがその喉を撫でつつ片手を上げてくれた。

「よし――それじゃあ、行くか……！」

私にごまみそを返してくれたヴィルさんが、みんなを見渡すとざっと踵を返す。

それに小声で返して、私たちもヴィルさんのあとを追いかけた。

「今日、明日は、他の冒険者がメルロワ火山に入山しないよう規制をかけてあります。何かありましたら、こちらの狼煙玉を上げてください」

ギルド庁舎の出入り口で、いつからいたのかギルドマスターのエージュさんが待っていてくれた。

昨日見たバッチリメイクはされてないけど、すっぴんだってめっちゃ美人さんですよ！　ただ、目の下に濃ゆいクマがばっちり居座ってるんだよ……。もしかしたらあのメイク、このクマ隠しの意味合いもあったんじゃないか……？

ギルマスさんとして、色々と抱えてるものがあるんだろうなぁ。

ソフトボールくらいの大きさの玉をヴィルさんに渡すと、切なげな笑みを浮かべる。

「万が一の際は、事態の収拾よりも命を優先してください。生きてさえいれば、どうとでもなりますもの」

「寛大な言葉に感謝する。最良の結果を持ち帰ることができるよう、尽力しようと思う」

頭を下げるエージュさんに見送られながら、私たちはギルドを後にした。あんな憔悴しきった美人さんの姿を見るとさ。どーにかしなきゃって思っちゃうよね。

幸い、登山口はギルドからいくらも行かないところに存在していた。大きな木のゲートが設けられ、上部の看板には『メルロワ火山登山道正面入り口』と書かれてる。ここがメインルートの中でも一番大きなものらしく、これなら野営車両でも十分に走行ができそうだ。

「あとはここより東に一本と、裏手に一本ルートがあるのですが、ここのゲートから行くのが一番源泉には近く行けたので」

「ん。あと、いちばん、道が、広い」

「なるほど。少し登って街から離れたら、野営車両出しますね！」

荷車らしき轍の残る道を踏みしめて、徒歩で山を登っていく。まだ朝日も出ていないとはいえ、ちらほらとメインストリートに人影が見えるからなぁ。念のため、ね。

……といっても、さすがは山道だけあって、少し進んだだけで生えている木立や植物で、メインストリートからの視線は遮られた。

「よし！　それじゃ、行きます！」

求めよさらば与えられん……じゃないけど、私が念じればすぐに出てきてくれる野営車両(モーターハウス)大好き！　色々教えてくれる生存戦略(サバイバル)さんも大好き!!　こうしてみると、私のスキルって「生き延びること」に向いてる組み合わせだよなぁ。

私がそんな感傷に浸っている間に、みんなの乗り込みはもう済んでいたようだ。

なお、今日の助手席はセノンさんである。

セノンさんのナビに従って、想定ルートの四分の一ほどまで無事に野営車両(モーターハウス)を走らせることができた。荷車が定期的に通っているとはいえ、山道だけあって路面はだいぶ凸凹してる。それなりの幅があるとはいえ、〝転落〟の二文字が頭を掠(かす)めるお陰で進む速度はこれまでと比べて格段に遅い。

しかも、袋に詰まった柔らかいものを、タイヤで踏み潰(つぶ)しちゃったような感触を時々感じるんだよなぁ。

……これ、もしかして、ルート上で頻出してたスライムか何かを轢殺(れきさつ)しちゃってるんじゃ……??

「あぁぁ……考えたくない……！　考えたくないなぁ！」

「大丈夫ですか、リン。何か異常でもありましたか？」

「ああぁぁぁ……セノンさん……たぶん、なんか、踏みながら走ってます……！　スライムか、何かだと思うんですけどぉぉ……!!」

また一つ、プチッとナニカを踏んだ感触がして、震える唇から思わず声が漏れた。セノンさんが心配そうな顔でこちらに顔を向けてくれるけど、きっとひっどい顔してるんだろうなぁ。

しかも、昨日調べた限りでは、火山スライムって毒ガスを吐いてくる魔物だったと思うんだけど、そんなモノ轢き潰しちゃってタイヤとかにダメージないかな？

「セノンさん、この先に車停めて休憩できそうな場所って、あります？」

「そうですね。冒険者たちが休憩によく使っている空き地が、この先にあるようですが」

「ちょっとそこに誘導してもらってもいいですか？」

車の状態を確認したくて、と理由を述べれば、笑顔で承諾してくれたセノンさんが再び道を提示してくれた。それに従ってハンドルを操れば、道の左側がぽっかりと開けた場所が見えてくる。

……なお、この間も不規則な間隔でプチプチという感触はし続けている。メルロワの魔物はレベルが低くても数が多い、っていうのはこういうことだったんだねぇぇぇ……‼　これ、マジで好きになれない感覚ですわぁ……。

きゅっとハンドルを切って空き地に車を乗り入れて、ドアを開けようとした時……。

「リン、待って……まだ、ダメ……！」

「アリアさん？」

ドアに手がかかり、ガチャ……と扉が開きかけたところで、アリアさんの声が響く。

……ど、ドアは…………まだ開いて、ない！　セーフ？　セーフってことにして‼

ドアハンドルを握ったまま、もう一度がちっと音がするまでドアを閉めて、手を放す。ギリギリで間に合ったんじゃないだろうか？

「…………なにか、いる、気がする。けっこう、大きい、の……！」

「――っっっ！！」

　続いたアリアさんの言葉に、咄嗟（とっさ）にダッシュボードに隠れるように身を屈めた。それを裏付けるかのように、大きな影を見た気がしたからだ。

　果たして、運転席の窓に映ったのは、のそのそと車の前を横切っていく大きなトカゲのような生物だった。

　長い首と長い尻尾（しっぽ）を備えたソレは、全身を真っ赤な鱗（うろこ）で覆われていた。一切のぬめりも湿り気も感じられない体表は、いっそ乾きしわがれひび割れているようにさえ見える。背中には背びれのような器官があって、それがでっぷりと膨れた腹から突き出た太短い足を踏み出すたびにゆらゆらと揺れた。

　ステゴサウルスの骨板を、スピノサウルスの背びれに変えたような感じの造形だな、うん。超自然的な生物を、またもや目撃してしまった……！

【温水オオトカゲ　美味
温暖で多湿な環境を好み、水の中で過ごすことも多いが、食事の際は地上に出てくる。

果実や木の実を好んで食べるが、柔らかな葉や草なども食べる。

皮膚の水はけが良いせいで、地上では皮膚が乾いているように見えるが、その皮膚の下には豊富なコラーゲンによって水分が蓄えられている。

身質は柔らかく肉汁に富み、クセがなくどんな味付けにも合う。

皮ごと蒸し上げると、皮の直下にある脂肪が蕩（とろ）けて身に回るので濃厚さが増す】

「え……あのトカゲ、美味しいの!?」

この前のダンジョンで見かけたトカゲ……ハナトカゲは「可食」だったのに!?

……あ。ハナトカゲは肉食寄りの食性だけど、温水オオトカゲの方は、果物とか葉っぱとか食べてるからか！　やっぱり、草食べてるのは美味しいんだな‼

「皮ごと、蒸す……やっぱりプルンプルンになるのかな？」

「……待て、リン……。アレは、食える……のか？」

「生存戦略（サバイバル）さんによると、美味、だそうで……！」

思わず漏れた私の呟（つぶや）きを拾ったヴィルさんが、驚いたような顔でこちらに視線を向けてきた。大きく見開かれたその目には「本当に美味（うま）いのか」と尋ねられているかのようだ。

それにしっかと頷（うなず）いて、「美味しいらしいです」と視線で伝えれば、その空気は車内の隅々にまで広がった。その空気に当てられたごまみそが、しゅっしゅと前脚の素振りを始めるくらいだ。

食欲を過分に含んだ殺気が爆発的に膨れ上がり、すぐさま沈静化する。獲物に気付かれるとマズいからな……って、みんなの顔に書いてあるんだよなぁ。

「私たちは、アレが仕留められてから向かいましょうか。恐らく解体が必要になるでしょうから」

「……あ、なるほど。セノンさんが解体担当なんですね！　後学のために見学しても？」

殺気立つキャビンとは裏腹に、運転席側はのんびりとした時間が流れている。そっか。温水オオトカゲは魔生物だから、ドロップ品になる魔物とは違って全部残るんだ。

思わず納得したところで、ふと気が付くとキャビンの面々が行動順なんだろうエドさん、ヴィルさん、アリアさんの順に並んでいた。

「……いいか、絶対に仕留めるぞ……！」

イチゴ色の瞳をギラリと輝かせたヴィルさんの言葉に、得物を構えたみんながこくりと無言で頷いて……。

バッとキャビンの扉が開いたかと思うと、紺色のケープマントを翻してエドさんが躍り出た。

その音に気が付いた温水オオトカゲがどたどたと逃げ出してくけど、残念！　ちょっと足が遅い‼

「まずはオレー！　逃がさないからね～！」

高らかな笑い声と共に腕が振られると、逃げるオオトカゲの足が何かに縫い付けられたかのように突然止められた。慣性の法則でつんのめりそうになってるけど、後ろ脚までがっちり止められているようで、前にのめった反動で盛大な揺り返しが来るだけだ。

よく見れば、トカゲの足だけが頑丈そうな氷で覆われていた。エドさんの氷魔法！　あのダンジョンでストームイール攻略の一角を担った、エドさんの魔法だ！

何とか氷の枷から逃げようとするオオトカゲの背後には、もうすでに大剣を構えたヴィルさんが足音も立てずに忍び寄っていた。必死なオオトカゲは、まだヴィルさんの接近には気付いていない。

「悪いな。美味いと聞いては黙ってはいられないのが、俺たちの性分でな」

その声に振り返ったオオトカゲがヴィルさんの姿を捉えたかと思うと、大剣がトカゲの首を一息に吹き飛ばした。

次の瞬間にはアリアさんの糸がトカゲの後ろ脚に絡みつき、ぐいっと持ち上げて血抜きをする、と……。

何なんでしょうねぇ、この完璧な連携！　チームワークばっちりじゃないですか！

「さぁ、私たちも向かいましょう」

「え、あ……ハイ……」

にこやかに微笑むセノンさんに促され、私たちも現場に向かうことにした。もちろん、野営車両（モーターハウス）の台所から包丁各種を忘れずに持って、だ。

私たちが来る前に、エドさんかヴィルさんが血抜きの時にできた血溜（だ）まりは魔法でどうにかしてくれていたらしい。瑞々（みずみず）しい下生えの草も、血にまみれることなく青々としたままだ。

せいぜいごまみそが上機嫌でかぶりついているオオトカゲの頭と、その頭と泣き別れ済みの胴体が惨劇の証拠として残ってるくらいだろうか。

すっかり血抜きの終わったオオトカゲを前に、セノンさんが解体を始めた。

吊（つ）るされたままの巨体を、迷いない手つきでサクサク解体していく様子は本当に見事なものだ。

「皮付きのままの方がいいんですよね、リン？」

「はい。皮ごと蒸すとぷるぷるになるとかで……」

洗浄魔法を体表にかけてあるのか、皮には血も泥もついていなかった。未だ色鮮やかな色を保ったままの皮が付いたまま、トカゲは部位ごとの大きなブロックに切り分けられる。

内臓は……穴を掘って埋めちゃいますかね。レバーとかも美味しそうだけど、手や足の先っぽなんかの部分も一緒に、今回は埋めてしまおうか、と思ってる。下処理をちゃんとすれば美味しいんだろうけど、探索の途中だからそうそう時間をかけてもいらんないだろうし。

手足の部分や胴体のたっぷりとお肉が付いた部分だけを残して、今回の持ち帰りは見送りで！

せいぜい、ごまみそのおやつ用に取っとくくらい、かな。

「蒸し料理……蒸し料理かぁ……お鍋とお皿で代用しようかな……？」

「それなら、〝じょうきせん〟を利用したらどうだ？」

「じょうきせん……？」

大きな塊肉を冷蔵庫に仕舞いつつ調理法に頭を捻っていたら、ひょんなところから助け船が入った。

腕組みをして軽く顎に手を添えたヴィルさんが小さく首を傾げるのに、自分に洗浄魔法をかけたセノンさんがにこやかに微笑みながら追加で情報を出してくれる。

「そうですね。この近くにも、蒸気が噴き出す穴がありますから。そこで蒸したりできるのではないですか？」

最初、ヴィルさんの言ってる〝じょうきせん〟っていう単語に、思わず蒸気船とか上喜撰とかを思い浮かべちゃったけど、セノンさんの話でようやく蒸気泉だとわかったよ！

たった四杯で夜も眠れなくなる……っていう話ではなかったみたいだ。よかったぁ。

そっか！　昨日のあのお店みたいに、温泉の蒸気で蒸しちゃえばいいのか！　非日常感と野趣溢れる、憧れの野外調理ご飯じゃん！

「それ、いいですね！　車の点検が終わったら、早速行ってみたいです！」

「車の点検？　何かあったのか？」

「ああ、いえ……道の途中で何か轢殺してる気がして……」

ほんの一瞬顔を曇らせた私に気付いたのか、ヴィルさんがそっと近づいてきた。

料理はできても、車の修理なんてさっぱりなんだもん！　車体へのダメージが心配で心配で……。

恐る恐る確認したタイヤは、生乾きの赤いナニカがへばりついてるくらいで、表面がボロボロになっているとか、傷がついているとか……そういったダメージは特に受けていないように見える。木の枝でスライムの残骸であろうものをぺいっと剥がして車の表面に触ってみるけど……特に、異常は……感じないかな。

タイヤに足をかけて空気圧も簡易チェックしてみたけど、こっちも問題なさそう！

……てか、洗車とかしてないのに、車体ピカピカだし……！　これも魔法というか、魔素の力……なの？

この分なら問題ないだろうと判断してぱっと後ろを振り返れば、ご飯への期待を隠しきれないみんなの顔が見えた。ヴィルさんが若干心配そうな顔をしてこっちを見てるけど、これは車体チェックを……って私が言ったからかな。車の調子を心配してくれてるんだろう。

「走行に問題はなさそうです！　しっかり走れると思います。それじゃ、出発しましょう！」

そんなヴィルさんにぐっと親指を立ててみせると、ほっとしたようにイチゴ色の瞳が緩む。

それをしっかり見届けて、私は運転席に乗り込んだ。

待ってろ、ワイルドご飯！　堪能させてもらうからな‼

到着した先は、さっきの空き地よりはだいぶ広いものの、あちこちの岩の隙間から蒸気が噴き出していて、立っているだけで熱気が伝わってくる場所だった。幸い、蒸気は全部上に向かって噴出してるから、蒸気の穴を覗き込んだりしない限りは問題なさそうなところかなぁ。

さて……それにしても、どの穴を使うべきか……。

「んー……なるべく平らで、蒸気がさほど強くないところがいいんだけどなぁ」

あっちはちょっとデコボコが過ぎる、こっちは少々噴き出す勢いが強すぎる、と選別していると、つつと横にやってきたアリアさんに小首を傾げられた。

「……置く場所に、こだわり……が、あるの？」

「こだわりというか、ザルを置くのに不安定だとひっくり返っちゃうし、蒸気の勢いが強いとセッティングすらできなそう……っていうところでしょうか」

どんな答えを期待しているのか、薄い氷色の瞳に期待と好奇心を滲ませたアリアさんの問いかけには捻りも何もなく、ド直球な理由を添えて応えさせていただきましたよ！

別に、特段楽しい理由やこだわりがあったわけではないんですよ！　申し訳ない！

でも、私の返答に納得はしてくれたみたいだ。ふむふむと独り言ちるアリアさんと一緒に、文字通りの穴場を探していると、不意にポンと肩を叩かれた。

いつの間にか背後に忍び寄っていたエドさんが指さす先には、静かに濛々と湯気を上げ続ける岩の隙間がある。

「あそこの岩のところ、大きくもなく小さくもなくだし。蒸気の勢いもそれほどって感じだけど、どうかなー？」

「めっちゃ、いい感じですね！　ありがとうございます、エドさん！」

金属製の丸ザルをセットできそうないい感じの窪みに、間欠泉状態ではなく常時噴き上げてる適度な勢いの蒸気！

これはまさに本日の野外調理にお誂え向きの場所なのでは!?

「あ！　その隣の穴もちょうどよさそう！　こっちは野菜蒸そう！」

よく見れば、その穴の周囲の穴も程よい感じの蒸気穴になっていて、ここら一帯が調理場みたいなもんじゃんか！

例の革手袋を嵌めた手で、まずは火が通るのに時間がかかりそうなオオトカゲの皮付き塊肉を入れた金属ザルを、さっきの穴にセットしてやる。

……っとと……！　革手してるからなんとか耐えられたけど、やっぱり蒸気量も熱量も凄いな！

火傷防止に肌が出ないように……と思って捲ってた袖を手首までしっかり下ろしてたんだけど、それがしっとり濡れる程度には蒸気が上がってる。これは……調理の際には素早い動作が求められますね！

ジャガイモやカットカボチャなんかを入れたザルも、別の穴に素早く……セット……！　さっきの経験が生きたのか、こちらは手早くやれたかな。

「蒸してる間に、お肉とか野菜に付けるソース、作りますかね」

蒸し上がるのをただ待つのももったいなくて、調味料の準備をしようと野営車両に戻りかければ、必死の様子のアリアさんが私に縋りついてきた。

この様子だと、おねだりしたいメニューがあるのかなー……と思ったんだけど……。

「リン、リン！　タルタル！　タルタル、は!?」

「あぁー……アリアさんがマヨネーズの暗黒面に落ちてしまっている……！」

ハイ、ビンゴ！

私の腕を抱きかかえ、〝何にでも合うんでしょ〟とぺしょぺしょと眉を下げるその氷色の瞳には、マヨネーズへの渇望が確かに浮かんでいる。

何ということでしょう……アリアさんはもうあの魔性の味に囚われちゃったんだなぁ……。

……ただ、今からタルタル作るのは、ちょっと間に合わない……からなぁ。

たぶん、スパイスボックスにラー油も七味唐辛子もあるから、思い描いてる味は作れると思うんだよ、うん。

「アリアさん、タルタルはちょっと無理ですけど、ピリ辛マヨソース作るので……今日はそれじゃダメですか？」

「……まよ、ソース……」

「そうです。ちょっとピリ辛の、マヨネーズソースです！」

そう思って提案してみれば、泣き濡れたようなアリアさんの瞳がパァッと輝いた。

……本当にマヨネーズにハマっちゃったんだなぁ。

………あ、いや……アリアさんだけじゃないや。タルタルなし、って聞いて意気消沈してた男性陣も、新手のマヨソースと聞いて一気に沸き立ってるな。

うちのパーティ、もしやみんなマヨネーズがないとダメな身体にされてしまったのでは……？

歴戦の冒険者を即堕ちさせるなんて……マヨネーズ、恐ろしい子……!!

黒ベタ背景を背負って白目を剥きたい気持ちを抑え、キラキラとした瞳でお肉の蒸し上がりを待つみんなに声をかけた。

結構大きい塊だし、三十分以上かかりそうな気がするからね。濛々と熱い蒸気が上がる野外で待つより、車内の方が涼しいと思うしさ。

「とりあえず、蒸してる間にソースを作りたいので、一回野営車両（モーターハウス）に戻りましょうか」

顕現させた野営車両（モーターハウス）の方へ足を向けつつ、作ってみたいソースを頭の中で組み立てる。

マヨソースもいいけど、涎鶏（よだれどり）みたいなピリ辛ソースも美味しそうだな……！　色々足りないから涎鶏〝風〟にはなるけど、挑戦してみよう！

野営車両（モーターハウス）に向かう途中には、融けた餅（もち）みたいに地面で蕩（とろ）けて伸びていたごまみそがいた。地熱のお陰で温かい地面が気持ちいいんだろうなぁ。

羽の生えたツチノコのようなシルエットの子猫を拾い上げれば、そのままぐにょ～んと胴体が伸びる。

……お腹は完全に持ち上がってるけど、まだ脚が地面についてるって……どんだけー!?

『なーあ、なーあ！　なんで朕のことだっこしたのー!?　あったかくて、きもちかったのに！』

「あんまり長い時間くっついてたら、低温火傷しちゃってお腹の毛がハゲるかなぁって」

鼻面にしわを寄せて耳を寝かせた仔猫（こねこ）の抗議をものともせずに腕に抱いてやれば、恨めしそうに尻尾（しっぽ）を揺らしたごまみそがぶっとい前脚で腕を叩いてくる。

えぇー。こっちはおみそのお腹の心配をした上での行動だっていうのに、ちょっとひどくない??

ぷんすこしている仔猫の頭のてっぺんに鼻を埋（うず）めて吸ってみると、お日様をたっぷり浴びた布団みたいな匂いがする。

うむ。なんとも香ばしい匂いですな。

しばらくスーハーしてみたけど、ごまみそは大人しく私に抱かれたままだ。ただやはり、温かな地面から離されたのが不満なのか、尻尾がぶおんぶおんと激しく揺れている。

『そんななー、すぐになー、なんないでしょー!? あと、朕はげてないもん！ ふっさふさだもん！』

「とある特定の層から、一気にヘイト集めるような発言は慎んでください〜〜〜！」

前脚と尻尾で身体をびたびたと叩いてくるごまみそを私の気が済むまでわしゃわしゃと撫（な）でてやっていると、次々とみんなも戻ってきたみたいだ。

身体を屈めて抱いていたごまみそを床に下ろせば、私の足をてしんと叩いたごまみそが、甘やかしてくれる面々の方へ一気に駆けていく。

おうおう！ しっかり甘やかされてくるといい！

その間に、私はきっちり手を洗って……調味料作りに勤しみますかね！

……っていっても、さほど大変なことはしない。包丁だって、せいぜい付け合わせ用のタマネギとトマトをスライスしたり、また別のタマネギを微塵（みじん）に刻むくらい？

付け合わせの野菜はお皿に盛って、微塵のタマネギはボウルに入れておいて……。

「ん〜……まずはマヨソースかな」

「マヨ！ ピリ辛の!! 新味！」

「ですです！ マヨと七味と……お醤油（しょうゆ）…………いや、味噌（みそ）ベースだな……！」

背後霊の如きアリアさんを背中にしょいながら、深めの器に例の高級濃厚マヨネーズを気前よく掬（すく）ってはぺいぺいと落としていく。そこに加えるのは、地元の醸造所産の田舎味噌と、地元の温泉街名産……というには少々知名度は弱いけど、味と香りが抜群に良い七味唐辛子よ！

県内の全市町村に温泉が湧いてるっていう温泉天国出身としては、我が地元の温泉街名物を、異世界温泉で使ってみたかったんだよねぇ！

勝手に温泉コラボ、ってところかな。

濃いクリーム色のマヨネーズに、とろっと艶のあるお味噌と真っ赤なトウガラシの粉が混じって……これは野菜につけて食べても美味しいと思うんだよ、うん！

舐めてみたらもう少し塩気が欲しいのと、もう少し粘度を落としたかったからここにちょっとだけお醤油を垂らしてですね……！

「こんな感じのソースなんですけど……どうです？」

「――〜〜〜〜〜〜っっっっ！！！！！」

スプーンで掬って背後霊のおねーさんに差し出してみれば、じたばたと無言で身悶えし始める。

……………うむ。しっかり成仏してくださいね〜。成仏して、早く現世に戻ってきてくださいな。

野外調理したワイルドご飯が待ってますよ！

「あとは、これまた別の辛酸っぱい系ソースが追加されます！」

「……ひどい……！　マヨネーズ、美味しいのに、また別の味あるの、ひどい……！　いっぱい食べたく、なる‼」

「ふっふっふ……何とでも言ってください！　食欲の前に、理性など無力だということを証明してやりますよ‼」

ノリノリで茶番を繰り広げる私たちを、男性陣が「しょーもねーなー」っていう顔で眺めている。

いいじゃないですか、別に……！　ちょっとした可愛いふれあいタイムじゃないですか！

だからエドさんは「よくもうちの嫁たぶらかして……！」みたいな目で見ないで‼

微塵切りタマネギと、擂り下ろしたショウガとニンニクと……あとはお醤油とお酢と砂糖とをぐるぐると混ぜる。本当は長ネギがいいんだけど、まだ長ネギ、見つけられてないんだよねぇ……。せめて小ネギ的なのでもいいから欲しいんだけどなぁ。

まぁ、タマネギちゃんも、優秀な子ですから！　これはこれで美味しくなる、と信じてる‼

ほんのり甘酸っぱくて、でもちゃんとしょっぱくて……と、理想の味になったら、あとはここにピリッと辛い、となるまでお好みでラー油と花椒を入れれば、涎鶏〝風〟のタレも完成！

「はい、アリアさん。どーぞ」

「……あぁっっ！　ひどい！　ズルイ‼　こんなの、両方で、食べたくなる‼」

茶番の延長で未だ私の背後霊をしているアリアさんに再びスプーンを差し向ければ、これぞ茶番、という力加減でぽこぽこと胸を叩かれた。

うむ。余は満足です！

時計を見れば、それなりの時間も経ってるし……そろそろ蒸し上がってるんじゃないかなー？

「……外、熱いというか暑いですし、車の中で食べますか」

「そうだな。外で食うならそれなりの設営もいるだろう？　その方がいいかもしれん」

穴の方にザルを取りに行こうとしてドアを開けると、たっぷりの湿気と熱気を含んだ重たい空気が襲いかかってきた。車内の快適温度に甘やかされた身体が途端に「暑くて無理」と訴えてくる。

折角のワイルドご飯、野外で堪能したかったんだけど……ちらりとみんなを見た限り、食べるロケーションにはこだわってはなさそうだし。

今日は、楽して、美味しく、いただきます！

「それじゃ、ちょっとお肉とか取ってきますね！」

「待て、リン。俺も行く！　魔物が出るんだ、一人で動くな」

「リン‼　ダメ‼　なんか、変な気配する！！！」

あ、そっか……と思うより早く、身体を何かに掴まれる感触があった。

愛用の革手を片手に外へ飛び出した私の背中から、ヴィルさんとアリアさんの鋭い声が聞こえる。

反射的に振り向けば、そこに見えたのは真っ白な……壁、みたいな？

思いがけない緊急事態に、力が抜けた私の手から皮手袋が滑り落ちる。

「リン‼」

野営車両から飛び出してきたヴィルさんが剣を構えるのも、エドさんとセノンさんが杖を振るうのも、アリアさんの糸が宙を舞うのも……みんな、ゆっくりに、みえて……。

『ちん‼　ちんも！　ちんも、つれてけ！！！！』

必死の形相のごまみそが、みんなの足の下をすり抜けて弾丸のような速さで突っ込んでくる。文字通り飛び込んできたごまみそが私の懐に収まるかと思った瞬間、お腹にぐいっと何かが食い込んだ。

反射的にびくりと私の身体が動いたせいで、飛び掛かり損ねたごまみそがべしゃりと地面に激突する。

視線を下ろせば、私の腕くらいに太い、指と爪、らしきもの……が……お腹に、めり込んで、て……。

ほんとにヤバい時って、にんげん、こえもだせないんだな、って……。

——…………あ、これ、死んだわ……。

今までの出来事が走馬灯のように頭の中をぐるぐると回り始めたのを自覚した時、ぶわりと風が舞ったかと思うと、私の身体は宙に浮いた。

『海の女神の加護に免じて、遅参は見逃してやろうぞ人間よ！』

キィンと高い声とも音ともつかない不思議な音波が脳髄を揺らしたのだけは、薄れていく意識の中でも、覚えていた。

◆◇◆

咄嗟(とっさ)に伸ばした手がリンの身体に届くより先に、彼女の背後に降り立った巨体がその身体を掴み取った。背後を見た彼女が目を見開くのと同時に、手の中にあった革手袋がバサリと落ちる。

野営車両(モーターハウス)から飛び出してきた仲間たちがそれぞれの得物を構えるより先に、その足元をすり抜けて小さな影が弾丸のように飛び出した。

『ふみゃあああああああああ！！！！！』

喉(のど)も裂けよと叫んだその影……リンの従魔であるごまみそが、真っ白な巨大生物の手に鷲掴(わしづか)みにされた料理番の胸めがけて飛びついていく。

が。

もう少しで料理番に縋（すが）りつけそうだった翼山猫の跳躍は、あと一歩のところで飛距離が足りなかったようだ。

巨大な竜の足元に鼻先から落ちた仔猫が、ぶみゅっと潰（つぶ）れたような悲鳴を上げる。

そんな小さい命など、目にも入っていないのだろう。真っ白なドラゴンが、明らかにぐったりしているリンを鷲掴みにしたまま翼をはためかせる。我に返ったヴィルが投擲（とうてき）用のダガーを投げるも、竜の羽ばたきが巻き起こす風圧に阻まれてしまった。その白い鱗（うろこ）に毛ほどの傷一つ与えることができず、虚しく地面に突き刺さるだけだ。

土煙を巻き上げてふわりと浮き上がった巨体が、高笑いにも似た咆哮（ほうこう）を残して山頂に向けて羽ばたいていく。掴まれた衝撃か、はたまた想像の余地を超える恐怖か、あるいはその両方か……ドラゴンの前脚で掴まれた小さな身体は、その爪に掴まれるがまま力なく揺れていた。どうやら、意識を失っているようだ。

それを裏付けるように、リンのスキルである野営車両（モーターハウス）の車体もいつの間にか掻（か）き消えている。

「クソッ！　エド、魔法は⁉」

「無理だよ！　さすがにこの距離じゃ、リンちゃんに当たらない保証がない‼」

思わず鋭くなってしまった声に、短杖（たんじょう）を構えていたエドが首を振りながら叫び返してくる。

「アリア！　追跡用に糸を！」

「もうつけた！！！」

見る間に遠ざかっていく白い身体をなすすべもなく見送るしかなかった暴食の卓のメンバーたち

の中、せめてもの抵抗としてアリアが糸を投げつける。ドラゴンの尻尾の先にくるりと巻き付いたその糸の大元は、彼女の手の中の糸玉に繋がっていた。

ナーグの糸玉と呼ばれている、魔物の追跡によく使われる蜘蛛人の操糸スキルの一種だ。どんな物理障壁があったとしても、ある程度の距離までは途切れることなくどこまでも相手を追い続けることができる。

ヴィルの前で糸玉を握るアリアの手は、いつの間にか祈るような形に組み合わされていた。白い繊手に額を付けた彼女の真っ白な顔には、どうかこの糸が届く距離にいてほしいと切実な願いが書かれている。

『……なぁぁぁ…………うなぁぁぁぁぁ！　うみゃあああああああ！！！』

ぺしゃりと潰れたように地面に伏せていた仔猫が、よろりと起き上がった。まるではぐれた母を呼ぶような切なげな声で、今はもう豆粒ほどの姿も見えなくなったリンを呼び続ける。仔猫特有の高い声がどんどんしゃがれ、ひび割れても、仔猫は鳴き声を上げ続けた。

物悲しいその呼び声に、すっかり硬直したようになっていた場が動き出す。

大股でつい先ほどまで料理番が立っていた場所に歩み寄ったヴィルは、無言で落ちていた革手袋を拾い上げた。もうすっかり見慣れたソレは、初めてリンと会った時から彼女が使っていたものだったことをふと思い出す。使い勝手がいいんです、と、明るく笑う声が、ヴィルの脳裏に浮かんでは消えていった。

ついでと言わんばかりに、真っ赤な口を大きく開けてひたすらリンを呼ぶごまみその身体を抱き上げ、武器としての本懐を遂げることすらできず虚しく地に刺さったままのダガーを回収する。

気が付けば、つい先ほどまで平穏そのものだった空き地には惨憺たる光景が広がっていた。

食い散らかされた温水オオトカゲの肉の残骸に、無残に散らばったザルや蒸しあがった野菜の数々。地面の上には巨大な爪痕がくっきりと残っている。

ここに、血飛沫や血溜まりがないことだけが、リンが怪我をしていないことを物語っていた。

「……恐らく、目的は食べるためではないでしょう。もし食料にするつもりでリンを襲ったのなら、生きたまま運ぶ必要はないでしょうし」

すっかり血の気の引いた唇をギリッと噛みしめていたセノンが、静かに口を開いた。ドラゴンが飛び去った方角を眺めるセノンの言葉に、ヴィルも続けて言葉を紡ぐ。

「そう、だな。単純に食料を狩りにきたというなら、あのバカでかい口で一噛みすればことは済んだはずだ」

「え……じゃあ、何のため？　てか、そもそも、あんなバカでかいドラゴンがいるとか聞いてないじゃん！」

噛み殺すでも握り潰すでもなく、あのドラゴンはそれなりの手加減を以てリンの身体を持ち去った。

きっと、何か目的があるはずだ。

ただ、ヴィルの横で興奮しきって吼えるエドの言葉通り、その目的がなにかまでは掴めない。それに、メルロワのギルドマスターからはこんなドラゴンが出るという話など一切なかったはずだ。

何かがズレているような、ボタンでもかけ違っているような、奇妙な違和感がヴィルの脳をじりじりと焼いていく。

「……！　とまった‼　セノン、地図‼」

思考の渦に嵌（は）まっていたヴィルの意識を浮上させたのは、鋭いアリアの声だった。

伏せていた視線を上げれば、糸玉を握っていた手から額を離したアリアの瞳（ひとみ）が、白いドラゴンが飛び去った方向とはまた別の方をきっと睨（にら）みつけている。

おそらく、糸が伸びている方角と繰り出された糸の量からざっくりと見当をつけたのだろう。薄い氷色の瞳を逸らさぬままに、アリアがセノンに向かって手を伸ばしていた。

珍しく慌てた様子のセノンが地図を渡せば、服が汚れることを気にすることなく地べたに座り込んだアリアが地図を広げてとある場所を指し示す。

白い指が示した場所は、もうすでに赤字でマーキングがされているところだった。

「……ここ…………目的地じゃん……！」

半ば呆然（ぼうぜん）としたようなエドの言葉に、シンと場が静まり返る。

そう。アリアが示した場所は、今回の依頼の目的地である源泉が沸いているとされる場所だった。

「リンを攫（さら）ったドラゴンが、向かった場所が今回の目的地……」

果たしてこれは単なる偶然なのか、とヴィルの本能が警鐘を鳴らす。

正確な姿がわからない魔物に襲われた冒険者。街に伝わる伝承。連れ去られた料理番。山の上にいるといわれる神。巨大な白いドラゴン。

パチリパチリと音を立てて、ヴィルの脳内にピースが嵌（はま）っていく。それと同時に、白いドラゴンの姿を記憶の中で何度も思い返しているうち、とある魔物の名前が記憶の底から蘇（よみがえ）ってきた。

「…………ミラージュドラゴン、か……？」

ぽつりと漏れた、それでも全員の耳に届くには十分な声量だったその言葉に、三人と一匹の瞳がヴィルを射抜く。

それは、魔物というより幻獣に近い存在だった。

相手に様々な幻を見せることができる、純白の竜。

戦闘力に長けるわけではないけれど、繰り出される幻覚魔法があまりにリアルすぎるせいで、討伐者の精神に異常をきたすこともあるという、一筋縄ではいかない竜種だ。

もし、源泉に出没するという魔物が、このミラージュドラゴンというのであれば……。

「源泉に差し向けられた冒険者たちが目撃したものが違うことも、納得……できます……」

すっかり掠れた声が、セノンの喉から絞り出された。

やってきた冒険者それぞれに強烈な幻を見せ、戦意を失わせて縄張りから追い出す……それは、まさにミラージュドラゴンの戦い方そのものだ。

思わず押し黙ってしまった自分たちの間を、生温い風がどうっと吹き抜けていく。おそらく皆、対峙しなければならない相手のことを考えているのだろう。

立ち向かって勝てない相手では、ない。

そもそもが争いを好まない種族であり、純粋な戦闘能力としても竜種の中では低い方であるといえるからだ。

ただ、問題となるのは、〝ミラージュ〟ドラゴンと呼ばれるに値する幻覚魔法の強大さだった。打ち破るには強い抗魔力やアイテムが必要になる程に、その威力は強力だ。

「……今の装備で幻覚が破れるか、って言うと……」

「正直なところ、私で五分五分でしょうね」

　お互いの装備を眺めたエドの言葉に、ため息をつきつつセノンが応える。このパーティの中で最も高い抗魔力を有しているセノンですら半々なのでは、他のメンバーがどうなるかはお察しというところだろう。

　だが、やらないという選択肢は残されていない。今やリンは暴食の卓には欠かせないメンバーの一人であり、置いていくことなどできないからだ。

　まして、ヴィルにとって、リンは命の恩人だった。空腹で死にかけたところを、何の見返りもなく助けてくれたことを忘れたことはない。

　そうでなくても食の好みも話も合うリンは、もうすっかり気の置けない存在となっていた。リン本人は魂の兄弟と冗談交じりに言っていたが、まさに言いえて妙というところだ。

　命の恩人であり魂の片割れでもある娘を置いて、おめおめと逃げ帰ることなどできるだろうか。

　そしておそらく、メンバー全員が大なり小なりそう思っていることは明白で……。

「リンの野営車両(モーターハウス)がない以上、獣道だろうと何だろうと、最短ルートで突っ切って目的の場所に向かう」

　それでいいな、と言外に匂わせれば、皆がコクリと頷(うなず)いた。先ほどまで項垂れていたごまみそも、金色の目を輝かせてこくこくと頷いている。

　ざっと音を立てて、パーティ全員が立ち上がった。最短距離を行くならば、この蒸気場から出てすぐの道を行くのが手っ取り早い。

　踵(きびす)を返したヴィルに続くように、他のメンバーも足早に空き地を出ようとして……ふとアリアがていく。

その足を止めて、空地へと戻っていった。

ヴィルが声をかけようとするより早く、くるりとアリアが振り返る。きゅっと唇を引き結んだアリアの瞳には、薄い水の膜が張っていた。限界を迎えたその膜が、珠になってまろい頬を零れ落ちていく。

一瞬、声をかけあぐねて硬直したヴィルたちの前でアリアが顔を上げ、声を張り上げた。

「行く前に、ザルとか、集めてく！　リンに渡して、また、美味しいもの作ってもらうの！」

「……そうだね。リンちゃん、あれだけ楽しそうに料理するんだもん。調理器具がなくなったら気の毒だもんね」

決意にも似た叫びに、真っ先に反応を示したのはエドだった。俯いて涙を拭うアリアの傍に駆け寄って、その薄い肩にそっと手を回している。続いて駆けていったごまみそも、蒸し上がっていたらしい芋に齧り付いたり、カボチャに顔を突っ込んだりとなかなか自由にやっているようだ。

散らばったザルや野菜を集め始めた二人と一匹を見ながら、ヴィルはふぅと息をついた。

なんだか不意に、肩の力が抜けたような気がしたからだ。

ふと、嬉々として手を動かしていたリンの顔が脳裏に浮かぶ。料理を作るのも、食べるのも好きだと言っていた、暴食の卓の料理番。

「……そういえば、結局マヨソースとやらは食い損ねたな」

「ふふ……リンが、また作ってくれますよ。ええ、きっと！」

そろそろ悲鳴を上げそうな腹を宥めながら肩を竦めれば、いつの間にか隣に立っていたセノンが口元に手を当てて微かに笑みを浮かべている。ヴィルの記憶が確かなら、こうしてセノンが笑っているのを見るのはリンが攫われてから初めてだ。

少しずついつもの調子を取り戻し始めたメンバーに、ヴィルはそっと胸を撫でおろした。

それと同時に、またきっとリンと再会できる確信めいた気持ちが湧き上がってくる。

「そうだな。リンのことだ。温泉オオトカゲを喰い損ねたことも怒るんじゃないか？」

「道中、リンの機嫌が直りそうな別の材料が、獲れればいいですね」

自分たちの口に入ることなく跡形もなくなった肉に思いを馳せれば、隣のセノンも少し残念そうな表情を浮かべていた。

頭にザルを被ったごまみそが、ドヤッと胸を張って戻ってくる。その後ろからは、仲睦まじく寄り添ったエドとアリアが残りのザルや野菜を持って歩いてきた。

抱っこ、というようにごまみそが腿に前脚をかけてくるのを、ひょいと抱き上げてやる。ぐにぐにと仔猫の頬を揉んでやれば、ぐるぐると喉を鳴らしたごまみそがヒゲとしっぽをピンと張った。

「それじゃあ、お前の飼い主を取り戻しに行くぞ、ごまみそ！」

『うにゃあ！　みゃあん！！！』

真っ赤な口をパカリと開いた子猫が、ヴィルに応えるように大きな声で高らかに鳴いた。

太陽はまだ高い。日暮れまでにはかなりの距離を稼げるだろう。

わさわさと翼を動かす仔猫を肩に乗せたまま、戻ってきたアリアとエドを隊列に加え、料理番を欠いた暴食の卓は山道を進み始めた。

捕らわれの料理番を取り返し、再び皆で卓を囲むために。

◆◇◆

……ちょっといおうくさいけど、ぽかぽかあったかいなぁ。

すごくきもちいいけど、ぺちぺちってなにかに顔をたたかれる感覚がする……。

…………え……なに？　だつえばにでも揺すられてるんです？

てか、異世界なのに、奪衣婆(だつえば)？

現世の日本に死に戻り、的な感じなのかな？

『起きよ、娘。起きぬか！』

「ほへぇ…………ここが、じごくのいっちょうめ？」

『何を呆(ほう)けておるのじゃ。早う目を覚ましや』

アリアさんより少し低めの、それでも鈴を転がすような澄んだ声と一緒に、今度はつんつんと頬っぺたを突(つつ)かれる。

……なんだろ……金棒かなんかの先っぽで突かれてんの？　まだ閻魔(えんま)様のお裁きも受けてないのに地獄にでも行かされたんです⁇

てか、地獄の獄卒のお声にしては、ずいぶんときれいで愛らしい感じなんですけど……？

不吉な予感に蓋(ふた)をしつつ、ゆっくりと目を開けてみた。

湯煙で白む視界の向こうに、巨大な何かがゆったりと座っている。

真っ白で、内側から柔らかい光が滲み出てるようなソレは、ファンタジー系のゲームや漫画でお馴染みの〝ドラゴン〟ってやつだった。

目の前にある太い物体……さっきから、ぺちぺち顔を叩いたりつんつん突いてたりしたのは、尻尾だったってこと……⁉

私の驚きなんかは歯牙にもかけていないそうなドラゴンは、ゆるりと背中の翼を揺らしてその巨大な口を開く。

『ようやく目覚めたか。妾の世話係として寄越されたにしてはずいぶんとトロ臭い娘じゃの』

てっきり咆哮か唸り声が聞こえてくるかと思った真っ赤な口から飛び出してきたのは、ちゃんと理解できる言語だった。

いや、あの……まって……まって…………！

いろいろ……色々ありすぎて飲み込み切れない！！！

死んだと思ったら実は生きてて、生きてたと思ったら目の前に高貴なお姫様口調のドラゴンが鎮座してて、そのドラゴンに〝世話係〟って言われるとか……何コレ⁉　何コレぇぇぇぇ⁉

混乱はしているものの、頭の芯にはどこか冷静な部分が残っていて、この状況を落ち着いて分析している。

きっと、生存戦略さんが無意識に働いてる証拠なんだろうなぁ。こんな大きなドラゴンを前に、パニックになったり泣きわめいたりしない程度には精神面が強化されてるんだろう。

……とはいえ、さすがにドラゴンさんの言葉に咄嗟には反応はできなくて……。

「…………………はい？　え、世話がか、り……え？」

『何を呆けておる。妾は盟約に従い、ちゃんと招致したであろうが。妾はこれよりこの地で静養するので世話役を寄越せ、と！』

思わずオウム返しするばかりの私にしびれを切らしたのか、ビタン！　と擬音が付きそうな勢いで、尻尾の先が地面に打ち付けられる。

まぁ、その衝撃で地面が抉られるところを見る限り、〝ビタン〟なんて擬音では収まらない威力があったみたいだけどもね。

視線だけで辺りを見回せば、そこかしこからお湯が湧き出てて、少し下のところで大きな泉みたいになってる場所がある。……もしかして、ここが噂の、泉塩の源泉……なのでは……？

…………そういえば、メルロワのギルマスさん……エージュさんが、「変な咆哮が聞こえたという報告があったから、調べてみたら源泉付近に魔物が出現していた」って言ってたけど……まさか…………まさか…………！

『ほんにトロ臭そうな娘よな……お主、ほんに妾の世話係として寄越されたのかぇ？』

いつまでも無言で考え込んでいる私を不審に思ったのか、ギラリと牙をむいた姫ドラゴンが据わった目で私を睨みつけてくる。

「えっ、あっ、や…………ご、ごはんは、つくれます！」

『ほう！　それは重畳。疲れた身体には、滋養が必要じゃからのぅ』

咄嗟に挙手をして自分の取り柄を自己申告すれば、お月様みたいな金色の瞳がカッと丸く見開かれ、すぐさまトロリと緩められた。

……あ、これは……セーフ？　セーフ判定です!?

まぁ、滋養をつけたいっていうんなら、栄養をしっかり取るっていうのも大事になってくるよねぇ。

考え方としては気血を補ってく……とかで合ってるとは思うんだけど……私、ドラゴンのご飯なんて作ったことないんだよなぁ……いつものご飯で大丈夫、なの、か……？

とりあえず、脳内で滋養になりそうな食材と調理法をピックアップしつつ、時間稼ぎを兼ねて事情を聞きだすことにした。

だって、調理中は何の気配もなかったのに、いきなりこんな大きなドラゴンが来るとか、ちょっと今でも信じらんないもん！

「……や、あの……お世話係はまあいいんですけど、なんであの時あそこの空き地にいたんでしょうか？」

『女神の加護の気配と、美味い物の匂いがしたからの。てっきり妾のために差し向けられたものかと思ったのじゃが？』

「美味しい匂いは……オオトカゲの温泉蒸しですかねぇ。ただ、女神の加護っていうのが……？」

ゆらりと太くて長い尾を揺らす白いドラゴンは、それはもう神々しい気配に満ち満ちている。そんなドラゴンが言う加護ってどんなのよ……と思ったんだけど……。

ふと揺れていた翼と尾の先が、私の手首と胸元にすっと定められる。

うっそでしょ!?　まさか女神の加護って、ライアーさんに貰（もら）った、海の女神のアミュレット!?

……ん？　でも、尻尾が胸のところ指してるけど、なんか加護っぽいものなんてもってな………………いや、あるわ！　あるある‼　エルラージュの海岸で、あの小生意気な自称・海の女神の使者を助けた時、なんか降ってきた珊瑚珠があるわ！　そのままだとなくしちゃいそうだったから、革紐を通してペンダントにしてたわ！

慌ててそれを服の中から引っ張り出せば、目の前のドラゴンの目が蜂蜜みたいに蕩けた。

『ほれ、それじゃ。古来より竜の歓待には何らかの加護を持つ者を寄越すのがしきたりじゃからの』

「あぁぁ……これ、加護なんてものがあったんですか⁉　初めて知りましたよ、そんなの！」

あんのシャチ……なんてモンを気軽に投げてよこしたんだ‼　そんな効果があるなら、先に言ってよね〜〜〜〜‼

地団駄を踏みたくなるのをグッとこらえて、目の前のドラゴンをちらりと盗み見る。起きた当初と比べたら、少し落ち着いてきた気がするし。

話が通じるっぽいし、お腹が減ってるらしいとはいえ今すぐ私が食われる、ってことはなさそうだし！

……たぶん、あの前脚で私を掴んでここに連れてきたんだろうけど……でっかいなぁ……。

「ちなみに、あなた様のことはなんとお呼びすればいいんでしょう……？　ドラゴン様？」

『おぬしは人間を見て〝人間〟と呼ぶのかえ？　まぁ良いまぁ良い。久方ぶりの妾の世話係であり食の担い手じゃ。妾の名を呼ぶことを許してやろう。今後は妾をミールと呼ぶが良い』

おぉう！　口調からして「下賤なる人間が妾の名を呼ぼうなどと……！」ってなるかと思ったら、意外と対応が甘いな、この姫ドラゴン様改めミール様。まぁ、心の中では食いしん坊ミルちゃんか姫ドラ様と呼ばせてもらうけどな！

……食の担い手が云々言ってたし、これもしかしてうちのパーティのみんなと同じ食いしん坊属性なのでは……？

「ありがとうございます！　ミール様、ですね！　なにかこう、今はこんなのが食べたいなぁ、っていうのはありますか？　甘い酸っぱいとか、こってりあっさりとか」

『なんと！　そなた好みを伝えればそれに合わせた料理を作れるほどの腕前なのかえ⁉』

クワッとミルちゃんの目が見開かれ、大きな口の端が確実に吊り上がった。その背後には少女漫画の如く大輪の花が咲いているようにすら見える。

……ってか……ついさっきまで〝おぬし〟呼びだったのが〝そなた〟に変わってるし！　やっぱりこの姫ドラ様、食いしん坊なんだろうなぁ。

だとすると、やっぱり一番手っ取り早い生還方法は、食いしん坊姫ドラ様こと、ミルちゃんの胃袋を掴んでお腹を満足させることだと思うんだ。

だとすれば、私がやるべきことはただ一つ。この先生き残るために料理を作って作って作りまくるのみ！

……ただ、この計画を遂行するには野営車両（モーターハウス）が必要不可欠になってくるわけで……。

さっきの広場で出しっぱなしだったけど、果たして今この場に呼び出せるんだろうか……。

ここ一番の真剣さで、野営車両（モーターハウス）の顕現を念じてみる。

ほんの少し間があって……やっぱダメかぁ、と思った次の瞬間。ドスンと私の後ろで重量級の何かが着地する気配がある。

『――っっ‼　何じゃ、今の気配は⁉　娘、そなた何をした⁉』

「私のスキルを展開させただけですね！」

乗車設定をしていないから、ミルちゃんの目には野営車両（モーターハウス）は見えていないんだろう。それなのに着地の衝撃を感じたらしく、ミルちゃんが違和感に目を剥（む）いて身体を固くする。

警戒心も露（あらわ）に牙を剥きかけた姫ドラ様の前で、私は抵抗の意志がないことを示すように大きく両手を広げて高く掲げてみせた。

なにはともあれ、野営車両（モーターハウス）とその中に積んである食材があるならば、ここは私の手の中だ！

これで……これで勝機が見えてきた！

さっそく、懐柔の準備に取り掛からないと‼

「さあ、ミール様。本日は何を召し上がります？　オオトカゲの肉？　ストームイールの白焼き？　それとも野菜がお望みですか？　どうぞ、あなたのお気に召すままに！」

ガラリと開いたドアの前。夢と希望と食材が詰まった摩訶不思議（まかふしぎ）スキルを背に、私の顔には自然と笑みが浮かんでいた。


「そうそう。ちょっと私の姿が出たり消えたりしますけど、スキルの影響なので気にしないでください！」

『あ、あぁ。そなたのスキルがナニかはわからぬが、面妖（めんよう）なものよな……』

野営車両（モーターハウス）に入る前にミルちゃんに声をかけておく。なにせ、乗車設定がされてない人たちの目には、私の姿が消えたり出たりするっぽいし。あんまり衝撃を与えすぎても、心象的に良くないんじゃないかなぁと思うわけですよ！

訝（いぶか）しげな顔をするミルちゃんに見送られつつ入った野営車両（モーターハウス）の中は、思った以上にきれいだった。作った二種のソースも、切っておいた生野菜も無事だし。飛び出してきたヴィルさんたちの様子を思い出す限り、もっと荒れてるかと思ったんだけどなぁ。

……それにしても、さっきはああ言ったけど……何を作ろうかねぇ？

とりあえず、ミルちゃんも材料と調理手順がまるわかりな方が安心するだろうから、今日のところは野外調理にしようとは思うんだ。ＢＢＱの要領でやれば、作ってる様子も料理の手順も見えるから、姫ドラ様も〝毒とか入れられるんじゃ……〟って疑心暗鬼にならなくて済むと思うし。

折角だから、この残ったソースと野菜も使っちゃおうかな！

さっきは蒸した温水オオトカゲを今度は皮ごとグリルして、ムーチの粉でポンデケ作って、野菜添えて出してみようか！

想像の中では、なかなか美味しそうですよ、うん。

あとは、あの大きさだからご飯とかもあった方がいいかな？　ストームイールの白焼きの残りも冷凍してあるし、タレも残してあるし、蒲焼（かばやき）丼とか作れば美味しいのでは……!?

ひと手間加えるなら蒲焼お握りにして、それをさらに焼きおにぎりにするとかも美味しいと思うんだ。

……そうと決まれば……！

「よっこいしょー！　どっこいしょー!!」

『なんじゃそなた喧(やかま)しいのう……いったい何を始めるつもりじゃ？』

「ご飯作りを始めたいと思いまして！」

　野営車両(モーターハウス)の無限収納から焚火(たきび)台セットを持って降りてきた私を見て、ミルちゃんが目を丸くしている。そういえば、こういう焚火台セットを見るのは初めてだって、初対面の時のヴィルさんが言ってたし、ミルちゃんも初めて見るのかな？

　何はともあれ、不思議そうなミルちゃんにも見えるように焚火台を設置したり、調理台替わりのミニテーブルとキャンプ用チェアを設置したり、野外調理の準備を整えていく。

　そこらへんに転がっていた木の枝や、この前使った後の消し炭を組み合わせ、火熾(おこ)しの準備を整えてから、ライターを車内に忘れていたことに気が付いた。

　それに、材料だって取ってこないとだしな。

「ミール様、ミール様！　他の材料の準備があるので、また少し姿を消しますね！」

『いちいち断らずとも良いわぇ……というか、そなたのスキルにさしたる興味もないしの。手の内を明かしてくれても良いのじゃぞ？』

「あー…………確かにそれが手っ取り早い、の、かな？」

　また一声かけて車内に戻ろうとすれば、ふふんと鼻白(はなじろ)んだような姫ドラ様にふんぞり返られた。

　……まぁ、確かにそれが確実なんだけど、こんな大きなドラゴンの乗車設定なんてできる、の、か……？

　いくら野営車両(モーターハウス)さんが有能とはいえ、キャパシティを超える生物の乗車設定なんて、と思いつつ、一縷(いちる)の望みをかけて念じてみる…………と。

『……なんじゃぁ、この鉄の箱は……⁉』

「あ、ミール様にも見えるようになってる！　乗車設定できたんだ……そうかぁ……」

突如目の前に出現した鉄の箱……野営車両（モーターハウス）に驚いたらしい姫ドラ様が本日何度目かの驚愕（きょうがく）に目を見開いた。私にとっては、もうすっかりおなじみのお顔ですよ！

つーか、こんなでかいドラゴンの乗車設定までできたんか……！　そういえば、空間魔法使ってるって取説に書いてあったし、もしかしてかなり大きい物も載せられるのでは……？

でも、今はそれよりなにより、野営車両（モーターハウス）に関してウソのない範囲で説明しておくことにしようかな。後々突っ込まれても大変だし、かといって詳しく説明するのは骨が折れるからね。

「うーん……私が許可した特定の人物にのみ見える箱で、ご飯の材料とか調理器具とか、色々なものをしまっておける箱です！」

『ふむ……料理特化のスキル、ということか？　妾（わらわ）の世話役にはぴったりのスキルよの！』

ごくごく簡潔に機能を説明すれば、ミルちゃんの顔がにまーっと緩む。うむ。やっぱりこの姫ドラ様、絶対に食いしん坊だ！

胃袋を掴めば、生還ルートに分岐する可能性が高いと見た！！！

「で、これからそのご飯の材料を取りに戻るんですが、今回は温水オオトカゲのお肉とストームイールの身を焼いたのと、野菜とか何やかやでいいでしょうか？」

『温水オオトカゲ……もしや、先ほどの岩場で蒸されていたものかぇ⁉　アレは良きものであった。他にもあるならまた喰ろうてみたいものよ』

「……あ……アレ、ミール様が食べちゃったんですね……いや、いいんですけど……」

……そういえば、さっきも「美味しい物の匂いがした」的なこと言ってたもんなぁ。お腹空いてあの岩場にたどり着いたら、調理されてるお肉はあるわ海の女神の加護持ちが来るわで、「これが妾の世話役！」って思って私を連れてきたんだろうなぁ。

まぁ、ご飯くらいは作れますけどね！

そして、温水オオトカゲも、美味しかったようで何よりでした。私たちは食べてないんですけどね！　私たちは、食べて、ないんですけどね！　だいじなことなので、にかいいいました！

「じゃあ今回のメインは温水オオトカゲ、かなぁ。とにかく、材料持ってきます！」

車内に駆け込んで、冷蔵庫からオオトカゲの塊肉と瓶入りのタレを。冷凍庫からストームイールの白焼きを取り出し、ライターを引っ掴むと再び外へと舞い戻った。

消し炭はやっぱり火の付きが良くて、見る間に他の枝に燃え移らせるほどに火勢が安定していく。その上に網を置いて、皮目を下にしたオオトカゲのお肉を載せたら、ざっくりと塩・コショウを振って……と。

さっそく開始された野外調理……ひいては私の一挙一動に、姫ドラ様の視線が集中する。

ミルちゃんがこっちを注視するその顔、私がご飯作ってる時のウチのメンバーと同じなんですけど～～～？

『ふふふ……流石(さすが)は海の女神の加護を二つも持つだけはある。他の無礼な連中とは一味も二味も違うわぇ』

「他の、無礼な連中……？」

『うむ。妾がのんびりと湯につかっておるとな、徒党を成してやってきたのよ！　最初は妾の世話係かとも思ったが、加護も持たぬ上に妾に刃を向けたのでな！』

なんだか不穏な気配を察知した私が水を向ければ、それはもう上機嫌な様子の姫ドラ様のお口の滑ること滑ること……！　言葉もない私の前で、「その無礼者共は、遠慮なく蹴散らしてやったわ！」と……。超ご機嫌な姫ドラ様が高笑いをするんだけど……。

………なんだろう……なんか…………なんか聞いたことあるんですけどその話！！！

具体的には、メルロワのギルマスさんのお部屋で泉塩の原料である源泉の採取に向かった冒険者が魔物に襲われて逃げ帰ってきた……っていうの感じの話なんですけどぉぉぉ！？！？！？

「あー…………………もしかして、なんか、こう……強烈な幻を見せたり、とか……？」

『ほう、よくわかったの！　そ奴らが〝一番恐ろしい〟と思っているものを見せてやったわぇ！命を奪わぬだけ感謝してほしいものじゃのぅ』

……はい、確定情報きましたー！　お巡りさんこっちです！　源泉の魔物、この姫ドラ様です！

えぇぇぇぇ……！　ってことは、私、今回のボスの前にいるのか！　てか、今回もなんかどっか締まんないボスだな、おい！！！！

おみそに引き続きご飯で懐柔されるボスとか、それはそれでどうなの⁉

「ナ、ナルホドー……！　頑張ッテ、美味シイゴ飯、作リマスネー」

『うむ。期待しておるぞ。そなた、手際は良いし勘も良いと見たからの』

ついカタコトになっちゃったけど、幸い上機嫌な姫ドラ様は気が付いていないようだ。

……てか、もしかして、この姫ドラ様を上手くご飯で釣れれば、源泉の水が汲めるよう交渉に持ち込めるんじゃないかな？　私はこれで帰るけど、今後はギルドからご飯持った冒険者を派遣させるので、源泉汲ませてください、とかさ！

まぁ、そうするためには、私が生きて帰る必要があるわけなんですけどね！

直火に焼かれてじゅくじゅくと肉汁を溢れさせ始めたオオトカゲの肉をフォークで押さえ、皮を切らないようにそっと包丁を入れていく。皮が丈夫なもんで、鍋かフライパンみたいな役目を果たしてくれてるっぽい！　そのお陰で、肉汁が零れてないんだわ。すげぇな、温水オオトカゲ！　ある意味調理器具いらずじゃん！

このままじっくり火を通して、変則シュラスコみたいに食べる分だけ切り分ければいいんじゃなかろ……ん？　……食べる分、だけ……？

姫ドラ様のお口からすればこのサイズのお肉なんて一口だろうけど、このサイズのお肉を載せるお皿なんてないんだよなぁ。

「ミール様、どうやってお食事お持ちしたらいいでしょう？　その……ミール様のお体に見合う程度の器が、その……ないんですが……」

『なんじゃ、そのようなことか！　妾の傍に侍ることを許す。そなた手ずから妾に奉仕するがよい』

恐る恐る切り出した私の前で、呵々大笑したミール様がパチンとウィンクした。

……直接奉仕しろ、って……要は、あーん、して食べさせろってことか‼

だとすると、フォークとかカトラリーを使うのは最小限の方がいいな！　ドラゴン相手の食事介助とか、勝手がわかんなくてめっちゃ大変そうだもん‼

と、なると……蒲焼お握りはそのままでいいとして、オオトカゲの方はポンデケじゃなくてクレープみたいな生地で包んでラップサンド風にしちゃう方がいいかも！　そのままパクッと食べられるし！

「……路線変更、だな……！　小麦粉と卵……あ、でも栄養があるって聞いたし、ムーチの粉も少し混ぜよう！」

突然の計画変更に、野営車両（モーターハウス）と焚火台の間をせっせと往復しては準備をし直す私を見て、ミルちゃんがにんまりと口角を上げている。

……その顔、何となくわかるぞ！「せいぜい妾のために働くがよい！」っていう強キャラムーヴだな！

ちくしょう……！　そんなんが似合っちゃう姫ドラ様が憎いぜ！　こっちはミルたんの身体のこと考えて、栄養いっぱい摂ってもらおうとか考えてるのに！　ハンケチが手元にあったらキーッって噛（か）みしめてるね‼

でもまぁ、私も命は惜しいし、そもそも私のご飯が何か役に立つなら、まぁ……。

あ。お握り作るなら、今のうちにご飯も仕掛けておかないと‼　お米を研いだりクレープ生地を作ったり、途端に忙しくなってきたぞ！

「というわけで、出来上がったものがこちらになります」

『ふむ……これまた面妖（めんよう）な……！』

お皿どころか、調理台替わりにしていたミニテーブルにででんと載っているのは、さっきようやく出来上がった、温水オオトカゲのピリ辛ラップサンド！

ムーチの粉と小麦粉とを混ぜて作った生地をクレープよりも厚めに焼いて、ＢＢＱしたオオトカゲのお肉と生野菜を包んである。もちもちになるムーチの粉のお陰か、ちょっと厚めに作っても破れることもひび割れることもなく、無事に焼けましたよ！

そんなラップサンドが、こんもりと山になってるんだから……ある意味で壮観だよね！

「はい、それじゃミール様。あーん」

手に余りそうな程に大きなラップサンドを持って、口を開けるように促せば、姫ドラ様は素直に口を開けてくれた。鋭い牙（きば）がぞろりと並ぶ口の中にぽいとラップサンドを入れてやれば、バクンと巨大な咢（あぎと）が私の鼻先で閉まる。

あっぶな！　これ下手したら手まで食われそうなんですけど！！！

私の危機感と心配をよそに、もぐもむと顎（あご）を動かす姫ドラ様が、ごくんとそれを飲み込んで、クワッと目を見開いた。

『なんじゃ、これは！！！　これを作ったのは誰じゃ！！！　その者をここに呼ばぬか！！！』

「私ですけど？　作ってるとこ見てましたよね⁉」

『……あ……そうであったな！』

蜜（みつ）色の瞳（ひとみ）を爛々（らんらん）と輝かせ牙を剥（む）いて、どこぞの食通のようなことを口走り始めたミルたんに思わずツッコんじゃったけど……私は悪くないからね？　私じゃなくて、茶番始める姫ドラ様が悪いんだもん‼

まぁ、ミルたんもその自覚はあったらしく、私のツッコミに素直にその牙を収めてくれた。

『……ふむ……あのトカゲ風情がこんなに美味いとは……！』

「ですね！　味見しましたけど、かなり美味しい部類だと思いました」

温水オオトカゲのピリ辛ラップサンドをもぐもぐと頬張る姫ドラ様が大きく頷くのに私も頷き返す。

……そう。この温水オオトカゲ、生存戦略さんの言う通りめっちゃ美味しいお肉だったんだよ！　柔らかいんだけど、プリプリしてて歯を跳ね返してくるような食感のお肉でさぁ。弾むようなはじけるような、噛んでて顎が喜んでるような食感って言えばいいのかな？

ガツンと脂が主張してくるようなお肉ではないんだけど、あっさりしてるから旨味がよけいに際立ってくる、というか……。これ、かなりいいお肉なのでは……??

ほとんどがミルちゃんに喰われたのが悔やまれる程度には素晴らしいお肉でしたよ！

『ほんに恐ろしいものを作る娘よ……！　蒸したオオトカゲの肉も味わい深かったが、こうしてきちんと調理されたものはまた格別じゃな！』

「それはよかったです。もしよかったら、残りはミール様で召し上がっていただいて、私は別件の調理に取り掛かっても？」

『ふむ、そうじゃの……これが余人であれば妾の世話を放棄するのか、と怒るところじゃが……そなたじゃからのう……良い、許す。より美味い妾のための食事を作ってみせよ』

「責任重大ですね。でも、次もきっと美味しいと思いますよ！」

開けっ放しにしていた野営車両の内部から、お米の炊き上がりを告げるメロディが流れてきた。

レンジで半解凍程度までに戻しておいた白焼きも、そろそろ完全に解凍される頃だろうし。

匂いでミルたんを釣る作戦を始めていきたいと思いますよ‼

野営車両（モーターハウス）に舞い戻り、炊き立てご飯の内釜（がま）と、解凍された白焼き。そして前回の残りの蒲焼（かばやき）のタレを持ったら準備は完了！

さっきまでオオトカゲの肉を焼いていた焚火（たきび）台にデンとストームイールの白焼きを載せ、一番大きなボウルにご飯を移したらタレをかけてよーく混ぜておく。

もうこの時点で美味しい匂いがするよね！

姫ドラ様の視線も、ボウルの中に釘付（くぎづ）けですよ！　ただね、これはね……もっと美味しくなるから！

そうこうしているうちにじぶじぶと脂を沸き立たせてきた白焼きにも、残ったタレを塗りつけていく。途端に広がる香ばしい香りは、確かにこれだけでご飯が食べられてしまいそうだ。

『む、娘！　これは……これは何の匂いじゃ⁉』

「ストームイールの蒲焼ですね！　この前、たまたま手に入れる機会がありまして」

瞳を輝かせたミルたんが、そりゃあもうそわそわした様子でこちらを窺（うかが）ってくる。

これはなかなか好感触なのでは⁉

タレを塗っては焼きひっくり返して焼いては塗りを繰り返していると、姫ドラ様の視線がどんどん期待に満ちたものになっていくのがわかる。

ふふふ……この匂いに逆らうのは、なかなか難しかろうて！　なんてったって落語の題材になってるくらいだもん。古今東西、お醤油（しょうゆ）とお砂糖に火が入った時の匂いって、食欲を擽（くすぐ）るものなんだろうなぁ。

「あっち！　熱っっっ！！！」

本来であれば愛用の革手袋を使うんだけど、落っことしちゃってるからなぁ。

予備で入っていた軍手を装備して、どうにかこうにかストームイールの切り身をまな板に載せる。

火傷はしてないけど……今後、あの革手袋がなくなっちゃうと野外炊飯に支障がぁぁぁ……。

泣き言を言いたくなるのを堪え、出来上がった蒲焼を適当な——私には大きめだけど、姫ドラ様には小さめかも、って感じの——大きさに切り分けて、さっき作っておいたタレご飯でこれを具にしてお握りにするわけですよ！

パァァッとミルちゃんの瞳が輝くのが、この距離からだとよく見える。まー、姫ドラ様のサイズがデカいってこともあるんだけどさぁ。

ワクワクが止まらないって感じの視線を全身に浴びながら、ボウルとラップを駆使してご飯と格闘する。サイズがサイズなもんで、なかなか大変なんだよ……！　あちらを立てればこちらが立たず……みたいな感じで、あっちが剥がれたのを直せばこっちが崩れてきたり、さぁ！

どうにかこうにか形になった頃には、もうちっちゃい子どもの頭くらいはあるんじゃ……ってサイズになってましたよ！！！

『それで……それで出来上がりかぇ!?』

「いえいえ。最終的に、コレをですね…………こうです！！！」

とっくのとうにオオトカゲのラップサンドを食べ終えていた姫ドラ様が、そわそわと上体を起こしてこちらに首を伸ばしてくる。

そわそわとこちらを窺ってくるミルちゃんの前で、抱えていたウナギお握りを焚火台の上に、ドーンと！　載せてしまうわけですわ！

　途端にパチパチと水分が爆ぜる音と、タレと炭水化物が焼けていく甘く香ばしくふっくらした匂いがより一層強まった。

　このひと手間は予想外だったのか、姫ドラ様の蜂蜜色の瞳が満月のように大きく丸くなる。

『なんと！　なんと‼　それを焼いてしまうのか⁉　こ、焦げてしまうのではないか？　妾は焼かぬままでもよいのだぞ？』

「焦がさないように気を付けますから、大丈夫です！　もちろんそのままでも美味しいでしょうけど、焼きお握りにすると表面はカリッと中はふっくら……ってなるので、より美味しそうだと思いません？」

『…………ぐぅぅ……悔しいが、その通りじゃ……！』

　心配そうに、勿体なさそうにこちらに伸ばされた鼻面に、そっと手を伸ばす。嫌がられも振り払われるそぶりもなかったので、そのままぽんぽんと叩いたり撫でてみる。

　おおおぉぉぉ……存外に気持ちよさそうにしておられますな、姫ドラ様。

　焼かれるお握りと私との間を幾度も蜜色の視線が往復して、やがて納得したかのように大きな瞳が伏せられた。

　私の掌にすりと鼻を寄せた姫ドラ様のお顔が、名残惜し気に離れていく。

　もしやミルちゃん、わりあいに人懐こいのでは？　あ、いや……他の冒険者は追っ払ってたもんなぁ。ミルちゃんにも事情はあるんだろうけど、源泉は開放してほしい…………源泉……源泉、かぁ。

……温泉の、源泉……。

「………ところで、ミール様。さっき、そこの源泉に浸かっていたっておっしゃいましたよね？」

『うむ。ここの湯は妾が産まれた時に使った産湯のようなものよ。やはりここの湯が一番身体に馴染むでのぅ！』

「……ふむ………ちなみに、そのお湯で美味しいおかずが作れるとしたら、どうなさいます……？」

焼きお握りの面倒を見ながら、さりげなーく視線をミルちゃんに送ってみる。「あなたの許可があれば作れるんですけど～～？（チラッチラッ）」という含みを存分に持たせて、だ。

果たして、私の意図を察したらしい姫ドラ様が伏せていた瞳をクワッと見開き、もの凄い勢いで私を見る。

ふふふふふ……あなたなら食いついてくれると思ってましたよ、ミール様！！

『なん、じゃと……⁉ ここの湯で、そのようなものが……‼』

「今パッと思いつくので二つくらいあって、一つはすぐにでも準備できますけど……」

真っ白な全身を戦慄かせる姫ドラ様に、今度は露骨に揺さぶりをかけてみる。

ふふふ……食いしん坊さんが、目の前にご飯をぶら下げられてどこまで我慢できるかな……？

そわそわと身体を動かすミルちゃんの目は、それでも決して私から離そうとしない。私の一挙一動から、メニューを読み解こうとしているのか、はたまた目を逸らした隙に何か妙なことをするとでも思われてるのか……。

うずうずと口を開きかけてはやめ、閉じかけては開きを何度か繰り返した姫ドラ様が、とうとうずいっと私の方へ顔を近づけてきた。

……やった！　食欲が勝ったみたいですな！

『妾を揺さぶろうとは、腹立たしい小娘よ！　よい、許可する！　そこの湯を使ってそなたの言う〝美味い物〟を作ってみせよ』

「はい、よろこんでー！」

ポーズだけでも口惜し気に歯噛み（はが）みしてみせるミール様の口元は、どことなくにまりと笑っているようにも見える。何より目がね……！　美味しい物への期待に輝いてるんだもんなぁ。迫力の欠片もないよね！

そんな姫ドラ様に某居酒屋の如く元気よく返答すると、私は速攻で野営車両（モーターハウス）に飛び込んだ。

目指すは、冷蔵庫……の、中の、新鮮卵！　生存戦略（サバイバル）さん曰（いわ）く生食可って書いてあるんだもん。信じるしかないじゃん！

ちょっと不揃（ふぞろ）いだったから、その中でも大きさが近いものを選んで金属ザルに入れていく。あとは、ザルを吊（つ）るしておくための紐（ひも）と、いつもはビクの固定に使ってるペグも必要かな。

用意ができた荷物を片手に、いざ源泉へ！

「やっぱり、温泉卵はマストかと思うんですよ‼」

『おんせん、たまご……？』

「白身がぷるぷる黄身がトロトロの半熟状態でも、黄身だけしっかり固まってても、いずれも美味しいと思うんですよねぇ……！」

『ぐううう……！　妾の心を揺さぶりよって……‼』

ちょこまかと駆け回る私を眺めているミルちゃんの苦悶の呻きが聞こえるけれども、それは気にしない方向でいこうかな。

ザルに紐を結びつつ近づいた源泉は、手を翳しただけでも熱気が伝わってくる。

いやぁ……姫ドラ様には丁度いいのかもしれないけど、人間が浸かるには少々熱すぎる温度であることがよくわかるなぁ。でも、温泉卵には丁度いい！

じゃぷんと音を立てて、源泉にザルが沈んでいく。卵と卵の隙間にでも入り込んでいたのか、ぽこぽこと泡が浮いてくるのを、無言で見つめているのは私とミルちゃんだ。

今まで充電なんてしてないのに、一向に電池が減っている気配がない不思議なスマホさん……。まぁ、そもそも圏外だから、今みたいにタイマーくらいしか使い道ないんだけどさ！

そうね……だいたい二十分……いや、十五分で様子を見ておこうかなぁ。あんまり浸けすぎても茹で卵になっちゃうだろうし。

……まぁ、温泉茹で卵も美味しいっちゃ美味しかろうけどさ！　温泉卵が、今は食べたいんだよなぁ。

「よし！　温泉に卵を浸けてる間に……お握りの方もだいぶいい色に焼けてきましたね！」

『おお、そうじゃ！　そちらもあったのだな！』

「またこれをひっくり返して、と……！」

そうこうしているうちに、火の弱いところに置いておいたお握りからチリチリとご飯が焼ける音がし始めた。匂いもかなり香ばしくなってるし……！

トングを使ってひっくり返せば、それはもういい色合いの焼き目がついている。やっぱり直火はいいねぇ……！　微かな薫香っぽい感じが追加されるのも、また良い。

それにしても、さほど風がないんだけど、胃の腑を直撃するタレの焼ける匂いが周囲に振りまかれてる気がするなぁ。

もう少し表面を炙ろうかと火勢の強いところに移動させた、ちょうどその時。

藪を打ち払うような音がしたかと思うと、もうすっかり耳に馴染んだ声が飛び込んできた。

「リン、リン！！！　無事かっっっ！！！！」

「んぇ⁉　ヴィルさん⁉」

見るからに藪漕ぎをしてきました、というヴィルさんと、その後に続く見慣れたみんなの顔……。

思いもしなかった展開に、取り落としてしまった焼きお握りが網から落ちそうになるのを慌ててトングで押さえながら、ぱちぱちと幾度か瞬きをしてみる。

……いや、うん……ヴィルさんだ……アリアさんも、エドさんも、セノンさんもいる……！

…………………って、ことは……⁉

『ばかぁぁぁぁぁぁぁ！！！！！　ちんのこと‼　ちんのことおいってって！！！！！』

「へぼあっっっっっっっ！！！！！」

風を切って飛び込んできたこげ茶色の弾丸に、みぞおちの辺りをブチ抜かれた。その衝撃も消えぬまま、ごまみそが容赦ない頭突きを加えてくる。タックルの余韻がまだ残っているのに、そう何回もゴツゴツされるとめっちゃくちゃ厳しいんですけど⁉　こんなん、体力ゲージが真っ赤になるわ‼

一気に霞みかけた視界が元に戻った時には、いつの間にか傍にやってきていたヴィルさんにがっしりと肩を掴まれていた。

いつもはキリッとしてる眉尻が頼りなげに下がり、怒りだしそうな泣きだしそうな喜び勇んでいるような……何とも言えない複雑な表情の中、若干潤みを増したイチゴ色の瞳が私を捉える。

「リン、お前……お前……っ……！　無事……といえば、無事なようだが……」

「え、ああ、はい！　あのドラゴン様が食いしん坊だったお陰で、何とか生き延びました！」

本来であれば、ドラゴンに攫われた仲間との感動的な再会！　……と、相成るところなんだろうけど……辺り一面に蒲焼とタレご飯が焼ける香ばしくていい匂いは漂ってるし、私は相変わらずご飯作ってるし、やっぱり、その……いまいち締まんないよねぇ……。

そんなことを考えているうちに、いつの間にかヴィルさんにぎゅうと抱きしめられていた。次いで、背中にもドスンと何かがぶつかってきたような衝撃が。

ふわりと香る花みたいな甘い匂いは、アリアさんのものだ。服越しにもひやりとするような低めの体温が伝わってくる。

『朕のていいち！』と言わんばかりに頭に飛び乗ってきたのはごまみそで、エドさんとセノンさんは外周からしっかりと腕を回してくれた。

「りんっ……りん～～～～っっっ‼」

「あなたが攫われた時は、本当に気が気ではありませんでしたよ……！」

「信じてはいたけど、生きててよかったぁ、リンちゃぁぁん！！！」

もうすっかり鼻声で私の名前を呼ぶアリアさんを皮切りに、みんなぎゅうぎゅうと抱きしめてくれる。安心したようにため息をつくセノンさんの声も、若干涙声のエドさんも、無言で私の頭をバリバリしてくるごまみそも、無言のままただひたすら私を抱き込むヴィルさんも……。

離れてた時間はそれほど長くはないのに、なんだかすっごく長い時間離れ離れになってた気がする……！

私も鼻の奥がツンとして、思わず鼻を啜った時……ズゥンと腹の底に響くような衝撃が足元から伝わってきた。慌てて上げた視界の向こうでは、ブチ切れた姫ドラ様が尻尾を地面に叩きつけているのが見える。

団子状態から瞬時に戦闘態勢を整えたみんなの背中に、私はあっという間に庇われた。

『何者じゃ、貴様ら‼　妾の縄張りに土足で上がり込むとは、余程命がいらぬと見えるの‼』

「喧しい！　うちの飯番、返してもらうぜ！！！」

『朕の！　朕のだもん‼　ぜったい、あげない！！！！！』

温泉場の狭い空き地は、怒気を纏いながらゆらりと体を起こすミール様と、今までにないくらい殺気立って得物を構える暴食の卓メンバー。そして、いつの間にか成獣形態で翼を揺らすごまみそと、三者三様三つ巴の様相を呈していた。

周囲に満ちる張り詰めた空気と殺気が、私の肌を粟立たせる。

一触即発の雰囲気の中、真っ先に動いたのは――！

「あ！　温泉卵！！！　ちょっとみんな一時休止で！！！！」

鳴り響くスマホのアラームと、とっさに大声を上げつつ源泉に駆け寄る私。そして、すっかり置いてけぼりにされて肩透かしを喰らう面々がその場に取り残された。

狂言回し？　悲しきピエロ？　好きに言って！　ギスギスしてる雰囲気は苦手なんだよ!!

源泉に近づく私の背後では、まだじくじくと戦の火種が燻っている。

『………ぐぬぅぅぅ……今すぐにでも貴様らを噛み殺してやりたいところじゃが、妾の可愛い世話係が待てと言うでのぅ！』

姫ドラ様の不機嫌な声と共に、ビタンと尻尾が地面を打つ音がする。

「ふざけるな！　リンはうちの飯番だ!!」

『はぁ～!?　朕のおせわがかりですけど!?』

返す言葉の刃でミール様の発言を切って捨てる刺々しいヴィルさんの声と、不機嫌そうな唸り混じりのごまみその声も聞こえてくる。

私は作業中だから背中を向けてるんだけど、みんなの顔がありありと目に浮かぶようだよ……！

爆発寸前って感じがどんどん高まってるよぅ!!

とにかく今は、この温泉卵も、この雰囲気も、どうにかしないと……!!

「えーと……まずはちょっと落ち着いて、温泉卵でも食べながらお話ししませんか？」

ザルいっぱいに入った卵を掲げてみせた。

この場のすべての瞳が私を見つめ、誰かの喉がゴクリと鳴る。

……たぶん、この争いを収めたいなら、ここが正念場だ……！

ザルから取り出した軍手越しでもまだ熱が伝わってくる卵を片手に掲げながら、私はぐるりと周囲を見回してやる。

色とりどりの瞳が、私を……いや……卵を見ている。

「さて、皆さんお立ち合い！　手前、ここに取り出したるは産みたて卵！　でも、卵といってもただの卵とはちと違う！　メルロワ火山の源泉で産湯を使った温泉卵たァこいつのことよ！」

くるりと手首を返して卵を回転させてみれば、みんなの視線がそれを追いかけてツイッと移動する。気分はアレだね！　ちょっとポンコツだけど指揮者にでもなった感じだよね！

ザルを抱えて卵を掲げ、私は民衆を導く乙女かハーメルンの笛吹き男になった心持ちでみんなをじりじりと先導する。目指すは、簡易調理台の上に置いてあるお皿のところ！　百聞は一見に如かずって言うし、まずは現物を見てもらった方が早かろうと思うんだ。

ちょうどよさげな小鉢を見つけ、未知なる食材への期待と好奇心とで満ち満ちたみんなの視線を感じながら、コツンと調理台に卵の殻を打ち付ける。

最後の口上を滔々と述べつつ……いざ、オープン！

「中にきみがまします、御所車もかくやというこの温泉卵。黄身はしっとり、白身はとろとろと相成りましたらご喝采！」

薄青い殻をぱかんと割れば、ふるふると震える半透明の歪な球形がぽてりと小鉢に落ちる。落ちた衝撃で白い膜が割れ、中から目にも鮮やかなオレンジ色の黄身が姿を現した。

やっっっっったぁぁぁぁ！！！！！　温泉卵だぁぁぁ！！！

しかも、黄身が程よく固まってるタイプの、私が一番好きなタイプの温泉卵じゃーん！

未知の味に興奮が隠しきれてないようで、にまりと口の端を釣り上げて――たぶん笑ってるんだと思うんだけど――姫ドラ様がぶわっと翼を広げる。幸い、さほどの勢いじゃなかったから、軽く風が吹くくらいで済んだよ。

そわそわわくわく……擬音をつけるならそんな感じで身体を揺らすミール様が、満月の瞳で私をチラッチラッと見つめながら、ヌッと首を伸ばしてきた。

『おおお……このような状態の卵、初めて見たわぇ！　のう、これはこのまま喰ろうて良いのか？』

「お好みでお醤油ちょっと垂らして、ご飯の上に載っけるのが私は好きですが……白いご飯はもうアレに使っちゃってるので……」

私の手の中に納まっている小鉢に視線を注ぐ姫ドラ様に、視線で焚火台の上で順調に焼けているストームイールの焼きお握りを示してみせる。途端にショックを受けたように金色の瞳が歪むけど、温泉卵の食べ方はそれだけじゃないですから！

本当だったらちゃんと一から出汁を引いた方が美味しいんだろうけど、麺つゆなり白出汁で簡単にお出汁作ってかけるだけでも十分に美味しいよ！

……というわけで、大きめの丼に温泉卵を何個か割り入れたものに、白出汁をベースに作った簡易ダレをチョロリとかけてだね……。

「はい、ミール様。あーん」

『む！　早う！　早う‼』

「っっ、リンッッ‼」

ゆらゆらと首を揺らすドラゴンに丼を差し出せば、目の前で巨大な顎がバクリと開かれる。

きっと、私が食べられると思ったんだろう。ヴィルさんたちが瞬時に戦闘態勢を整えたのを目で制して、ミルちゃんの口に出汁ごと温泉卵をつるりと落としてやる。

たぽっと水っぽい音と共に、真っ赤な口の中に白とオレンジみの強い黄色がいくつも流れ込んだ。

私が口から手を引くのと同時に、顎が勢い良く閉まる。

……相っ変わらず豪快だな、姫ドラ様……！　私の腕、大丈夫かな？

思わず手が残っていることを確認した私の傍に、ヴィルさんが素早く駆け寄ってくれた。舌の上の温泉卵に気を取られてるのか、姫ドラ様はヴィルさんの接近に気付いていないようだ。

怪我も何もしていない私の手を見て安堵したようにを息をついたヴィルさんが、ギリッと音がしそうな程の視線でミルちゃんを睨みつける。

えーと……これはどう切り出したものだろうか……。

「大丈夫か、リン！　あのドラゴン、ずいぶん荒々しいな……！」

「あー……芯から悪いドラゴンではないんですよ、うん。ただちょっと食いしん坊で、食い気が走ってるっていうだけで……」

「悪いドラゴンではない……？　いったいどういうことだ？　アレが冒険者たちを襲っていたんだろう？」

憤慨することしきり……というヴィルさんに声をかけながら、ミール様をちらりと横目で盗み見た。うっとりと目を細めて、温泉卵の余韻に浸っているように見える。

……掻っ攫われた私が言うのもアレだけど、ミール様って〝根っからの邪悪！〟とかではないんだよなぁ。ただ、ちょっと人外の倫理で行動しがちな上に、自分から進んで強キャラムーヴかましちゃう系っていうだけで……。

「……とりあえず、いったんここでみんなで話をしませんか？　ちょうど蒲焼ご飯の焼きお握りもできましたし、温泉卵もありますし……」

焦げの匂いがする寸前でひっくり返すことができた焼きお握りを大皿に取り分け、傍らの温泉卵を差し出してみれば、ヴィルさんの眉間のしわが深まった。

ま〜〜〜〜〜〜〜〜気持ちはわかるよ！

おそらく今回の依頼を受けることになった原因であり、パーティメンバー……私を掻っ攫った張本人からどんな話を聞けっていうんだ……っていうところだと思う。

私としても、みんな頭に血が上ったまま戦いにもつれ込む……っていう方向に進んでも一向におかしくないことだと思ってはいるよ。

でも、だからこそ話を聞いてほしい、と思うわけでもあって……。だって、戦闘になるよりは、話し合いでケリが付けばその方が消耗も少なくていいでしょ？

温泉卵の余韻からようやく落ち着いたらしいミルちゃんと、まだ納得いっていない様子のヴィルさんとを交互に見ながら、私はぽんと手を叩く。

「お腹を満たしつつ、お互いに話をすり合わせていきましょう？」

◆◇◆

あのあと、険悪なままの姫ドラ様と我らが暴食の卓のメンバーとをどうにかこうにか取りなして、ストームイールの焼きお握りと温泉卵をお腹に収めておりますよ。

興奮冷めやらぬ空気の中だったけど、ストームイールの蒲焼きを具にした焼きお握りは非常に美味しかったことをここに記しておく。

ただでさえ直火で炙られたお醤油とお砂糖が混じった甘辛い匂いが食欲を刺激するっていうのに、具にした蒲焼きから染み出た脂で表面はこんがり焼けててねぇ。パリパリになった表面でフツフツと脂が躍ってるんだよ！

焼きお握りを割った時に、真っ白な熱い湯気と一緒にタレの匂いがブワッと周囲に広がるのも、またいい。中の方は、タレと脂を吸ったご飯がツヤツヤと濃い飴色に輝いてて……見た目からも胃の腑を刺激されるよね。

ちなみに、今回はタレで味付けしたご飯を焼きお握りにしたけど、普通の白いご飯で作っても美味しいよ！

私のオススメは、ホットサンドメーカーで作る焼きお握り！　ちょっと多めのご飯をサンドして、超とろ火でじ〜〜〜〜っくり焼くだけだから、正確には焼きお握らず……になるのかな？

表面がキツネ色に焼けたらお醤油を塗って、乾かすようにまた焼いて、再度お醤油を塗って……っていうのを何回か繰り返すと、表面はカリッカリ、中はふっくらの美味しい焼きお握らずが出来上がるよ！

こっちはこっちで、仕上げにバターを塗ってごらんなさいよ！　お醤油が染みたご飯だけでも美味しいのに、バターの馥郁(ふくいく)たる香りと甘みまでもが口いっぱいに広がって……結構な量のご飯を使っているのに、ペロリと食べられてしまうほどに恐ろしいシロモノになるよ！

……こっちの世界にも、ホットサンドメーカーってあるのかな？　時間がある時に調べてみよう。

想像したら、なんだか急に食べたくなっちゃったよ……！

そんな決意を胸に秘めた私の目の前で、焼きお握りを飲み込んだミール様の尾がビタンと地を叩いた。それと時を同じくし、ヴィルさんが温泉卵が入っていた小鉢をダンと簡易テーブルに置く音がする。

「事情はわかった……が……」

『納得いかぬ‼』

まー、やっぱりこうなるよね！

それでも、お互いに殺気と得物は収めてくれたし、ギスギスはしてるけど話は聞いてくれたしで、多少は潤滑剤になれたのでは……と思いますよ、ええ！

ウチのパーティに関しては、私が無傷だったこともあってだいぶ落ち着いてきてるしね。

双方共にお腹に食べ物が入ったお陰で、空腹からくるイライラが収まった、っていうのもあるんだろうけどさ。

だからついでに、ここらでご飯を使ってもう一押ししておこうかな、と思うんですよ！

いまだ不機嫌そうにしている姫ドラ様用の温泉卵を割ってやりながら、大きな満月色の瞳をそっと覗(のぞ)き込む。

「でも、ミール様にとっては悪い話ではないと思いますよ？　このままじゃあ今後も討伐するための冒険者が来ちゃいますし」

『そのようなもの、妾(わらわ)が蹴散(けち)らしてくれるまでよ！』

「ミール様ならそれもできるでしょうけど、ちょっと源泉のお湯を汲(く)ませてもらえれば、お好きなご飯をお届けできるようお願いしておきますし……そうすれば、また温泉卵だって食べられますよ？」

フンと鼻で笑ったミルちゃんの鼻先に出汁に浸かった温泉卵をちらつかせれば、ほんの少し、目の前の巨体が揺らいだような気配がする。

そうなんだよねぇ……ミルちゃん、巨体が災いして温泉卵が割れない……というか、卵が小さすぎて摘まむことすらできないもんねぇ……。

こうして温泉卵が食べたければ、誰か人の手を借りる必要があるってわけで……そこをきっかけに交渉していこうかなぁ、と思うわけですよ、ええ。

『………ぐぅぅ……痛いところを突きよる……！　しかし、届けられる料理はそなたのものではないのであろう？』

「私は暴食の卓(このパーティ)のご飯番ですからねぇ。でも、麓(ふもと)のお店のご飯も美味しかったですよ！」

歯噛(はが)みするミルちゃんが縋(すが)るような目で見てくるけど、こればっかりはなぁ。

でも、麓のお店のご飯はプロが作るだけあってめちゃくちゃ美味しかったし、なによりいろんなジャンルのお店があるから飽きることもないと思うんだけど……⁇

そう思って説明を加えたけど、どうにも姫ドラ様的に納得がいっていないみたいで……。

恨みがましいようなじっとりとした目で私を見ていた姫ドラ様が、ふぅとため息をついて瞳(ひとみ)を閉じる。

しばらくしてその目が開かれて……。

『……そなたの申し出を聞いてやらぬこともない……』

嫌々という雰囲気を纏（まと）いつつ吐き出された言葉は、間違いなく承諾の言葉だ。

……けど……。

「ミール様！　ありがとうござ……」

『ただし、それには条件がある！』

もろ手を挙げかけたみんなとはしゃぎかけた私とを見つめながら、ミルちゃんがぴしゃりと言い放った。

ぐぬぅ……！　条件付き、かぁ。

いや、でも、「話など聞かぬ」と頑なだった頃に比べれば、まだ進歩はしてるよね。

それにしても、いったいどんな条件が飛び出してくるやら……。

少々の空恐ろしさを抱えながらミルちゃんの言葉を待つ私の前で、大きな口がゆっくりと開く。

『この先に、大きなナマズがいる沼があっての。そこのナマズが非常に美味なのじゃ。それを妾が好きな味に調理できるのであれば、そなたの願いを聞いてやろうではないか』

「ナマズ!?　お……う、料理……ナマズの料理、かぁ……」

条件を言うだけ言って、ぷいっとそっぽを向いてしまったミルちゃんを前に、思わず固まっちゃったよね……。

さすがの私も、ナマズ料理はなかなか思い浮かばないというか……ぱっと思いつくのは天ぷら、とか……？

思わず考え込んじゃった私をよそに、気炎を上げているのはうちのパーティのみんなだった。

だいぶ落ち着いてきたとはいえ、姫ドラ様に一泡吹かせてやりたい、鼻を明かしてやりたいっていう気持ちは止めらんなかったみたいだねぇ。

「上等だ！　何があっても、ウチの飯番は返してもらうぜ‼」

「ん！　リンは、うちのこ！！！」

「絶対にお前の好きにはさせないからな‼」

「この周辺で獲れるナマズといえば地獄ナマズでしょう？　山と積んで差し上げますので覚悟をしておいてくださいね」

『朕も！　朕もしゅっしゅってする‼　おたたな、とる！！！』

ヴィルさんがごうと吼える後に続き、アリアさんが幾度も拳を突き出してシャドーボクシングを始める。その横でエドさんが中指を立てそうな勢いで立ち上がり、さっそく獲物の見当がついたらしいセノンさんが背筋も凍りそうな薄笑いを浮かべていて……。

通常運転のおみそは、うん……なんていうか……そのままの君でいてね、って感じ。

ちょっと拗ねたような顔で顔を背けているミルちゃんは、頑なにこちらを見ようとしない。

うーん……もしや私、かなり姫ドラ様に懐かれたのでは……！

別れがたいから無理難題を吹っかけてるとか、自意識過剰な考えかな？

まぁ、それだけ美味しい料理を作れたお陰だ、ということにしておこう！

「まぁ、なんとかしてみます！　美味しいご飯作れるよう、まずはナマズ獲りに行ってきますね！」

ツンとそっぽを向いたまま私の顔は見ずに……それでもこっそり尻尾を振ってくれるミール様に手を振って、もうすでに出発の準備を整えたみんなと合流させてもらうことにした。

意気揚々というか意気軒昂というか……いつもよりもだいぶ高揚した状態のみんなと一緒に、その沼に向かってるんだけど……野営車両（モーターハウス）で行こうと思ったら、ちょっと道が細くてさ。

魔物とかに警戒しつつ、徒歩で移動してるわけです。

それにしても、歩いているうちにどんどんむわりとした湿気と熱気が強まってきてるんだけど……熱源的なものが近くにあるんだろうか？　合流してから、私にしがみ付いて離れてくれないごまみそを抱いてるせいもあって、体感的にはかなり蒸し暑いなぁ。

ミルちゃんは沼って言ってたけど、もしかしたら源泉とかそういった系の温泉系の沼なのでは……??

そんなことを考えながら進んでいくと、ふと目の前が開けた。

ぼこぼこという低い音と、大きなアブクが吹き出しては弾ける煮えたぎるような真っ赤な沼が見える。

その赤黒さに、一瞬溶岩かと思ったけど……焼けつくような熱を感じるでもなく、多少暑い程度に留まってるし、その線はなさそうだなぁ……。だって、もし溶岩だったらこんなに近くまで近寄れなさそうだしねぇ。

でも、万が一ってこともあるし……と。疑問と不安を胸に沼地をよく見てみると、溶岩じゃなくて泥みたいなものが底からぼこぼこと沸く程に煮えたぎってるっていう感じがする。

うーん……食べ物じゃないから、生存戦略（サバイバル）さんも〝地獄沼。飲料不可。熱赤藻（ねつあかも）が繁殖しているせいで赤く見える〟くらいのことしか情報がないんだよなぁ。

なるほどなるほど。赤く見えるのは、熱に強い藻が繁殖してるせいか！

…………ん？　なんか……その赤い沼の中に、ひときわ赤いモノが浮かんできたんですけど⁉

パッと見は丸太みたいな大きさで、ヌメッとした質感で、でも色味は燃え盛る炎みたいに鮮やかで……あれは確実に生き物の気配！

【地獄ナマズ　美味
メルロワ火山の熱泥(ねつでい)に住む巨大なナマズの魔物。熱に耐えるために皮が分厚いが、ゼラチン質を多く含み加熱すると蕩(とろ)けるような食感になる。
身は白身で脂もよくのっているが、臭みもなく上品な風味。
衣をつけて揚げたり、煮込み料理などにも向く】

こ、これかぁ！　ミルちゃんが言ってた〝大きなナマズ〟っていうのは！　えぇぇ……この前のストームイールと比べたら小さいとはいえ、もしこれがナマズだとしたらかなり大きい部類に入ると思うよ！

アマゾン川とかで獲れそうなレベルじゃない⁉

ある意味毒々しい色合いのソレはしばらく浮いていたかと思うと、再びぬるりと沼の中に戻っていった。

あたふたする私をよそに、またぼこぼことアブクを吹き出す泥沼が残るばかり……。

みんなの様子を窺えば、こっちもこっちでめっちゃ困ってるねぇ。

まぁ、無理もないか。触ったら火傷しそうな灼熱の泥の中に住んでるとか、どうやって獲ればいいのかわかんないもん。

「この前のストームイールの時みたいに、餌とかでおびき寄せて、エドさんに囲ってもらうのが手っ取り早いんですかね？」

「うーん……たぶん、それが一番だとは思うんだけど……」

私が首を捻る横で、エドさんもまた腕を組んで何事か考え込んでいる。

最初の部分で躓いてしまった私たちの背後で、誰かが近づいてくる気配とジャリッという土を踏む音がした。後ろを振り向けば、いつの間にかセノンさんがこっちに来ていたみたいだ。

形のいい眉を寄せて腕組みをしているセノンさんは、小首を傾げながら周囲を見回している。

「問題は、何を使っておびき寄せるか、でしょうね」

「確かに。餌を使って……っていっても、地獄ナマズってなに食べて生きてるのかわかんないですしね……」

確か普通のナマズだと、小魚とか小エビとか、肉系のものなら何でも食べちゃうらしいんだよね。

釣具屋さんでカエルにそっくりなルアーとか見たことあるし！

……ただ、この熱泥の中に、他の魚が棲んでるかって言われると……うーん……難しいかなぁ。

まさか日本でよく見てたＴＶみたいに、この熱泥を全部抜く……ってわけにもいかないだろうし。

『朕が！　朕がしゅっしゅっしゅってする！』

腕の中で前脚の素振りを始めたごまみそを抱っこしながら、少しもアイディアの出てこない頭を捻る。三人寄っても文殊の知恵が出てこずにうんうん唸っていると、またジャリッと土を踏む音がした。

見るに見かねたのか、ヴィルさんとアリアさんも参戦してくれるみたいだ。

「魚は難しいかもしれないが、野営車両が轢いていた火山スライムはかなり温度が高いところでも生息が可能だぞ」

「水場とかすきだし……もしかしたら、それたべてる、かも！」

アリアさんが指さした先には、可逆性のある真っ赤な身体をうぞうぞと蠢かせながら熱泥に潜り込んでいく流体がいた。

確かにあれ、野営車両のタイヤにへばりついてた火山スライムだ！　かなり高温のはずなのに、平気そうに泥の中に潜ってくなぁ……。

アレが沼地の中に生息してるっていうなら、エサになってる可能性も高いかも‼

一筋の光明が見えたことに感激をしていれば、とんとんと肩を叩かれる感触がある。

振り向けば、いつの間に獲ったものか火山スライムを糸でがんじがらめにしているアリアさんがニコニコと笑いながら佇んでいた。

でも、その肝心の火山スライムは流動性も可逆性もかなり高いらしく、糸の隙間からぬるりと這い出て零れ落ちてくる。それが地面に落ちる前にアリアさんの糸が再度絡めとって、また零れ落ちて……と、かなり不毛な争いが繰り広げられている。

「リン、リン！　これ……釣り、できる？」

「え……釣り、ですか？　ううぅん…………」

無邪気に頬を緩ませたアリアさんが、眩しい程の笑顔を向けてくる。

あぁー、そっか！　道中で私が釣りしているのを見てましたもんねぇ。ソレで興味持ってくれたのかな？

上手く布教できれば、釣り仲間が増えるのでは⁉

一瞬、私の意識が布教の方向に振り切られるけど、それはすぐに元に戻される。だって、楽しげに輝いてる氷色の瞳には申し訳ないけど、餌になる予定の火山スライムがこれだけ流動性が高いと、釣り針にひっかけておけなそうですよ……。

ついでに言うなら、流石にあの丸太サイズの魚を引っかけられそうな釣り針が手持ちにないし。

それに、私が使ってるタイプの釣り糸って、どうしても熱に弱いんだよ。いくら強靭な異世界タックルセットとはいえ、あの熱泥の中に突っ込む自信はないなぁ。

「たぶん、糸が熱に負けちゃうのでちょっと難しいのでは、と思うんですよ」

「えぇぇ……釣り、楽しそうだったのに…………わたしの糸じゃ、ダメ？」

それを素直に告げれば、アリアさんが途端にしょぼんと肩を落とし……すぐに両手の間に銀糸を引いて見せてくる。

アリアさんの、糸……かぁ。

ちょっと触らせてもらうと、絹糸みたいに滑らかなのに、ちょっとやそっとじゃ切れない強度がありそうだ。

そういえば、蜘蛛の糸って鉄とか高強度の合成繊維に匹敵するくらいに強い、って話、どっかで聞いたことあるなぁ。

ただ、今回のキモは熱耐性だしなぁ。

「うーん……問題は熱に負けないかどうか、なんですが……アリアさん、この糸って熱に強かったりします？」

「あるていど、は！　ね、リン！　つり！　わたしもつりしてみたい!!」

「うぅぅぅぅん……せっかく釣り仲間ができそうな機会に、ぜひ一緒に釣りをしたい気はするんですが……」

一刻も早くナマズを獲ってミール様のところに戻んなきゃ……と思う気持ちと、何をどうすれば釣れるんだろう……という疑問と、釣り仲間を増やしたい……という渇望とが、私の胸の中でぐるぐると渦を巻いて荒れ狂う。

収拾がつかなくなってきた思考回路が千々に乱れ始めた頃……私の肩を大きくて温かい手がぽんと叩いた。

振り向いて確認するまでもない。もうすっかり馴染んだヴィルさんの手だ。

「あまり考え込むな、リン。やりたいことを、やりたいようにやればいい」

「そうそう。あのドラゴンちゃんには、ちょっと待っててもらえばいーじゃん！」

ちょっと鼻で笑ったようなヴィルさんの声と、それを囃し立てるようなエドさんの声が私の鼓膜を震わせた。

……やりたいように、か！

それもそうだね。この前のストームイールみたいな獲り方ができるっぽいし、ちょっとくらい別の方法を試してみてもバチはあたらない、か！

ペチンと軽く頬を叩き、アリアさんとその糸の先で未だうごうごと藻掻（もが）いている火山スライムを一瞥（いちべつ）すると、沼から少し離れたところに野営車両（モーターハウス）を顕現する。

「釣り、やりましょう！　ちょっと変則的ですし、アリアさんのイメージする〝釣り〟とはちょっと違うかもしれませんけど！」

「やった！！　ありがと、リン！」

アリアさんにそう声をかけて車内に駆け込めば、さっきとは裏腹に弾んだ声が後ろを追いかけてきた。

とりあえず、釣り道具で必要なのは竿（さお）だけかなぁ……。トラウト用の柔らかいやつじゃなくて、ちょっと硬めの予備竿の方を持っていこう。

あとは、ちょっと思いついたことがあるので短めのＢＢＱ用の焼き串（やぐし）と、ごまみそのおやつ用に残しておいた温水オオトカゲの足やら腕のお肉も持って出て……。

「血の池地獄での魚釣り、始めましょうか！！！」

野営車両（モーターハウス）のドアを開け放ち、声も高らかに宣言する。

劇的な体験をしたせいで、きっと脳内でアドレナリンが出まくってるんだと思うんだ。みんなの笑顔がやけに眩しく感じられた。

簡単に竿の振り方をアリアさんにレクチャーしたんだけど、さすがは現役の冒険者！　勘が良いっていうか、再現力が半端なかったよね。

もしかしたら、私より飛ばせるんじゃなかろうか？

その後は焼き串の両端を魔法で研磨してしっかりと尖（とが）らせてもらい、竿のガイド――釣り糸を通す輪っかの部分――にアリアさんが出す糸を通して、準備は完了だ。

アリアさん、糸を出すのも巻き取るのも自分の意志一つ……というので、リールはつけていない。だって、アリアさん自身がリールみたいなもんだからね。

よく尖らせて両側が針のようになった焼き串の真ん中に、竿の先端から垂れた糸を結んで、ちょうどT字になるようバランスを取ってやる。

あとは、この針を隠すように餌を付け、魚が飲み込むのを待つ……という寸法だ。

確か直針（すぐばり）型釣針って呼ばれる原始的な針の一種……だったように記憶している。ナマズとかウナギみたいに、一口で餌を口に入れる習性のある、口の大きな魚向けの釣り方なんだって。

T字になっている針を糸の流れに沿うようなIの字の形になるように餌に突き刺して、針全体を隠してしまう。I字状の針を餌ごと飲み込んだ魚の胃とか喉（のど）に、餌が外れてT字に戻った針がガシッと引っかかるっていう寸法ですな！

地獄ナマズ、見た限りかなり大きそうだし、この方法でいけるんじゃないかなぁ。

「スライムは……どこに針を刺せばいいのかわかんないので、余った温水トカゲ肉を使おうと思います」

「ん……スライム、でろでろ……だもんね」

餌は無難にトカゲ肉を使うことにした。アリアさんが糸で捕まえてたスライムを見たけど、あんなにドロドロしてるのを針にかけておけるとは思えないんだよねぇ。

その点、温水オオトカゲなら皮もついてるし形を保ちやすいだろうしさ。

「中心の核の部分は多少硬いでしょうが、スライムが死んだらすぐに融けてしまいますからね」

トカゲ肉に針を埋め込む私を眺めつつ語ってくれたセノンさんの話を聞く限り、トカゲ肉を餌にするのは間違ってなかったみたいだね。

準備が終わったアリアさんの手に竿を渡しつつ、その手をぎゅっと握り込む。

「まず、無理は禁物です！　あれだけ大きいとかなりパワーもあるでしょうから、泥に引き込まれないよう気を付けてください！」

「ん、わかった！　むり、しない！」

「もし引きずり込まれそうになったら、竿放しちゃっていいんで！」

冷たい手と竿とを握りつつ、「命の方が大事ですから！」と力説する私に、アリアさんがにこりと笑って頷（うなず）いてくれた。

グッと親指を立てると、さすがは斥候という静かな足取りで沼に近づいていく。

「それじゃ、リン。みてて、ね！」

大きく振りかぶったアリアさんが、きれいなフォームで竿を振る。竿先が風を切る高く小気味のいい音と共に、かなり飛距離を稼いだ肉塊がべちゃりと泥の上に落ちた。

じゅうと焼ける音はしないけど、周囲の熱泥を巻き込んでゆっくり沈み込んでいく肉の表面が白っぽくなっていくのが見て取れる。

蟻地獄に吸い込まれていくアリのように、温水オオトカゲの肉は血の池地獄に吸い込まれていった。

肉と一緒にズブズブと沈んでいく糸の行方を目で追いながら、アリアさんに声をかける。

「……糸、大丈夫そうですか？」

「ん。さすがに、溶岩とかは、ムリ……だけど、このくらいなら、平気」

「了解です。もし、何かが食いついたみたいな〝ゴッゴッ〟っていう感触があっても、まだ糸を引かないでください。確実に飲み込ませましょう！」

ふむふむ。どうやら、糸の強度は問題なさそうかな。

それじゃあ、あとはしっかり餌を飲み込ませることに注力しよう。

今回の釣り方だと、口に針を引っかけるんじゃなくて、喉なり胃なり……体内に刺さないとすっぽ抜けちゃうからね！

竿先とアリアさんとを交互に眺めていると、ふとアリアさんの表情に緊張が走ったように見えた。それと時を同じくし、竿の先もビク、ビクと不規則に震えている。

「り、りん……！　これ……もしかして？」

「もしかすると思います……！　そのまま動かさないで……糸がつーっと走った頃合いに、一気に竿を上げて合わせましょう！」

不安と期待に満ちた目でこちらを見つめてくるアリアさんに頷き返し、竿先と糸の動きに目を凝らす。

コツコツ動いてる時に合わせると、絶対にすっぽ抜けちゃう！

針を飲み込んだ魚の動きに連動して糸が動くようになった頃合い……それが、アワセを入れるタイミングだと思う。

そして、その時は唐突に訪れた。

さっきまでブルブル震えていた竿先がぐいっと引っ張られ、弛（たる）んでいたはずの糸がピンと張る。

……これは……飲み込んだな‼

すかさずアリアさんの方を向けば、アリアさんもまた私をしっかり見つめていた。

私とアリアさんが、お互いに小さく頷き合って……。

「今です、アリアさん！」

「ん！！！」

伏兵に指令を下す軍師の気分で掌を振り下ろした私の声に合わせ、アリアさんが思い切りよく竿を上げた。

途端に糸がビビッと沼の中心に向かって走っていく。竿のしなりは、もう最高潮！「弓だってここまでしならないのでは？」っていうレベルで見事に弧を描いてますな！

いや、それにしても凄い引き込み！　アリアさんめっちゃ前のめってるし‼

ヤバい！　引きずり込まれる⁉

「アリアさん！　手！　手、放してくださ……」

「だいじょーぶだよ、リンちゃん！　まかせてー」

私が声を張り上げようとした時、視界の端をスイッと影が横切っていく。すれ違いざまに私の耳を穿つのは、明るいエドさんの声だ。

あれ、と思う間もなくアリアさんの背後に立ったエドさんが、後ろから手を伸ばして釣竿を握るアリアさんの手にそっと自分の手を重ねている。

体勢的にはバックハグっていうやつですかねぇ。リア充っぷりを見せつけられて、なんだか周囲の熱気が上がった気がしますよ！　末永く爆発すればいい！

「とりあえずは重力操作、かなー？　最初から仕留めたら面白くないもんね」

「ん。ちょっとは、遊びたい！」

いったい何の話をしているのか……と私が首を傾げるより早く、魚の勢いが急激に弱まった。竿のしなりが少しだけ改善され、アリアさんの手元に糸が巻き取られていく。

さっき、あれだけ引き込まれそうになっていたのが嘘みたいだ！

ハラハラしつつも糸の行く先を見守る私とごまみその両脇に、黒い影が映り込んだ。やっぱり、みんな勝負の行方が気になるんだろうなぁ。

夫婦の共同作業でどんどん巻き取られていく糸を眺めていたヴィルさんとセノンさんが、感心したように頷いてる。

「アリアの糸を通して、エドが重力操作の魔法をかけてるんだ。相変わらずエドの魔力操作の細かさはえげつないな……」

「魔法のお陰でだいぶ魚体も軽くなっているはずですから、もうすぐ釣り上げられるというか、引きずり上げられると思いますよ」

「え、もうですか⁉　と、トドメどうしよう？」

二人三脚のナマズ釣りを一緒に眺めていたセノンさんが、涼し気な顔で予言めいたアドバイスを飛ばしてきた。

え、もう⁉　てか、予定ではエドさんの魔法で仕留めてもらおうと思ってたんだけど、そのご本人がカップルフィッシングを楽しんでるからなぁ。

思わず焦る私を横目に、ずいっとヴィルさんとセノンさんが前に出た。釣りをしている二人を示しつつ、両名ともくるりと振り向いて私を見る。

「最悪、頭を切り落とせばなんとかなるか、リン？」

「なると思います！　でも、中骨が太そうですし、かなり強い力じゃないと難しいかも……」

「それでは、私が補助に回りましょう。麻痺か睡眠の状態異常が付けば楽でしょうからね」

腰の大剣に手を添えるヴィルさんと杖を携えたセノンさんの姿を見れば、二人がなにを言わんとしてるのか私にもわかるよ！

あのナマズ、しとめてくれる気なんだろうなぁ。

「え……お願いしていいんですか⁉」

「むしろ、アレをどうにか捕まえて料理しないと、リンを返してもらえないんだろう？」

「それを思えば、討伐に参加しない理由がありませんからねぇ」

好戦的な表情を浮かべるヴィルさんと、穏やかながらも底の見えないセノンさんの二人に笑いかけられるとだね……なんかもう〝頼もしい〟っていう感想しか出てこないんだよなぁ……。

どのみち、私じゃ戦力にもならなそうだし、曲がりなりにも魔物なわけだし……お願いをしてしまう方が手っ取り早い、かな……。

お願いします、と私が頭を下げようとした瞬間、べちゃりと湿った鈍い音が辺りに響く。

大きく竿を煽るアリアさんの糸の先……エドさんの魔法で軽量化の方向に重量を弄られた大ナマズが泥面からぶっこ抜かれて宙に舞っていた。

このまま落下したんじゃ、盛大に熱泥が跳ねて怪我人が出る、とごまみそを抱いたままぎゅっと目を瞑る……が。

「ん。操糸！」

「〝喪失せよ〟！」

聞こえてきたのは、悲鳴でも苦痛の声でもなく、どこか楽しげな雰囲気を含んだアリアさんとセノンさんの声だ。

咄嗟に目を開ければ、アリアさんが手にした糸がまるで生きているかのように動いてナマズをこちらに飛ばしてくる。

それに向けて構えられたセノンさんの杖から、紫がかった稲妻のような光が放たれたかと思うと、空中でグネグネ蠢いていた大ナマズがビクビクと身体を激しく痙攣させ、太く長い身体をまさに丸太の如くまっすぐに硬直したまま地面に……ヴィルさんの目の前に落ちてきた。

「これだけデカければかなり食いではありそうだな。全部残さず食ってやるから……恨んでくれるなよ？」

ヴィルさんの唇がニィとつり上がったかと思うと、いつの間にか抜き放たれていた大剣が振り下ろされる。

ズドンと腹の底に響くような音と振動があったかと思うと、大ナマズの尾びれがビタンと大きく地面を叩き、ヴィルさんの身体を黒い霧が取り囲んだ。

……でも、それもほんの一瞬のことだ。黒い塵状のものは、山頂から吹き下ろしてきた風に吹かれて跡形もなく消える。

後に残ったのは、頭が落とされた丸太のようなナマズ肉と、大剣を鞘に納めるヴィルさん。パチパチと拍手をしながらその経木を拾い上げるセノンさん。

楽しかったとはしゃぐアリアさんの声と、そんなアリアさんにデレデレなエドさんの笑い声。

ああ……私、帰ってきたんだなあ。

胸にひろがる安心感を改めて噛み締めながら、私のところに駆けてきてくれる仲間をごまみそと共に迎えに行った。

◆◇◆

地獄ナマズを手に入れた私たちが戻ってきてみれば、ミール様はのんきに源泉に浸かって寛いでいた。何ともイイ御身分ですなぁ！

……まぁ、ドラゴン様だもんな……そりゃあ偉そうにもなる、か……。

私たちの突然の帰還に目を見開いた姫ドラ様の前で、ヴィルさんが抱えてきてくれた地獄ナマズを掲げてみせれば、ミルちゃんの鼻面に深いしわが寄る。

「と、いうわけで……地獄ナマズってコレのことですよね？」

『なんと……！　まさか本当に獲ってくるとは……!!』

ドヤッと胸を張ってみせれば、姫ドラ様が悔しそうに歯噛みをする。

……やっぱり……！

私らが地獄ナマズを獲ってこられないと踏んで、無茶ブリしたんだな!!

もー……どんだけ私を引き留めておきたかったんだ……そんなに料理が気に入ったのかな？

……料理……料理、かぁ。

どうにかして、メルロワの街のご飯を美味しそう、って思ってもらえれば万々歳のような気がするんだよね。

ちょっと不貞腐れたような姫ドラ様の満月の瞳を見つめながら、そっと切り出してみた。

「……ねぇ、ミール様。なにはともあれ、料理を始めちゃっていいですか？」

『む……それは、うむ……妾が、言い出したことであるからな！』

ほんの少し眉間のしわが深くなった気がしたけど……なんだかんだで、ミール様は自分の発言に責任をとれる系のドラゴンだったみたいだ。思いっきり〝不承不承〟って顔に書いてはあるけれど、最終的に頷いてくれた。

……こうなったら、あとは私の独壇場だ！　さっそく地獄ナマズご飯、作っていこうと思いますよ！

取り扱うものの大きさが大きさだから、地面が少しでも平らなところを見繕ってレジャーシートを敷いた。今回は、ここを調理場としましょうかね!!

カラフルなレジャーシート上にゴロリとナマズの身が転がる光景は、なんというか、すんごくシュールな光景だった。褪せることなく毒々しさを保つ真っ赤な皮と、その皮からは想像もできないくらい真っ白な身がプリプリと弾けているのが見える。

その大きさはね、調理場としてレジャーシートを敷く必要があった……っていうところから察してほしい。少なくとも長さは一メートル近くあるんじゃないかな。胴回りだってかなりの太さがありますよ……！

その上、しっかりと身が分厚いから余計に大きく感じるよね。

幸いだったのは、皮のぬめりが取り去られた状態でドロップしてくれたってこと！

川魚の臭みってこのぬめりにあることが多いんだけど、ぬめり取りも楽じゃないからねぇ。

「ぬめり取りしなくていいって、すっごく楽ちん！」

相変わらず素晴らしい切れ味を誇る野営車両（モーターハウス）の出刃包丁で、丸太みたいな地獄ナマズの身を切り分けていく。

捌（さば）き方としては、この前のストームイールと似たような感じで捌けばＯＫ、かな。頭は落ちてるから、その断面から背骨に沿って包丁の刃を入れて背開きにしていく感じ。

うん。思った以上にサクサク切れるなぁ。この前のストームイールみたいに、魔力とかで自分の体の強度とか動きをサポートするタイプだったんじゃないかな。

ついでに言うなら、地獄ナマズの分厚いと言われていた皮も、心配する必要がない程度に簡単に切ることができましたよ！

「リン。他になにか欲しいものはあるか？」

あれやこれやと動く私の横で、ごまみそが邪魔しないよう押さえてくれたヴィルさんが声をかけてくれた。

今はちょっと手が離せないし、ありがたくお力を借りようと思う！

姫ドラ様のご機嫌が変わらないうちに、作業を進めておきたいっていうのもあるしね。

「ありがとうございます！　これから火力が要る料理とスープを作る予定なので、薪が少し欲しいです」

「わかった。周りを少し探してくるか。アリアとごまみそはリンの傍にいてやってくれ」

これから作る料理に関しては火力の確保が重要になってくるし、そのための薪を集めてもらえると助かるんだよなぁ。

私的に、結構な長丁場になるんじゃないかなーって予想してるんだ。

迷うことなく頭を下げた私の肩をポンと叩いたヴィルさんが、エドさんとセノンさんを誘って周りの林の中へ足を向けた。

その背を見送る私の傍に、すすっとアリアさんたちが寄ってくる。

「ん！　がってん！」

『朕、ちゃんとおるるばん、する！』

小さくなっていく背中に声を上げて応えた一人と一匹は、私の隣と足元とに別れて陣取った。

一塊の団子のようになった私たちを、姫ドラ様が胡乱げな目で見つめている。

その視線に気付いているのか、いないのか……アリアさんもごまみそもぎゅうぎゅうと私との距離を詰めてくっついてきて、ミルちゃんに仲の良さを見せつけるような様相になっていた。

『フン！　それで、いったいナニを作るつもりかぇ？』

「変わり種の天ぷらと、ピリ辛スープを作りますよー!!」

ぐいっと首を伸ばしてきた姫ドラ様も、隣から手元を覗き込んでくるアリアさんも、これからナニを作るんだろう、という期待に瞳を輝かせている。

ちょっと相性云々は悪いかもしれないけど、今回はちょっと考えてることがあるんだ。

上手くいけば、姫ドラ様に麓の街に関して意識を向けられるんじゃないかなぁ。

中骨と僅かに残っていた腹骨を取り除き、大きな一枚の切り身状態になった地獄ナマズの身を改めて眺めてみる。

血抜きをした記憶はないんだけどきれいな白身と、真っ赤な皮とのコントラストがなんとも言えない美しさだよねぇ。生臭さなんて微塵も感じないし、これは美味しいご飯に化けるんじゃないかなぁ！

この前のワイルドオックスのお肉といい、ストームイールのブツ切りといい……ドロップ品って、食べやすい状態で残るっていうのがデフォルトなんだろうか？

ミール様用のかなり大きめに切り分けたナマズの身と、私たちが食べる分の普通の天ぷらサイズの切り身と……あとはスープ用に一口大に切ったものとを用意しておかないとな。

「野菜は……タマネギとトマト……ニンニクとショウガもいるかなー？」

「ん。リンのスープの野菜、嫌いじゃ、ない……」

地獄ナマズを切り終わったら、薬味用のニンニクとショウガを微塵切りに。具材のタマネギとトマトを大きめの荒切りにしておく。これでざっくりとした下ごしらえは完了、かな。

色違いの瞳に見守られながら、まずはオリーブオイルでニンニクとショウガ、私特性のスパイスミックスを炒め、香りが出たらタマネギを加える。スパイスの良い香りとジュワァァッと脂が踊る良い音があたりに広がった。

タマネギが半透明になるまで炒めたら、出汁が出るようぶつ切りにした中骨と腹骨も加え、ざっくりと混ぜながら加熱ムラがでないよう底の方からかき混ぜる。こうしてしっかり火を通した後に水を加えれば、生臭さも抑えられるしね。

全体的に白っぽくなったら、一口大に切ったナマズの身も加えて、全体にざっと油を回してやる。

全体的に熱が回った頃合いで、角切りトマトも加えてひと混ぜしたら、ヒタヒタになる程度に水を注いで……スープの方はこのまま煮込んでいくだけ、って感じかな。

スパイスの香ばしい匂いがメインなんだけど、野菜の甘い匂いとか魚が煮えるちょっと重めの香りが混じって、どうにも食欲をそそる匂いだ。スープ自体が赤っぽいから、皮目の赤さも気にならない。

くつくつ煮えるスープを塩・コショウや醤油(しょうゆ)を駆使して整えているうちに、男性陣が戻ってきた。

「これだけあれば足りそうか、リン？」

「ありがとうございます！　十分間に合いそうです」

両腕いっぱいに小枝や枝を抱えて帰ってきてくれたヴィルさんたちから燃料を受け取って、ちょっと火勢の強い部分を意図的に作る。その部分には、天ぷら用に油を張った深めのフライパンをかけて油を熱していくわけです！

そして、申し訳ないけどエドさんにはもう少し力を貸してもらうことにする。サクサク天ぷらに必要不可欠な、冷水を作るお手伝いをしてほしいわけですよ！

野営車両(モーターハウス)の水道から汲(く)んできた水を携えて、アリアさんとイチャイチャし始めたエドさんのもとへ足を運ぶ。

「エドさん、エドさん。お疲れのところ申し訳ないんですが、このお水……ちょっと冷やしてもらってもいいですか？」

「いいよー！　凍らせなくてもいい感じ？」

「凍る直前、って感じでお願いします！」

水の入ったボウルを持ってきた私に、エドさんは嫌な顔一つせずに快諾してくれた。パチンとエドさんの指が鳴らされるのと同時に、水がキンッと冷えていく。

うん！　これくらい冷えてたら、十分じゃないかな！

天ぷらを作る時に衣を混ぜすぎると、粘りが出ちゃってもったりした仕上がりになるんだけど、冷たい水を使うとその粘りが出にくいらしいんだよね。

姫ドラ様も〝妾だってそのくらい……〟ってブツブツ言ってるけど、代償が怖そうなのでやめておこうと思う！

さあ、材料の準備はできたし、スープも順調に煮えてるし。

地獄ナマズの天ぷらも、じゃんじゃん揚げていこうと思いますよ！

なお、天ぷらの衣はマヨネーズと小麦粉、ミックススパイスと塩を混ぜた、変わりダネの衣にしてみた！

食べる時にそのまま食べられるように味をつけておきたいっていう意味合いもあるし、マヨネーズを使うと揚げた時にカラッとサクサク食感になりやすいって聞いたことがあるし！

例の高級マヨネーズを別のボウルに掬って入れていけば、マヨ堕ちしたメンバーが期待に満ち満ちた視線を投げかけてくる。

何だかんだで調理の様子が気になるのか、ミルちゃんの金色の瞳も私の一挙一動に釘付けだ。

『そなたは相変わらず面妖な動きをするものよな』

「面妖じゃ、ないし！　リンの作るご飯、美味しいもん！」

「ただマヨネーズを水に溶かしてるだけですけどねぇ」

そのプライド故か、こんな感じの喋り方しかできないせいか……ツンと澄ましたような感じの姫ドラ様のお言葉に、アリアさんがぷうっと頬を膨らませて抗議している。

満月と薄氷の瞳の間に、熾烈な火花が散ってるように見えるのは気のせいかなぁ？

私の方は、ただただ天ぷらを作ってるだけなんだけどねぇ。

こうやって乳化させることで、揚げた時に衣から水分が抜けやすくなる……っていう理屈だった気がするんだよなぁ。ついでにそこに塩とミックススパイスを混ぜておいて、粉を入れた時に味が偏らないようにしっかり混ぜておきましょうかね。

「よっし！　油も良さそうなので、揚げていきます！」

『ふむ。油で揚げるのかぇ！　なんとも贅沢な料理よな！』

「あぁー、確かに……油が潤沢に使えないと、揚げ物なんてできませんからねぇ」

フライパンの油がちんからちんから言いはじめた頃合いで、小麦粉を加えてさっくりと混ぜる。ちょっとダマが残ってるくらいでかき混ぜを止めると、粘りも出にくくていいらしいよ。

薄黄金色の油がフライパンの中で揺らめくのを眺めていた姫ドラ様が、感心したような声を上げた。ミール様がどれだけ人間の世界と隔絶してたかはわかんないけど、油って昔は貴重品扱いだった気がするし。

だからこそ、それで調理するっていうのはかなり贅沢に感じるんだろうな。

「アリアさんも、ミール様も、ちょっと退避しててくださいねー」

『朕は⁉　朕はいてもいーでしょ⁉』

「ん。ごまちゃんも、わたしと一緒に、いこ？」

跳ねる油で火傷をさせるのは忍びなくて、切り身を油に入れる前にフライパンの傍からちょっと離れてもらった。

私がミルちゃんに攫われて以来、若干の分離不安っぽいそぶりを見せるごまみそも、アリアさんが抱き上げてくれたお陰かあまり抵抗せずに私の足から離れてくれましたよ。

さあ！　気分をアゲて揚げ物パーリィのお時間ですよぉ‼

スパイスのお陰でほんのり赤みを帯びた衣を薄く纏わせた地獄ナマズの切り身を、薄黄金色の油の中に放り込む。途端にジュワァァッッと景気の良い音と細かい泡と共に、油が沸き立った。

跳ねあがる油に負けず、温度が下がらない程度に地獄ナマズをフライパンに放り込んでいきましょうかねぇ！

ついつい菜箸で弄り回したくなるけど、それをやっちゃうと衣が剥がれるからね。火が通って硬くなるまで、じっと我慢の子ですよ。

「ふむ。大丈夫だとは思うけど、念のためしっかり火は通そうかな」

頃合いを見て切り身をひっくり返せば、きれいなキツネ色に揚がっていた。生存戦略さんが警告を出してないから大丈夫だとは思うけど、寄生虫が怖いからしっかり火は通しておこうかな。

目安としては、菜箸で挟んだ時に〝ジジジ〟と微かな振動が伝わってくるまで。それを今回の揚げ終わりの目安にしてる。

揚げ終わったものは、油が切れるようキッチンペーパーを敷いた皿の上に並べていって、また次の切り身を揚げる。

時々パチンと跳ねる油の飛沫に手を焼かれながらその作業を繰り返しているうちに、いつの間にかすべてを揚げ終えていたようだ。

私の目の前には、きれいに空になった衣のボウルと、山のように天ぷらが盛られた大皿が出現していた。

あとはもう、各自の好みで食べてもらうだけだ！

「よーし、できましたよぉ！　熱いうちにどうぞ！」

味はつけてあるけど、念のため塩・コショウやお醤油、白出汁をベースに作った簡易天つゆを添えて出せば、場に歓声が響き渡った。最初は不機嫌そうにしていた姫ドラ様も、出来上がった料理に目を輝かせている。

スープの方も、最後の仕上げにちょろりとお酢をかけまわしてやれば完成だ。

みんなにはいつもの深皿に。ミール様の分は大きなボウルにたっぷりとスープを注いだら、配膳も終了ですよ。あとは、おかわり自由……っていう感じで好きに食べてもらおう！

歓声と共にスープと天ぷらに手を伸ばすみんなを横目に見ながら、私は山盛りの天ぷらとちょっと良いお塩を携えてミール様のもとへ足を向けた。

「リン！　リン！　ナマズのスープ、さっぱり美味しい‼」

「あんなナマズがメインの具なのに、全然生臭くないんだけどー！」

さっそくスープや天ぷらに手を付けたみんなの口から、悲鳴とも歓声ともつかない声が聞こえてくるところを聞くに、味の方は問題なさそうだなー。

大きな身体でそわそわしている姫ドラ様の目の前に陣取って、取り出したるはロングターナーというか、フライ返しというか。フォークに刺すんじゃあ身が崩れちゃうから、野営車両にあった一番大きなヘラ的なものを使うことにしたんだ。

「はい、ミール様。あーん」

そんな思惑のもと、ロングターナーに天ぷらを載せると、香ばしい揚げ油の匂いとスパイスの香りがふわっと鼻先を擽った。どうしようもなく食欲を掻き立てるその匂いに、私のお腹の虫が大騒ぎし始める。

ぎゅーぎゅーと切なげに空腹を訴える胃袋を宥めつつ、ターナーに載せた巨大天ぷらを、ミルちゃんの口元に差し出した。まずはこの姫ドラ様の胃袋を満たすのが先決だからね！

私の期待通り、巨大天ぷらは型崩れもせずにミルちゃんの口元まで運ばれている。

ほんの一瞬逡巡するような様子を見せた姫ドラ様だけど、食欲には勝てなかったみたいだ。

大きく口が開いたかと思うと、たった一口で天ぷらを頬張った。私の耳にもザクザクと衣を噛み砕く音が聞こえてきて、姫ドラ様の喉が大きく上下する。

しばしの沈黙の後……蜜色の瞳がクワッと見開かれた。

『なんっっじゃ、コレは！　確かに地獄ナマズの味はするが、これほど風味豊かな味ではなかったはずじゃ！』

「あー……白身の魚はですね、油と相性がいいですからねぇ。なかなか乙なものでしょう？」

『乙とかそういう問題ではない！　衣にピリッと刺激のある味が付いているお陰か、中のナマズの身の繊細な甘みが余計に際立つではないか！』

鼻息も荒く早口でまくし立てるミール様の瞳孔は、その興奮具合を示すようにまん丸にかっぴらかれていた。

ばさばさとはためく翼とビタビタと打ち付けられる尻尾の振動が、こちらにまで伝わってくる。

うむ。まさに私の狙い通り！　策中にずっぽりハマってくれたようですな！

瞬く間に大きな一切れを飲み込んで、お代わりをねだるように目の前で開かれた大きな口に残りの天ぷらを放り込んでやる。

こちらもまたザクザクサクサクと小気味いい音を立てて、瞬く間に姫ドラ様のお腹に滑り落ちていったようだ。

『うーむ……衣は軽快な歯ざわりで、中のふっくらとした身とむっちりとした皮とをよく引き立てるのぅ！』

「皮がゼラチン質だっていうので、あえて皮付きにしてみたんですが……成功だったみたいですね！」

おかわり分の切り身もぺろりと平らげたミルちゃんが、真っ赤な舌で口元をべろりと舐め上げた。

それでもなお足りないのか、もっと、と言わんばかりに首を差し伸べてくる姫ドラ様の口に天ぷらを突っ込むと、一番大きなボウルにたっぷりと注いだ地獄スープも差し出してみる。

赤っぽいスープのところどころに、真っ赤な皮とスープを吸ってほんのりと赤く染まった身が浮いているスープだ。

なお、中央付近に落とされた白いものは、温泉卵の残りである。

ゆらりと顔を上げたミール様が、スープが入ったボウルを見つけて嬉々として頭を突っ込んできた。

やー、さすがに圧巻ですよ！　巨大なドラゴンがご飯食べるシーンって、こんなに迫力あったんだぁ、みたいな！

ゴクンと音がした後に姫ドラ様がボウルから頭を上げると、中身はすっかりなくなっていた。

『末恐ろしい娘よ……！　まさかこれほどのものを作るとは思わなんだ……！』

「ふふふ……！　お気に召していただけました？」

『気に入る、気に入らぬの騒ぎではない！　本当に、なんなのじゃ、これは……！　いくらでも食べられてしまうではないか！』

ひときわ大きく吼えた姫ドラ様の反応に気をよくして、ドヤッと胸を張ってみた。

そんな私を見てフンと鼻を鳴らして顔を背けようとするミール様の顔に手をかけて、逃げようとする瞳を覗き込む。

「ねぇ、ミール様。今回のご飯、美味しかったですか？」

『フン！　言わずともわかるであろう？　悔しいが、妾の負けじゃ！』

鼻面にしわを寄せて歯噛みするミール様を、私はまだ離してあげられない。

だって、本当の勝負はこれからだし！

どうせなら、私たちも、ミール様も、心から納得して手打ちとしたいじゃないかー‼

「知ってます、ミール様？　この源泉のお湯を利用して、麓の街で美味しいお塩を作ってるんです」

『美味しい、塩……？　先程の天ぷらとかいうものに使っていた塩よりも、か？』

「おそらくは……それを、また別の具材を使った揚げ物にかけて食べてみたくないですか？」

金色の大きな瞳に映る私の顔は、それはもう楽しげに笑っていた。我ながら「愉悦愉悦」って感じの顔してるなぁ。

でも、食いしん坊を説得するには、食べ物で釣るのが一番手っ取り早い気がするんだ。

実際、ミルたんの方も、めちゃくちゃに気持ちが揺らいでるっぽいし。

本人……本竜（？）は気付いていないいんだろうけど、目の奥がぐらぐら動いてるんだよなぁ。

「スープも、ちょっとスパイシーでしたけど美味しかったでしょう？」

『う、うむ……ほんのりと舌を指す香辛料の刺激と、地獄ナマズの旨味が喧嘩をせずに程良くまとまっておった！　皮から融け出たエキスでトロみのついた汁がまた美味くての！』

「麓の街、香辛料を使った色々なピリ辛料理がウリらしくて、いろんな種類のピリ辛ご飯があるんですよ。だから……ねぇ、ミール様」

どうかこの源泉を使わせてください……と言外に匂わせて、笑顔でミルちゃんと目と目を合わせてお喋りしてみた。

喉の奥から絞殺されているような呻きが漏れてきたかと思うと、姫ドラ様のまん丸だった瞳孔が次第に細く落ち着いていく。それと共に軽く瞼が下ろされて、蜜色の瞳が雪白の皮膚に隠されてしまった。

次に二つの満月が顔を出した時、煌めく黄金からはすっかり険が取れていた。

大きなため息と共に口元を緩めたミール様が、ばさりと翼をはためかせる。

『妾の負けじゃ、小娘！　本日の料理に免じて、そなたの願い、聞き届けてやろう！』

「やったぁぁ！　ありがとうございます、ミール様！！！」

よっし！　もぎとったぁぁ！！！！！

ご飯と引き換えに泉塩の原料になる源泉を汲めるようになったし、これでメルロワのギルマスさんからの依頼は達成じゃない⁉

悪態をつきつつスープのお代わりを要求してくるミール様の要望に応える私の後ろでは、快哉を叫ぶ卓メンバーが拳を突き上げている。

……どうやら……どうやら丸く収まりそうだ……！

「リン！　お前は本当に思いもしない方法で物事を解決させるな！」

「ふふふ……食いしん坊には、美味しいご飯が一番ですからね！」

驚き混じりのヴィルさんの声が聞こえたと思ったら、大きな掌でぽんと背中を叩かれた。振り返った先にあったのは、呆れとも喜びとも驚きともとれる複雑な表情を浮かべたヴィルさんの顔だった。

そんなヴィルさんに向かってグッと拳を握ってみせれば、ため息と共に僅かに肩を竦められる。

「メルロワのギルドマスターには、どう説明をしたものか……」

「現場に行ってみたら、出現した魔物が源泉の汲み出し許可と引き換えに腹を満たす料理を要求してきた……とかじゃだめですかねぇ？」

何とか収束に向かいそうな事態に胸を撫でおろす私とは裏腹に、ヴィルさんは今回の依頼の処理をどうすべきか頭を悩ませているらしい。

それでも、さっきからグーグーお腹を鳴らす私を気遣ってくれたんだろう。ヴィルさんが差し出してくれた地獄ナマズの天ぷらを摘まみ上げると、私は大口を開けて齧りついた。

サックサクの衣に歯を入れると、スパイスの香りを含んだ熱い蒸気が口の中いっぱいに充満した。はふ、とその熱気を逃がしつつさらに歯を立てると、ピリッとした辛味と塩気が舌の上に広がった。その下から現れるのは、むっちりぶ厚いゼラチン状の皮だ。舌に吸い付くような柔らかさは、ある意味で〝艶（なま）めかしい〟と表現したくなるほどに官能的な食感になっている。

程よく火が入った白身の魚肉の方はしっとりとした舌触りで、舌で押しつぶしただけでほろほろと崩れていく。思った以上に脂がのっていたけど、脂臭さもくどい感じもまったくない。

それどころか、懸念していた泥臭さや生臭さすら無縁の仕上がりになってるんだよぅ！　ただただ、スパイスの薫り高い風味と新鮮な魚の風味とが混じりあいながら、鼻から抜けていくだけだ。

「えぇー……我ながらなんてものを作ったんだろう……！」

「どうしたってエールが欲しくなる味だな。メルロワ名物の火炎酒（かえんしゅ）にもよく合いそうだ」

思わず口から漏れた呟（つぶや）きを拾ったヴィルさんが、くくっと笑いながら残った天ぷらが載った皿を渡してくれた。

私はまだエールを飲んだことはないけど、ビールとかによく合いそうな味だなぁって思いますよ、うん。

火炎酒っていうのも初耳だけど、名前からして度数が高いお酒なんだろうなぁっていうのが予想できる。ロックとかソーダ割りとかに、この天ぷらはよく合いそうだなぁ！

今回の依頼の処理が終わってメルロワを出る時に、買ってみてもいいかもしれない。見知らぬ食材って、それだけでワクワクするし、使い方を考えるのが楽しいんだよね。

ワクワク買い物計画を脳内で組み立てつつ、最後の天ぷらを飲み込んだちょうどその時。私が食べ終わるのを見計らったかのように、私とヴィルさんの間から姫ドラ様がぐいっと首を突っ込んできた。

　心底迷惑そうな顔のヴィルさんが両手でミルちゃんの顔をどけようとしてるけど、当の姫ドラ様はまったく意に介していない。

　あのヴィルさんが力負けしてるって、いったいどんだけなの⁉

『のぅ、娘よ。地獄ナマズでなくとも構わぬから、他の料理はないのかぇ？　そなたの料理は、実に妾と相性が良いようじゃ！』

「ありゃ。ご指名ですか？　他の料理……他の、料理……ねぇ……？」

　期待に満ちた蜜色の瞳が、じーっと私を見つめている。

　うぅうん……こんな顔されたら、無下に断るっていう選択肢はないに等しくなっちゃうじゃないですかー‼

　ぐりぐりと私に頬ずりしてくる姫ドラ様の鼻面を撫でてやれば、反対側に陣取ったごまみそもまた負けじと頭を擦(こす)りつけてくる。

　両手に鼻というか、両側から圧力というか……何とも強烈な愛情表現を受けつつ、どうにかこうにか野営車両(モーターハウス)の冷蔵庫の中身を頭に思い浮かべる。

　捌(さば)いて熟成させておいた魚が、まだ確かチルドルームに残っていたはず！

　ご飯はまた炊かなきゃいけないけど、その間に調味料でヅケにしておけば味が程よく染みるんじゃないかなぁ。

「ん～……エルラージュで買ってきた魚が残ってるし、手こね寿司風のものでも作ってみますか？」

望月の瞳と、他の料理と聞いて素早く反応を示したイチゴ色の瞳とを視界に入れつつ提案してみれば、ほんの一瞬丸くなった四つの目が宝石のような輝きを放つ。

『手こねずし……⁉　聞いたことのない料理じゃな！』

「俺も初耳だ。美味い、のか？」

「私は好きですよ！　ヅケにするお陰で水分が抜けてむっちりしたネタと、ちょっと甘めのシャリがよく合って……」

新しい料理と聞いて沸き立つヴィルさんと姫ドラ様を眺めつつ、今ではすっかり懐かしくなった日本での生活を思い出した。

初めて食べたのは、父と一緒に行った旅先だった。ルーツは豪快な漁師料理って言われている、手桶に入ったちらし寿司風のお寿司。食べた回数は多くはないけど、個人的に好みの味だったからレシピを調べてよく作ったっけ。

突然隣から弾んだ高い声が周囲の空気を震わせた。

どうやらご機嫌のミール様が歓喜の声を上げたようだ。

しかも、姫ドラ様が首を振り翼を動かすのに合わせ、色とりどりの花びらや雪の結晶がキラキラと輝きながら降ってくるんだよ！

くるくると回りながら降ってくるそれは、葉っぱや私たちの身体に当たっては、光の粒子になって大気に溶け込むように消えていく。

なんて幻想的な光景！

「すごいな……ミラージュドラゴンの本領発揮、というところか」

「いやぁ、良いもの見られて元気が出ました！　今日はもう大盤振る舞いです！　残った材料でジャンジャン作りますよ〜〜〜！！！」

姫ドラ様の弾んだ声に合わせて拳を突き上げた私の隣で、苦笑を浮かべたヴィルさんがぽんぽんと私の背中を叩く。

「確かに新しい料理は気になるところではあるが……あまり無理はするなよ、リン」

「ありがとうございます、ヴィルさん。でも、今、めちゃくちゃ元気が満ち満ちてるので大丈夫です！」

音もなく降りしきる幻の中、私は野営車両（モーターハウス）に向かって駆けだした。

走る私の肩や髪に当たった幻が弾け、光の弾幕となって私の身体に纏（まと）わりつく。

さっきまで感じていた一抹の寂しさは、竜の咆哮（ほうこう）とこの幻影できれいさっぱり吹き飛んだ。今はただ、この浮世離れした幻想を楽しもうじゃないか！

いつの間にか、私は光の渦を纏いながら心の底から大笑いしていた。

心の底に蟠（わだかま）っていたなにかが、すっかり消えた、そんな爽快（そうかい）な気分だった。

エピローグ

宴会の様相を呈してきた空気の中、今後姫ドラ様のところにご飯を持ってくるパーティは、代表一名が識別のためにライアーさんから貰(もら)ったアミュレットを装備するよう命じられたり、温泉卵は毎回作れるよう準備しておけと命じられたり……細々としたことも話し合った。事情説明は言うに及ばず、基本的にミルちゃん、お腹が膨れてれば大人しいんじゃないかな……？

折に触れて会いに来るよう命じられつつ山を下りた私たちを待っていたのは、今度は人間側での怒涛(どとう)と呼ぶにふさわしい日々だった。

ギルドへの連絡とか混乱するギルドマスターへの精神分析とかメニューを献上するお店のローテーションとかご飯を運ぶ冒険者の選定とかそれに伴う書類の提出とかアミュレット譲渡に関する手続きとか関係者との顔合わせとかｅｔｃ……。

当初は一泊したら王都に出発……という予定だったのが、さらに追加で一週間ほど逗留(とうりゅう)していた計算になると思う。

……でも、それらに関するすべての手続きが本日の夕方に無事終了し……。

「ああぁぁぁ……何だかどっと疲れた気がします～～～……！！！」

「ん。リン、がんばった……！」

岩石剥(む)き出しの岩場に溜(た)められた温泉に浸かる私の口から、すっかり融けきった声がどろりと漏れた。私の隣で浴槽の縁に腰を下ろしたアリアさんが、労わるように頭を撫でてくれる。

そう！　メルロワのギルマスさん、エージュさんの心遣いで、冒険者向けの温泉を貸し切らせてもらってるんだよー！

念願の！　温泉ですよぉぉぉぉぉ！！！！！

……とはいえ、私もアリアさんも、水着的なものを着用していることをお伝えしておこうと思う。裸の付き合いではないんだよなぁ。

……だって……私とアリアさんのすぐ傍で、お湯に浸かったり岩に腰かけたりと思い思いに寛ぐ男性陣がいるんだ。

ここの温泉、混浴なんだよねぇ。

温度も若干ぬるめだし、私に言わせてもらえば〝温泉〟っていうよりちょっと熱めの〝温水プール〟に近いかなぁ。

身体が濡れる感覚が嫌なのか、ごまみそは誘っても来ようとしなかった。地熱で温められた外の岩場で寝ころんでいる方が好きらしい。まぁ、それはそれで岩盤浴っぽくていいと思うよ、うん。

「まさか各種手続きでここまで足止めを食うとはな……」

「まーまー、いいじゃん！　謝礼もたっぷり出たし、当初の目的の泉塩も貰えたんだしさぁ」

「そういえば、リンは包丁を贈られたと聞きましたが？」

肩までお湯に浸かったヴィルさんがゴキゴキと首を鳴らすのを、アリアさんの隣に腰かけたエドさんの足がばしゃんと水を跳ね上げる。

それを魔法障壁っぽいモノで防いだセノンさんがこちらを見てきたので、私はそれに頷き返す。

「いただきました！　ドワーフの熟練職人さん渾身の作だそうで」

今回の謝礼に……と、ギルマスさんが紹介してくれたお店でプレゼントしてもらった包丁なんだけど、普通の牛刀なんかは揃ってる旨を知った店主さん兼チーフ職人さんが「骨まで切れるから！」とオススメしてくれた肉切り包丁さんだ。

肉厚な刃が特徴的な、ミートチョッパーとかミートブッチャーって言われるタイプ肉切り包丁は、包丁っていうより鉈って言った方が近いかもしれないなぁ。

ずっしりと重いんだけど、グリップを握ってみるとその重さがかえってしっくりくる、というか……重心のバランスがいいのか使いやすそうなお品でしたよ！

まぁ、コレを装備してると、〝どこのB級ホラー映画の殺人鬼ですか？〟っていうシルエットになるわけなんだけども……。

ただ、これさえあればどんな大きいお肉がドロップしても大丈夫なんだと思えば、大した問題でもないのですよ！

なんのお肉を最初にぶった切ってやろうかと考えている私の前で、多少は復活してきたっぽいヴィルさんが、凭れかかっていた岩から上体を起こす。

「それにしても、ずいぶん気に入られたな、リン」

「よっぽど食いしん坊だったんですね、ミール様」

ヴィルさんの視線が向く先は、私の頭……というか、私の髪をまとめる簪の部分だ。この間までは何の変哲もないトンボ玉の簪だったのに、つい先日、簪の先端でしゃらりと揺れる白い鱗が増えたせいだね。

姫ドラ様が『近くに来るようなことがあれば、妾のもとに顔を出さねば承知せぬぞ』と脅しと共に押し付けてきt……もとい、私にくださったんだよねー。

「この分だと、王都の帰りにも顔を出さないと、ご機嫌損ねちゃいそうですよね」

「……なんでだろうな……王都に着いたら着いたで、また何かありそうな気がするんだが……」

ぽつりと零れたヴィルさんの言葉に、思わず場がしんと静まり返った。

……気持ちは……気持ちはわからなくはないんですけどね……なんなら、私もそんな風に考えちゃうこともありますけど……！

「いずれにせよ、今日はゆっくり休んで……詳しいことは、また明日考えることにするか……！」

ため息と共に言葉を紡いだヴィルさんが、再びばしゃりと温泉に沈んでいく。

それを皮切りに、浴槽の縁に座っていたアリアさんもお湯に入ってきた。私も、ちょっとぬるめの温泉に、とぷんと肩まで浸かることにする。

身体を包み込む気持ちがいい温度と、適度な水圧と、身体に染み込んでくるようなとろみのあるお湯と……。

張り詰めていた気持ちと身体が、ほぐれてく気がするなぁ。

また誰かがパシャンと水を跳ねさせる音がする。

たぶん、ヴィルさんが言うように、これから先もまだまだ冒険は続くんだろう。その合間にしっかり英気を養っておくべく、お風呂から上がったらフルーツ・オ・レ的なものを探してみようと心の片隅でそう思った。

明日からは、またこのメンバーで、冒険の旅が待っている。

あとがき

お久しぶりです！　三度のご飯をこよなく愛する私ですが、今回『捨てられ聖女の異世界ごはん旅』の三巻を発行することができました！

これもひとえに、皆様の応援のお陰です！　本当にありがとうございます！

しかも、今回は小神奈々（こがみなな）先生が手掛けてくださっているコミカライズ版の『捨てられ聖女の異世界ごはん旅』の単行本一巻も同月発売です‼

リンとヴィルの腹ペココンビの冒険が、表情豊かに、かつ、愛嬌たっぷりに描写されていて、小説版とは異なる魅力がたっぷりと引き出されておりますよ〜！

単行本だけでなく、B's-LOG COMICや異世界コミックにて連載もされておりますので、両方合わせて、ぜひ読んで頂きたい逸品です！


小説の方では、また新たな腹ペコキャラが登場し、リンの腕にも磨きがかかったように思います。二巻ではお肉メインの料理が多かったので、三巻はお魚関係の料理を多く出してみました！

姫ドラ様だけでなく、皆様の食欲も刺激できておりましたらとても嬉しいです。

現実では気軽に外出したり旅行したりがしにくいこのご時世。せめて小説の中では、釣りをしたり温泉に入ったり美味しいご飯を食べたり……と、異世界諸国漫遊の旅を楽しんで頂ければなー、と思いながら筆を進めておりました。少しでも外出気分を味わって頂けましたら幸いです。『朕なー、朕なー』のごまみそも、多少の華を添えてくれているのではないかと思っています（笑）。

最後になりますが、今回も色々と相談に乗ってくださったり話を聞いて下さり、脱稿まで導いてくださいました担当のW様。

小説内の一コマを切り取って、カッコよく、かつ可愛らしく描き出してくださいました仁藤（にとう）あかね先生。

そして、いつも私の小説を読んでくださる読者の方に、最大限の感謝を捧げます！

こうしてまた本にできたのも、皆様のお力が背中を押してくださった結果です！

また四巻でお目にかかることができるよう、皆様の胃袋にダイレクトアタックできるよう、今後も努力を続けてまいります。

今後ともリンとゆかいな仲間たちの冒険を、どうぞよろしくお願いします！

お便りはこちらまで

〒102－8177
カドカワBOOKS編集部　気付
米織（様）宛
仁藤あかね（様）宛

カドカワBOOKS

捨てられ聖女の異世界ごはん旅 3
隠れスキルでキャンピングカーを召喚しました

2021年6月10日　初版発行

著者／米織
発行者／青柳昌行
発行／株式会社KADOKAWA
〒102-8177
東京都千代田区富士見2-13-3
電話／0570-002-301（ナビダイヤル）
編集／カドカワBOOKS編集部
印刷所／大日本印刷
製本所／大日本印刷

ISBN 978-4-04-074038-6 C0093

新文芸宣言

かつて「知」と「美」は特権階級の所有物でした。

15世紀、グーテンベルクが発明した活版印刷技術は、特権階級から「知」と「美」を解放し、ルネサンスや宗教改革を導きました。市民革命や産業革命も、大衆に「知」と「美」が広まらなければ起こりえませんでした。人間は、本を読むことにより、自由と平等を獲得していったのです。

21世紀、インターネット技術により、第二の「知」と「美」の解放が起こりました。一部の選ばれた才能を持つ者だけが文章や絵、映像を発表できる時代は終わり、誰もがネット上で自己表現を出来る時代がやってきました。

UGC（ユーザージェネレイテッドコンテンツ）の波は、今世界を席巻しています。UGCから生まれた小説は、一般大衆からの批評を取り込みながら内容を充実させて行きます。受け手と送り手の情報の交換によって、UGCは量的な評価を獲得し、爆発的にその数を増やしているのです。

こうしたUGCから生まれた小説群を、私たちは「新文芸」と名付けました。

新文芸は、インターネットによる新しい「知」と「美」の形です。

2015年10月10日

井上伸一郎